国家古籍整理出版专项经费资助项目

明清小品丛书

A Series
of
Essays
in
Ming and Qing
Dynasties

袁枚小品

〔清〕袁枚——著
于左——注评

中州古籍出版社
·郑州·

图书在版编目(CIP)数据

袁枚小品 /(清)袁枚著;于左注评. —郑州:中州古籍出版社,2023.12
(明清小品丛书)
ISBN 978-7-5738-1067-0

Ⅰ.①袁… Ⅱ.①袁…②于… Ⅲ.①小品文–作品集–中国–清代 Ⅳ.①I264.9

中国国家版本馆CIP数据核字(2023)第228458号

YUAN MEI XIAOPIN
袁枚小品

出 版 人	许绍山
选题策划	梁瑞霞　张　雯
责任编辑	张　雯
责任校对	周　靖
美术编辑	曾晶晶
封面设计	黄桂敏

出 版 社	中州古籍出版社(地址:郑州市郑东新区祥盛街27号6层 邮编:450016　电话:0371-65788693)
发行单位	河南省新华书店发行集团有限公司
承印单位	河南瑞之光印刷股份有限公司
开　　本	787 mm×1092 mm　1/32
印　　张	11
字　　数	220千字
版　　次	2023年12月第1版
印　　次	2023年12月第1次印刷
定　　价	57.00元

本书如有印装质量问题,请联系出版社调换。

前　言

　　袁枚，字子才，号存斋，又号简斋，晚年自号仓山居士、随园主人、随园老人、仓山叟等，世称随园先生。祖籍浙江慈溪，康熙五十五年（1716）出生于杭州，嘉庆二年十一月十七日（1798年1月3日）逝于江宁随园。清代著名诗人、文学家、文学理论家、美食家。

　　袁枚天资颖悟，十二岁举秀才，十五岁补为增广生，十九岁拔为廪膳生。乾隆元年（1736），二十一岁的袁枚南下广西投奔叔叔袁鸿，以一篇《铜鼓赋》博得广西巡抚金鉷的赏识，受其举荐参加了当年博学鸿词的考试。落榜之后袁枚留在北京，乾隆三年（1738）中举，第二年考中进士，选为庶吉士，进入翰林院学习满文。三年之后散馆，因满文成绩不佳而外用为地方官，先后在溧水、江浦、沭阳、江宁等地做知县。任内颇有政声，深得两江总督尹继善的赏识，推荐他担任高邮知州，却被吏部驳回。乾隆十三年（1748），袁枚借口母亲患病而辞官。在《答陶观察问乞病书》中，袁枚解释自己辞官的原因是：第一，官场上种种虚应故事令人生厌；第二，毫无意义的日常事务破坏了自己的生活，令人疲惫；第三，不肯违背良知又不敢得罪上司，让他左右为难。辞官可以避祸保全，又能得到自在逍遥。这些应该是他真实的想法。乾隆十七年（1752）正月，袁枚迫于经济压力，离家前往北京谋求复职，不久被分派到陕西任职。到了年底，他离职为亡父守制，仕途到此正式结束。这一年袁枚三十七岁，他的多彩而独特的人生由此进入崭新的阶段。

还在担任江宁县令时，袁枚花费三百两银子买下小仓山荒颓的隋园，改名为随园。第一次辞官之后，他带着堂弟袁树、外甥陆建入园读书，开始修整园林。第二次辞官之后，他加大了修理随园的力度，举家迁入园中，正式开始他的不仕、不隐的闲适生活。居园读书、著述的同时，袁枚广泛交游，交往的对象既有布衣诗人、奇才墨客，也有青年才俊、富商权贵。每日迎来送往、觥筹交错、诗文唱和，好不惬意。其中与尹继善及其诸子的来往尤其密切，引人瞩目。精于鉴赏的袁枚同时收藏文玩字画，收益可观。中年时期，袁枚主要游走于江浙之间，晚年得子之后他数次远游，先后到过浙江天台、雁宕、黄山、罗浮、桂林、衡山、武夷山等名胜，写下大量诗文。晚年的袁枚更注意提携后进，广收门徒。他对随园的经营一直没有停止，陆续收购附近的田地，将父亲安葬于此，并为自己营造生圹。最终，亦园、亦宅、亦祠的随园成为袁枚最醒目、最独特的标签，与袁枚互相标榜，互相造就，随园逐渐成为江宁的文化地标，袁枚也被推举为江南文坛最风光的领袖。

当然，成就袁枚声名的主要还是他的文学作品。袁枚的诗在当时享有盛誉，和蒋士铨、赵翼并称"乾隆三大家"。袁枚自觉当之无愧，在写给程晋芳的信中说："仆诗兼众体，而下笔标新，似可代雄。"袁枚大力宣扬倡导自己的诗学主张，即著名的性灵说。他认为，一首好诗要能写出诗人的真感情、真个性，"为人，不可以有我……作诗，不可以无我"。要展现独特而新颖的诗才，最终用真性情去感染读者。通过编撰《随园诗话》，袁枚高举性灵说的大旗，广泛网罗同志，使性灵说与王士禛的神韵说、沈德潜的格调说、翁方纲的肌理说并列为清代主要的诗论，《随园诗话》也成为清代最有影响的一部诗话。

袁枚的古文、骈文备受时人推崇。袁枚的性格中有佻达的一面，但在文字上非常保守。他在《与韩绍真》中说："古文之道，不贵书多，所读之书不古，则所作之文亦不古。"所以他像韩愈一样，"非三代两汉之书不敢观，惧其杂也"。他认为"旁摭佛老及说部书，儳入古文，便伤严洁"，即使在他最随意的日记、书信中，也能清晰读出他的学养的根源所在，那就是包括儒家经典在内的"三代两汉之书"。袁枚对自己的文章颇为自负，"文章幼饶奇气，喜于论议，金石序事，徽徽可诵。古人吾不知，视本朝三家，非但不愧之而已"。他的老朋友杭世骏如此评说他的文章："记叙用敛笔，论辨用纵笔，叙事或敛或纵，相题为之，而大概超超空行，总不落一凡字。"也因此，许多名流显贵都委托袁枚撰写碑铭和志传，这类作品也成为袁枚文集最重要的部分。

袁枚一生写过大量书信，他并不重视这种体裁，认为"尺牍者古文之唾余"，因而下笔时随意挥洒。如此反而成就了许多灵动新巧、雅丽隽永的篇章，见识不凡，论证缜密，趣味盎然，许多信札都是上乘的小品文。在各种体裁的文字当中，他的尺牍最有魅力，被誉为清代第一，当之无愧。与之相似的是他的日记，文字自由生动，从中可以读出他的真性情，窥见乾隆时期文人士大夫生活、社交和文学创作的大量信息，只可惜遗存的日记数量有限。

此外，袁枚还写下大量骈文和读书札记，又编撰志怪小说《子不语》。今天读者最熟悉的应是那本《随园食单》。历代文人精通饮馔者不乏其人，也有许多相关的诗文创作，但很少能够聚而成编，留下书目或存世的更为少见，《随园食单》无疑是其中最完备、最有操作性、最有文人闲雅风调的一部。

嘉庆二年十一月（1798年1月），袁枚走到了自己的人生尽头，他的最后一首诗是《再作诗留别随园》："我本《楞严》十种仙，揭来游戏小仓巅。不图酒赋琴歌客，也到钟鸣漏尽天。转眼楼台将诀别，满山花鸟尚缠绵。他年丁令还乡日，再过随园定惘然。"漏尽天晓，大梦将醒，袁枚的心中只留有小仓山上一随园。纵观袁枚的一生，福慧寿兼享,随性洒脱,把文人闲居江湖的理想演绎到极致。

袁枚曾在《所好轩记》中说:"袁子好味,好色,好葺屋,好游,好友,好花竹泉石,好珪璋彝尊、名人字画,又好书。"简单的一句话,基本可以概括他的全部生活。他从不掩饰自己的趣味喜好,也因此,对于他的诗文、诗话、文章以及他的处世为人等的评价,历来都有不同的声音,批评言辞最为激烈、最有代表性的当数章学诚。其实,袁枚选择的生活方式已经决定了他行事、为文的风格:辞官之后,如果像钱大昕、姚鼐、章学诚等人一样讲学、著述,收入将非常有限。袁枚是家中独子,父母高堂、众多的妻妾儿女和寡居的姐妹及其子女都需要他来供养,随园的修葺和高品质生活的维护等日常开销也相当大。袁枚迫切需要提高自己的知名度,尽量扩大自己作品的受众面,用今天的话来说,他需要得到尽可能多的流量,并尽快将其变现,这种做法无可厚非。客观而言,袁枚的某些诗文确实有取媚权贵的姿态,他的某些喜好确实令人齿冷,但大节无亏。

袁枚一生留下大量诗文作品,主要有《小仓

山房文集》三十五卷、《小仓山房外集》八卷、《小仓山房诗集》三十九卷（补遗二卷）、《小仓山房尺牍》十卷、《随园诗话》十六卷、《随园诗话补遗》十卷、《随园随笔》、《随园食单》和志怪小说《子不语》等。对于当今的读者来说，最能体现袁枚文学风采与独特性的是他的古文、尺牍和《随园食单》《随园诗话》。故此，本书主要从《小仓山房文集》《小仓山房尺牍》《随园诗话》和《随园食单》之中选取篇幅短小、文字清雅者，归为尺牍、序跋、记传和杂著四类。高山巍峨，草木葱茏，乱花迷眼而篇幅有限，终留遗芝之憾。囿于学识，讹误难免，敬请方家教正。

壬寅仲春于承雨斋

目 录

卷一　尺牍

戏招李晴江　/3

答陶观察问乞病书　/6

与朱草衣　/12

病中谢尹相国赐食物　/16

答似村公子索食物　/20

与汪可舟　/24

答何献葵明府　/28

与姚小坡刺史　/32

答程鱼门书　/36

蒙赐风肉　/42

与何献葵明府　/45

答尹相国书　/49

与湖南抚军方毓川　/55

与姚小坡尚书　/59

答某明府书　/63

答陶怡云送蟹　/67

与韩绍真　/70

戏答秋帆制府误寄银信　/75

与庆晴村都统　/78

与洪稚存书　/84

答杨笠湖　/89

与树斋尚书　/97

致汪大樢　/103

与翁东如　/107

覆感遇上人　/112

卷二　序跋

王介祉诗序　/117

陶西圃诗序　/120

女弟《盈书阁遗稿》序　/124

汪朴庐《圣湖诗》序　/129

《随园食单》序　/132

《百美新咏图传》序　/137

《听秋轩诗集》序　/142

《西坂草堂图诗》序　/148

《扬州画舫录》序　/153

《子不语》序　/158

《随园随笔》序　/163

《双佩斋诗集》序　/167

南村《唱和诗》跋　/171

童钰《梅花图》题跋　/174

卷三　记传

随园记　/179

随园四记　/185

随园六记　/189

戊子中秋记游　/194

所好轩记　/198

散书记　/201

游黄山记　/204

峡江寺飞泉亭记　/209

游桂林诸山记　/213

游武夷山记　/217

篁村题壁记　/222

汪心农试砚斋记　/227

湄君小传　/232

卷四　杂著

都是性灵　／239

收放　／242

总作第三人　／245

阮亭谬论　／248

江宁织造　／252

用典　／256

善学者如海　／259

同年亲家　／263

柴秀才笔札　／266

至交　／270

逸园　／273

金陵之气　／276

阁学清贫　／280

为莫愁湖破例　／284

饭　／287

山西汾酒　／290

戒目食　／293

戒火锅　／296

燕窝　／298

玩古者说　／301

黄生借书说　／306

牡丹说　/309

乾隆五十九年二月十二日日记　/312

乾隆六十年闰二月二十六日日记　/315

乾隆六十年三月二十七日日记　/319

祭妹文　/322

随园老人遗嘱　/329

卷一 尺牍

雨窗无事,供春兰一枝,
读客吟百首,如孤云,如峭壁,
何齿牙之洁,而脱手之超耶?

戏招李晴江①

　　旧雨不来，杏花将去。仆此时酒价与武库争先②，足下来车亦须与东风争速。不然，则残红满地，石大夫③虽来，已在绿珠④坠楼之后，徒惹神伤。送行诗呈上，所以多用小注者，恐百世后少陵与孔巢父⑤交情，费注杜者几许精神，终未了了⑥故耳。足下去矣，所手植借园花木，交与何人？何不尽付山中，当作托孤之计？赠花如赠妾，不妨留与他人乐少年也。如不见信，可使歌者何戡与花俱留，他年仆则曰："璧犹是也，而马齿⑦加长。"兄则曰："树犹如此，人何以堪！"岂非一时之佳话哉？合肥可有诗人否？可将鄙作带往，教令和成，归而镌板，压之行李担中，较羊肉千斤、肥羊百只轻重何如？

【注释】

　　①李晴江：李方膺，字虬仲，号晴江、白衣山人等，通州（今江苏南通）人，擅长画梅，著名的"扬州八怪"

之一。

②武库争先:价值连城。嵇康抱琴拜访山涛,山涛醉酒之后要把琴剖开,嵇康劝阻说:"其价与武库争先,汝欲剖之,吾从死矣。"武库,珍藏宝物或者兵器的仓库。

③石大夫:石崇,西晋富豪,后被司马伦杀死。

④绿珠:石崇的宠妾,貌美,善吹笛,坠楼而死。

⑤孔巢父:字弱翁,冀州(今河北衡水市冀州区)人,孔子后代,唐德宗时被乱军杀死。早年与李白、杜甫交往,二人都曾有诗作相赠。

⑥了了:清楚,明白。

⑦马齿:马的牙齿会因年龄的变化而改换,古人常用其谦称自己的年纪。

【赏读】

《随园诗话》中说,袁枚买下随园之后,和李方膺、沈补萝交往密切。二人也都做过多地的县令,沈补萝的书法很好,李方膺以画梅、竹闻名,是"扬州八怪"之一。三个人平时的交往毫无拘束,经常一起游览名山,江宁人戏称他们为"三仙出洞"。

李方膺要到合肥上任,袁枚送行并写诗。到了杏花开放时节,袁枚才把送行诗寄给李方膺,并附此信。内容很简单,解释送行诗中为何多有注释,责怪李方膺为何临行之前不把自己培育的花木送到随园来寄养,最后盼望与好朋友早日一起畅饮。

　　李方膺的性格傲岸不羁，极度痴迷梅花，骨子里也是一个趣人。他代理滁州知府时，曾经对着醉翁亭的古梅花伏地叩拜。袁枚写过一首《白衣山人画梅歌赠李晴江》："山人着衣好着白，衣裳也学梅花色。"李方膺的诗也很不错，曾经题诗画上："写梅未必合时宜，莫怪花前落墨迟。触目横斜千万朵，赏心只有两三枝。"这样一个喜欢穿白衣、痴迷画梅花的李方膺，自然属于那种孤洁之人，有点儿不合时宜，做官也不容易长久。李方膺死在乾隆十九年（1754）秋天，最后时刻挣扎着给袁枚写信，请他为自己撰写墓志铭："方膺生而无闻，藉子之文，光于幽宫，可乎？"袁枚自然不会让他失望。

　　朋友之间的一封寻常短信写得如此风趣流畅、意韵丰富且一气呵成，袁枚的书信被赞为清代三大尺牍之首，确实名不虚传。

答陶观察问乞病书

公不察仆去官之意,谓如枚乘①、汲长孺②曾待诏金马门③,故耻为令;又谓仆擢秦邮牧④不迁,褊心⑤不能无少望⑥,有所激而逃。是二者,皆非知仆者也。夫蒙耻救民⑦,昔人所尚。牧之与令,悉足区别?汉人五十举秀才未名为老,仆才三十三,前途正长,敢遽赋《士不遇》⑧以退哉?

凡人有能有不能,而官有可久与不可久。即以汉循吏论,桐乡、渤海专城而居,此官之可久者也,龚遂⑨、朱邑⑩能之,至于久道化行,生荣而死哀。京兆、三辅⑪多豪强,兼供张储偫⑫,此官之不可久者也,赵广汉⑬、韩延寿⑭能之,久果不善其终。江宁类古京兆,民事少,供张储偫多。民事,仆所能也;供张储偫,仆所不能也。今强以为能,抑而行之,已四年矣。譬如渥洼之马、滇南之象,虽舞于床,蹲于朝,而约束勉强,常有踶弛泛驾⑮之虞。性好晏起⑯,于百事无误。自来会城⑰,俾夜作昼,每起得闻鸡鸣以为大祥⑱。窃自念曰：苦吾身以为吾民，吾心甘焉。尔今之昧⑲宵昏而犯霜露者，不过台参⑳耳，迎送耳，为大官做奴耳。彼数百万待治之民，犹鼩鼩熟睡而不知也。于是身往而心不随，且行且愠。而孰知西迎者，又东误矣；全具㉑者，又缺供矣；怀人之先者，已落人之后矣。不踠㉒膝奔窜，便瞪目受嗔。及至日昳始归，而环辕㉓而号者，老弱万计，争来牵衣，忍不秉烛坐判使宁家耶？判毕入内，簿领㉔山积，又敢不加朱墨围㉕略一过吾目耶？甫脱衣息，而驿券㉖报某官至某所，则又遽然觉，凿然㉗行。一月中失膳饮节，违高堂定省者，旦旦然矣，而还暇课农巡乡如古循吏之云乎矣？

且一邑之所入有限，而一官之所供无穷。供而善，则报最㉘在是；供而不善，则下考在是。仆平生以智自全，得不㉙小小俯仰同异。然而久之情见势屈，非逼取其不肖之心而丧所守，必大招夫违俗之累而祸厥身。及今，故宜早为计也。若得十室之邑㉚，肆心广意，弦歌先王之道以治民，则虽为游徼、啬夫㉛，必泰而安之终身焉。今有乘怒骥而驰炎衢者，虽贲、育㉜必傿息㉝于树阴之下。夫仆亦傿息之迟者也，公毋见怪也。

【注释】

①枚乘：西汉时期辞赋家，曾经在吴王刘濞手下担任郎

中,七国之乱平息之后,汉景帝任命他为弘农都尉。枚乘不喜欢郡吏事务繁多,托病辞官。

②汲长孺:汲黯,字长孺,汉武帝曾任命他为荥阳县令,汲黯认为太过屈辱,称病回乡。

③金马门:西汉皇宫中的一道门,门旁有铜马,因此得名。皇帝亲近之臣平时聚集在这里,以备诏问。

④秦邮牧:高邮知州。秦邮,高邮的别称。牧,古代州府的长官。

⑤褊(biǎn)心:心胸狭隘。

⑥少望:稍怀怨恨。望,怨恨,责怪。

⑦蒙耻救民:为了百姓而甘心忍受屈辱。语出《柳下惠诔》:"蒙耻救民,德弥大兮。"

⑧《士不遇》:西汉董仲舒创作的一篇抒情赋。

⑨龚遂:汉宣帝时期做过渤海太守。

⑩朱邑:汉代官员,在桐乡、北海等地任职。

⑪三辅:又称"三秦",治理长安京畿地区的三位官员左冯翊、京兆尹和右扶风。同时指这三位官员管辖的地区,泛指京城附近地区。

⑫供张储偫(zhì):供张,也作"供帐",筹备、举办宴会,供给、陈设;储偫,储备物资。

⑬赵广汉:曾为京兆尹,为官清正,得罪豪强,后来被汉宣帝处死。

⑭韩延寿:汉宣帝时期为左冯翊,因得罪权贵而被

处死。

⑮跅（tuò）弛泛驾：跅弛，放荡；泛驾，驾车之马不听从指令。

⑯晏（yàn）起：晚起床。

⑰会城：行政中心城市，这里指江宁。

⑱大祥：父母丧满两年所举行的祭礼。

⑲昧：违背。

⑳台参：拜见新上任的上司。

㉑全具：用来祭祀的牲畜身体完整无损。

㉒踠（wǎn）：弯曲。

㉓辕：辕门，辕垣，代指军营或者官署。

㉔簿领：官府文件。

㉕朱墨围：用朱笔、墨笔圈点批阅。古代官府的文书用朱、墨两种颜色书写。

㉖驿券：使用驿站车马、役夫的凭证。

㉗凿然：疑为"造然"，不安状。

㉘报最：又称举最，古代定期考核地方官员，政绩优异者列名上报，称为报最。这类官员往往得到升迁，与其相对的是"下考"。

㉙得不：能不，岂不。

㉚十室之邑：小小的乡镇。

㉛游徼（jiào）、啬夫：秦汉时期的低级乡官，游徼负责治安捕盗，啬夫负责收税。

㉜贲（bēn）、育：指战国时期猛士孟贲、壮士夏育。

㉝僾（ài）息：屏息。僾，短气。

【赏读】

乾隆十年（1745），袁枚调任江宁县令。乾隆十二年（1747），两江总督尹继善推荐他担任高邮知州，被吏部驳回，同年袁枚买下江宁小仓山的随园。乾隆十三年（1748）袁枚提出老母患病，自己要辞官奉养。这位陶观察写信给袁枚，认为他辞官的真实原因一是自视太高，不甘心一直做县令，二是没有得到知州一职而心怀怨恨。

袁枚写下这封信回应，指出县令与知州其实没有差别，自己辞官主要有以下三点理由：第一，江宁县地位特殊，各种关系错综复杂，很难处理，县令一职不可久做。第二，自己擅长处理民事，但每天忙于官场礼节，疲于奔命，饮食失节，亲情难顾，无暇政务。第三，地方上每年的收入有限，开销无限，要么违背自己的良知搜刮百姓，要么坚持原则而得罪上司，引祸上身。不如辞官归去，快乐逍遥的同时保全自己。

袁枚生动描述了清代基层官吏的日常工作，整日早出晚归，为了各种毫无意义的琐事忙碌，形同长官的奴才，极度厌倦却又不得不然。袁枚选择主动放弃是相当明智的，他的文才、诗才高于治才，隐而不仕更适合他的浪漫性格。而且山居的袁枚并没有遗世独立,一直与权力场保持若即若离的关系,更方便展示自己长袖善舞的特长。假设袁枚始终留在官场,很难在诗文上投入太多的精力,个性上也要自我约束,其文学成就必然大幅缩水。如此一来,官场之上多了一个平庸官吏,文学史上却少了一个有趣而个性十足的大家。

这封信写在乾隆十三年,第二年的正月袁枚正式离开官署,赶回故乡杭州。一首《归家即事》描述到家的情景,"阿母言且行,手自罗酒浆",说明袁母的身体还不错,袁枚辞官的理由不成立,而且父亲袁滨并不赞同他的选择:"汝今虽归家,何能长居乡?"袁枚在家小住,很快又带着堂弟袁树和外甥离开杭州,重返江宁,住进随园。三年以后,父亲认为袁枚还不到四十岁,应该继续做官。此时袁枚的积蓄所剩无几,只能再次北上谋职。

与朱草衣①

　　昨日红杏一株,白头三老,酌山家之瓦缶,作铜狄之摩娑②。王晞③所谓"卿辈即留连之一物,岂独鱼鸟而已④",旨⑤哉斯言!第飞蓬随风,微子所叹⑥,转眼陈迹,少陵所悲⑦。古人南皮之游⑧,曲水之宴,千年于兹,流风未泯者,岂非仗文人之笔,使之传留哉?先生诗中雄伯⑨,宜赋短章,以荣斯举。瓶罄而钵韵初鸣,峰青而曲声尚在,斯乃高人之雅怀,宴游之逸轨⑩也。所云洲事,殊是下情⑪所愿,望即讯明颠末⑫,俟苍头来淮,便可以彼易此。昔李衡⑬树甘橘于龙阳,今袁子植芦花于江上,隔世效颦,允堪齿冷。倘得落叶添薪,免仰首于古槐之下,则王猛⑭资粮,直是君炊之而君爨之⑮,感何可言!

　　女公子何日来园?当此柳花如雪,使平阳弱息⑯、樊素⑰姬人,想杀谢家风范⑱,两颈为劳矣,如何姗姗其来迟耶?

【注释】

①朱草衣：江宁布衣诗人，生平不详。

②铜狄之摩挲：《后汉书》记载，蓟子训有神术，曾经在长安与一位老人抚摸着铜人，互相感叹说："当年亲眼看着铸造它们，如今已经五百年了。"铜狄，铜人。

③王晞：北齐大臣，政务之外醉心于游山玩水、宴会宾朋。

④"卿辈即留连"二句：王晞游览晋祠，写下"鱼鸟见留连"的诗句。第二天丞相提醒他不要因为鱼鸟而被责怪。王晞笑着说：昨晚喝醉了，因为酒我受过许多斥责，酒也是我贪恋的东西，"岂直在鱼鸟而已"？

⑤旨：美好。

⑥"第飞蓬"二句：出自汉明帝诏书，《后汉书·明帝纪》："飞蓬随风，微子所叹，永览前戒。"本意是说人意志不坚，常随情势而更改。此处指政令不确定。

⑦"转眼"二句：杜甫诗《晓发公安》中有"出门转眄已陈迹"句。

⑧南皮之游：汉代渤海郡有南皮县。魏文帝曹丕给旧日好友吴质写信说："每念昔日南皮之游，诚不可忘。"

⑨雄伯：杰出人物，传说中的神灵。

⑩逸轨：高雅的范例。

⑪下情：谦辞，自己的情况、心情或者态度。

⑫颠末：本末，前后的经过、细节。

⑬李衡：三国时期吴国大臣，曾经派人在武陵龙阳的泛洲之上建造房宅，并种下千株柑橘。

⑭王猛：前秦丞相，被封为武侯。

⑮直是君炊之而君爨（cuàn）之：《资治通鉴》记载，王猛大权在握，前秦的勋臣表示不满说："吾辈耕之，君食之邪？"王猛不客气地回应："非徒使君耕之，又将使君炊之！"爨，炊，烧火做饭。

⑯弱息：弱小的儿女，专指女儿。

⑰樊素：白居易的家姬。

⑱谢家风范：大家风范。也写为"王谢家风范"。

【赏读】

江宁诗人朱草衣一世清贫，曾经如此描述自己的窘况："床烧夜每借僧榻，粮尽妻常寄母家。"贫苦的生活没有妨碍他搜索枯肠、觅句吟诗并以此自傲，所以有人写诗戏笑他："才高双眼白，吟苦一肩高。"袁枚做县令时就与朱草衣相识，多有交往。在诗学上袁枚最重性灵，而朱草衣的诗正以性灵见长，二人因此互相欣赏。袁枚写过一首《朱草衣〈寒灯课女图〉》，如此描述他的清贫生活：草衣山人四壁空，绕膝呻吟惟一女。贫家赠女无奁资，只有一本《周南》诗。

袁枚写这一封短信有三层意思：一是写信的前一天，

袁枚与两位老朋友欢聚，对着杏花痛饮畅谈。他认为朱草衣应该为这类聚会写点东西。二是朱草衣建议袁枚在江洲之上大量种植芦花，袁枚认为可行，让朱草衣了解更多的操作细节。此事的最终结果不详。第三，询问朱草衣的女儿为何迟迟不来随园，袁枚的姬妾和女儿都盼着她来访。

朋友之间寻常的一封短信，袁枚写得灵动自由，俊丽隽永，意趣横生，这也是袁枚尺牍的整体风格。他的弟子洪锡豫就认为他的尺牍"意趣横生，殊胜苏、黄小品"，于是收集整理，刊刻袁枚尺牍六卷。袁枚却认为"尺牍者古文之唾余"，并不重视自己写过的书信，随写随弃。但仔细阅读就能发现，袁枚对尺牍还是极为用心的，生前就刊刻了《随园尺牍》，颇为畅销，甚至有人翻板盗印以牟利，说明时人也喜欢他的书信。

朱草衣死后葬在清凉山，身后无子，袁枚亲笔为他写碑："清故诗人朱草衣先生之墓。"比袁枚年代稍早的诗人李绂曾经说："凡拾人遗编断句，而代为存之者，比葬暴露之白骨，哺路弃之婴儿，功德更大。"袁枚对此深为赞同，袁枚自己在六十岁之前饱受无子之痛的煎熬，那种焦虑让他刻骨铭心，所以特别同情朱草衣、庆兰这些没有儿子的朋友，尽量让他们的诗作更多地出现在《随园诗话》中，使其存留后世。

病中谢尹相国①赐食物

接叠韵诗,至于再,至于三,如春波遇风,秋云过月,层见叠出而意思无穷。当即熏笼②壁间,恐江城碧纱从此价贵,随园庭榭将终宵有丝竹之声。

蒙惠食物二种,怜野鸟之有文章也,故贻以雌雉;知山人之非熟客也,故赐以冰梨。对使倾筐,降拜登受③。奈昨日偶感寒疾,山中苍苔之色,忽移生于舌本④之间,嗜好酸咸,如隔十重皮甲。方造轩光之灶⑤,饮苦口之汤,对此珍馐,无能染指。不得已,尽颁之于侍疾之人,使食德饮和⑥,广沾师惠。然而食饕性在,嗔念反生,不自恨其朵颐福薄,而转恨先生之赐:不自我先,不自我后,偏当此口不从心之时,似若瞰亡往拜⑦者。因追忆廿年前,蒙高邮一荐⑧,部议⑨阻之,从此长庆老郎⑩,官阶终矣。平生惯领虚恩,大率类此。往者不可谏,来者犹可追,愿夫子其有以补过焉。

【注释】

①尹相国：尹继善，章佳氏，字元长，号望山，满洲镶黄旗人，雍正元年（1723）进士。做过翰林编修、云贵广西总督、川陕总督、两江总督、文华殿大学士等，死后谥文端。

②熏笼：罩在火炉上的笼架，可以熏香、烘干、取暖。

③降拜登受：下堂拜谢，恭敬接受。

④舌本：舌根，舌头。

⑤轩光之灶：煎药的锅灶。《说苑》中有"（扁鹊）先造轩光之灶，八成之汤"。

⑥食德饮和：享受前辈的德泽，享受和畅、快乐。

⑦瞰（kàn）亡往拜：主人不在家时前去拜访。瞰，窥视。

⑧高邮一荐：乾隆十二年，尹继善曾经推荐时任江宁县知县的袁枚出任高邮州知州。

⑨部议：六部中各部的决议。

⑩长庆老郎：久离官场之人。白居易有"长庆老郎唯我在"的诗句，自注："长庆初，予为主客郎中……去今二十一年也。"

【赏读】

尹继善作诗，请袁枚和诗，并送来冰梨、野雉。袁枚多次表示自己很讨厌叠韵和诗，但是遇到恩师尹继善，只能收起性情，勉力为之，而且是"至于再，至于三"，一边还要直呼"春波遇风，秋云过月"，个中滋味只有他自己知道。尹继善附送的冰梨、野雉不算珍贵，寻常却也难得。可惜袁枚正在病中，无福消受。于是联想起当年尹继善推荐自己升任知州而不成，戏称多年来一直领受这一类的"虚恩"，盼望尹继善能来一些实际的。

尹、袁二人是师生，更是诗友、食友，与诗文往来一样频密的，是饮馔交流。担任两江总督的后期，尹继善喜欢评点江浙士大夫的私家菜肴。他的身份不方便亲自出面，袁枚就成为最合适的代表："尹公晚年，好平章肴馔之事，封篆余闲，命余遍尝诸当事羹汤，开单密荐。余因得终日醉饱，颇有所称引。"品尝的过程让袁枚大饱口福，大开眼界，为写作《随园食单》积累了丰富的材料。只是袁枚的消化系统不好，如此吃个不停，让他的肠胃大受其累。

诗与精馔，都属雅道，尹、袁交情深厚，日常交流的话题当然不止这些。比如袁枚广置姬妾，身体又不好，尹继善劝他注意养生，"西收有日，东作休劳"，最好是独寝。袁枚写信郑重回应，声明自己不避群花，如种梅之夫、栽橘之叟，终日见花如不见花，已经到了"卧忘"的境界，请尹继善不必为自己担忧。反过来，袁枚也很了解和关切尹继善的私生活,尹继善的侧室张氏被乾隆皇帝赐封一品夫人,袁枚写有一封贺札。张氏拿出四枚手绣的荷囊,分送给袁枚身边的四位小妾。凡此种种,说明彼此间的交情非同一般。

答似村公子①索食物

前上笋菹②、蜜饵,是郎主③之餐,非先生之馔。不谓公子食而甘之,竟作堂上秩膳④之献。不但孝子服养无方,使二亲尝其旨否⑤,且代弟子束修自献,免嫌陆氏庄荒⑥,可谓一举而两善备焉。来书代传夫子之言,平章⑦软脆,判别酸咸,油重则濡而不芳,糖多故腻而不爽。具见大君子一饮一食,有诲人不倦之意。明知调羹之衣钵⑧,难传粗粝之腐儒⑨,然从此燔黍捭豚⑩,小增学问。他日赵稚长⑪能监厨请客,未必非夫子循循善诱之功也。至于催将来之献芹⑫,为君子之属餍⑬,则羊枣、菖蒲⑭,未谙食性,还望公子于问安视膳之余,探得老人所嗜,消息暗通,当别作羹汤,自夸手爪。羞惟所有,不若征惟所欲之为妙⑮也。仆非新妇,兄恰小姑,故敢布其缕缕。

【注释】

①似村公子:庆兰,字似村,尹继善的六儿子,秀才。

②笋菹（zū）：腌笋。

③郎主：奴婢对主人、妻妾对夫君的称呼，或者边疆部落对首领的称呼。

④秩膳：常备精美之食。

⑤尝其旨否：品尝是否美味。旨，美好，美味。

⑥陆氏庄荒：《唐语林》记载，陆贽为主考官时，崔群登榜。后来崔群做了主考，三十人登榜，但陆贽的儿子陆简礼没有入榜。崔群的妻子建议崔群置办一些田产，崔群说刚刚登榜的三十人就是我置办的三十处田庄。妻子说，你是陆贽的门生，现在掌管礼部，结果陆贽的儿子没能入榜，"是陆氏一庄荒矣"。

⑦平章：品评，评点。

⑧调羹之衣钵：烹制美食的技能。衣钵，技能，学问。

⑨粗粝之腐儒：习惯了粗劣食物的穷酸书生。出自杜甫《有客》："竟日淹留佳客坐，百年粗粝腐儒餐。"粗粝，粗衣粝食。粝，糙米，粗劣的食物。

⑩燔（fán）黍捭（bǎi）豚（tún）：烹饪，煎炒烹炸。燔，烤，烧。黍，黍米。捭，开。豚，猪。

⑪赵稚长：三国时期荡寇将军，大腹。有人问名士祢衡如何评价赵稚长，祢衡说："稚长可使监厨请客。"

⑫献芹：自谦礼物微薄。《列子·杨朱》载："昔人有美戎菽、甘枲茎芹萍子者，对乡豪称之。乡豪取而尝之，蜇于口，惨于腹，众哂而怨之，其人大惭。"

⑬属餍（yàn）：饱餐，满足。属，足。餍，吃饱，满足。

⑭羊枣、菖蒲：各人的偏好食物。一般写为"羊枣昌歜"或"昌歜羊枣"。传说周文王喜食腌制的菖蒲根，曾皙喜食羊枣。

⑮羞惟所有，不若征惟所欲之为妙：进献已有之物，不如献上人家真正想要的东西。语见《仪礼》。羞，进献。征，求取，召集。

【赏读】

尹继善多子，大多官至高位。似村公子是其中比较另类的一个，他在乾隆十二年考中秀才，据说当年的考试有考生闹事，乾隆皇帝亲自监试，似村因此自号"殿试秀才"。那以后，似村在科举上并没有再进一步，也没有出去做官。一种说法是尹继善奏明乾隆皇帝，希望留下这个儿子在身边管理家务。

这封短信的内容很简单，袁枚送给似村几样食物，"笋菹、蜜饵"应该是小菜、点心一类。似村转而献给父亲，尹继善品尝之后评点其咸淡脆软，让似村转告袁枚，有新奇的食物只管送来。袁枚在信中希望似村经常提示尹继善的口味喜好，以便投其所好。

袁枚与尹继善的诗文往来颇多，其次就是与其六子似村。袁枚通过与似村的交往，可以密切与尹继善的关系。而且似村一生闲散，有许多闲暇赋诗种竹，与袁枚的爱好相近。袁枚认为他诗才清绝,独写性灵,在《随园诗话》中尽可能多地收录了他的诗句,帮助他留名于世。

袁枚在信中称呼似村为"郎主",似乎欠妥。袁枚与尹继善父子的交往多少带着一些功利的色彩,尹继善死后,没有功名的似村的生活发生巨变,门庭迅速冷落萧索。分别二十年中,似村还和从前一样寄诗给袁枚,纸积累寸。可惜袁枚的态度有了微妙的变化,极少回应,反而与似村的两个哥哥庆桂、庆雨林的交往越来越热络,这中间的冷暖差异太过醒目,令人唏嘘。

与汪可舟①

雨窗无事，供春兰一枝，读客吟百首，如孤云，如峭壁，何齿牙之洁，而脱手之超②耶？题中小序无一闲字，俨然元次山③、姜白石④复生，云林⑤不足道也！交丈人⑥六七年，不图为乐之至于斯！

伏念诗文非削楮⑦之伎，何所为难，不过命管城公⑧洒墨数行耳。尽有兰台、石渠之彦⑨，齿危发秃之儒，终身由之而不知其道者，安得黄金铸成贾岛⑩，为笨伯作导师哉？悠悠人世，本少知音，骏骨牵盐⑪，玄文覆酱⑫。庆虬⑬作赋，托相如而见赏；张率⑭为文，假沈约而交推。丈人之所以没没⑮人间，含光隐耀者，身列布衣，未遇真知风雅之人故也。仆负海内狂名，必不作无端之推奉，要维得失寸心，自领之耳。午后雨停，望劳展齿⑯。

【注释】

①汪可舟：即汪舸，字可舟，自称客吟先生。婺源（今

的爱好相近。袁枚认为他诗才清绝,独写性灵,在《随园诗话》中尽可能多地收录了他的诗句,帮助他留名于世。

袁枚在信中称呼似村为"郎主",似乎欠妥。袁枚与尹继善父子的交往多少带着一些功利的色彩,尹继善死后,没有功名的似村的生活发生巨变,门庭迅速冷落萧索。分别二十年中,似村还和从前一样寄诗给袁枚,纸积累寸。可惜袁枚的态度有了微妙的变化,极少回应,反而与似村的两个哥哥庆桂、庆雨林的交往越来越热络,这中间的冷暖差异太过醒目,令人唏嘘。

与汪可舟①

雨窗无事,供春兰一枝,读客吟百首,如孤云,如峭壁,何齿牙之洁,而脱手之超②耶?题中小序无一闲字,俨然元次山③、姜白石④复生,云林⑤不足道也!交丈人⑥六七年,不图为乐之至于斯!

伏念诗文非削楮⑦之伎,何所为难,不过命管城公⑧洒墨数行耳。尽有兰台、石渠之彦⑨,齿危发秃之儒,终身由之而不知其道者,安得黄金铸成贾岛⑩,为笨伯作导师哉?悠悠人世,本少知音,骏骨牵盐⑪,玄文覆酱⑫。庆虬⑬作赋,托相如而见赏;张率⑭为文,假沈约而交推。丈人之所以没没⑮人间,含光隐耀者,身列布衣,未遇真知风雅之人故也。仆负海内狂名,必不作无端之推奉,要维得失寸心,自领之耳。午后雨停,望劳屐齿⑯。

【注释】

①汪可舟:即汪舸,字可舟,自称客吟先生。婺源(今

属江西）人，客居扬州，清代诗人，工书法，著有《崛崛山人集》八卷。

②超：美妙，超凡。

③元次山：元结，字次山，唐代文学家，天宝年间进士，有《次山集》存世。其中名篇《大唐中兴颂》，文字简雅，气势雄壮。

④姜白石：姜夔，字尧章，号白石道人，南宋鄱阳（今属江西）人，文学家，著有《白石道人诗集》《白石词集》《续书谱》等。

⑤云林：倪瓒，字元镇，号云林，江苏无锡人，元代画家，诗文格调清高。

⑥丈人：古代对老年男子的尊称。

⑦楮：纸的代称。

⑧管城公：毛笔，又称管城子、管城君。唐代韩愈曾写《毛颖传》，说毛笔被封在管城，叫"管城子"。后成为毛笔的代称。

⑨兰台、石渠之彦：兰台、石渠，汉代的皇家藏书阁，也是群儒校勘经籍、从事著述的处所。彦，有才学、德行的人。

⑩贾岛：字浪仙，范阳（治今河北涿州）人，唐朝著名诗人，一生穷苦，醉心锤炼诗句，与孟郊齐名，世称"郊寒岛瘦"。

⑪骏骨牵盐：用良马牵拉盐车，比喻大材小用，无法发

挥才华。

⑫玄文覆酱：用典籍覆盖酱瓮，比喻著作不被重视。西汉扬雄写出五千言《太玄》，刘歆认为很难有人理解它的旨意，"吾恐后人用覆酱瓿也"。

⑬庆虬：《西京杂记》说，长安有个书生庆虬之，写出一篇《清思赋》，毫无影响，于是署名为司马相如所撰，立刻传遍四方。

⑭张率：南朝梁文学家。《南史·张率传》载，齐梁时人张率十二岁能写文章，又能作赋颂，十六岁时已作二千余首。当时名流虞讷见到张率的文章后，诋毁他。张率转而写诗，并假托是当时文坛领袖沈约所写。虞讷读来句句嗟叹称奇，没有一个字不说好。

⑮没没：无声无息，无所作为。

⑯望劳屐齿：盼望光临。屐齿，古人木屐下面凸起如齿的部分，指足迹、游踪。

【赏读】

布衣诗人汪舸面对雨中春兰，一口气吟诗百首，袁枚看后颇为赞赏。汪舸的诗宗法宋代诗人黄庭坚，还校定过《山谷集》，但袁枚对黄庭坚的诗评价并不高，在《随园诗话》中就明确说过"余不喜黄山谷诗"，认为他的诗是"果中之百合，蔬中之刀豆也，毕竟味少"。汪舸的诗恐怕不及黄庭坚的三四分，袁枚却很欣赏："汪可舟舸,自称客吟先生,诗笔清绝。而在扬州,竟无知者。"

春雨连绵之日,袁枚独对一盆春兰,赏读汪舸诗作,颇为赞许。汪舸的文字有水准,但科举时代,布衣诗人先天不足,视界与胸怀都有太大的局限,困于书斋之中,单纯与文字苦苦纠缠,搜肠刮肚,很难有真正的突破与蜕变。所以袁枚在信中指出"安得黄金铸成贾岛,为笨伯作导师哉",其实是一种不太委婉的劝告。

诗句清绝的汪舸一直默默无闻,很想有所改变。他与袁枚交往数年,盼望得到袁枚这样的名流推举,帮助自己成名。袁枚回应称,自己要爱惜声名,如果汪舸的诗果真够水准,他会帮助吹捧和推荐,否则断难从命。《随园诗话》中多次提到汪舸,摘引他的一些诗句,比如"久卧林泉犹未老,只谈风月别无闻。山中白石同谁煮?座上名香待尔焚"等,从朋友的角度来看,袁枚已经尽力了。可惜汪舸最终没能等来成名的那一天,一生怀才不遇,抑郁不得志,贫病而死。

答何献葵①明府

去秋病中作别,床上送行,客主情怀,两未酣畅。腊底接手书,知新妇入厨,羹汤初作。喜古尊②在署,相助为理,以新硎③之治化,兼旧雨④之周旋,本朝《循吏⑤传》中添几页相须⑥矣。兄爱我深,爱随园尤深。别后增柳谷⑦三间,有背山临流之胜,惜乎好友去而好春来也。比来素月流天,杂花生树,追忆当年留宿,或提灯而采荷叶,或曳足而仰星河。呼茶命短腿之胡奴,烧酒烦庞眉⑧之老姊。忽忽四五年,鸿爪雪泥,都为陈迹。闻刘氏苍头司阍⑨未久,旋即化去,能无感慨系之!未知画戟排衙⑩之际,犹作空山一梦否?

仆小不快意,为沭阳买麦一案,核追千石有奇。事远年湮,已尽亡其底册⑪;官卑累重,只自奋其空拳。一段春愁,又在水流花谢之外。所以告知足下者,亦以乌纱局内,虽新旧分途,而酸咸同味,不可不筹之于早也。所嘱者,足下三台五马⑫,宦成之后,亟宜白首同归,早践结邻之约。羊、求风义⑬,张、邴云山⑭，无使古人腾笑⑮。

【注释】

①何献葵：何廷模，字献葵，号西舫，杭州人，做过如皋县令、高邮知州等。

②古尊：皇甫古尊，身世不详。

③新硎（xíng）：刚刚磨过的刀。

④旧雨：老朋友的代称。

⑤循吏：守法循理的官员，历代史书多有"循吏传"。

⑥相须：互相依存、配合，也作"相需"。

⑦柳谷：随园中的轩名。

⑧庞眉：年迈之人眉毛黑白混杂。

⑨司阍（hūn）：看门。

⑩画戟排衙：官员升堂之前，属下排列仪仗。

⑪底册：原始的账簿、档案。

⑫三台五马：原指居三台或太守之位，后比喻达官显宦。

⑬羊、求风义：西汉蒋诩为官清廉，辞官隐居，只有羊仲、求仲二人不慕功名，与他交往。风义，情感道义，操守。

⑭张、邴云山：谢灵运有诗句："偶与张邴合，久欲还东山。"张，张良，愿弃人间富贵而求道；邴，邴曼容，免官养志自修。云山，隐居。

⑮腾笑：嘲笑，发出笑声。

【赏读】

何献葵与袁枚是杭州同乡，曾在随园中住过几天，与袁枚提灯采荷，星夜漫步，品茶饮酒。何献葵极少写诗，认为"诗无生趣，如木马泥龙，徒增人厌"，在随园之中只吟成孤零零的半句"梅子肥时落地轻"。起码在诗学上，他与袁枚的志趣完全不同，但这并不妨碍二人成为亲密好友。

这封信写在乾隆二十四年（1759）前后。袁枚谈起随园中最近完成的三间新建筑，名之为柳谷。柳谷在宅子西侧的垂柳之中，背山而临水，周围种植了大片牡丹，花开之时宛如巨大的锦绣屏风。轩中悬挂着袁枚那一副有名的对联："不作公卿，非无福命都缘懒；难成仙佛，为爱文章又恋花。"闲话之后，袁枚转到这封信的主旨：他在沐阳任职时留下一笔糊涂账，现在朝廷追查，要求他补偿一千石小麦。因为时间久远，当年的账册已经无处可寻，袁枚有口难辩，大感冤屈郁闷。当年袁枚没能做上高邮知州，只怕也有这方面的原因，至于他是否无辜，我们无从知晓。令人困惑的是，袁枚为何要主动对朋友谈起这种不光彩的事？他自己的解释是大家同在官场上，"虽新旧分途，而酸咸同味"，他想提醒老朋友小心提防，不要过于贪恋官位。何献葵和袁枚一样做县令，刚刚得到新的职务。何献葵最终做到高邮知州，正是让袁枚耿耿于怀的那个位置。袁枚在这里突然旧事重提，不知是否有这方面的原因。

　　短短一封信，流畅雅丽，提到了彼此生活中的许多细节，说明二人关系颇为亲近。何献葵曾经与袁枚相约，将来让自己的二儿子何兰庭做袁枚的女婿，最终没能实现。在何献葵死后，袁枚与他的两个儿子何春巢、何兰庭继续交往。

与姚小坡①刺史

别后曾一接手书,非缺然②不报也,实以僻处山野,凡作长安之行者,都了不相关。而枚又泄泄③然无须臾之不懒,以致相思之忱积于心者有余,而分与公者不足。幸勿责其蠢顽为幸。

枚甲戌之秋,病几不起,起一年而去秋又病。每至八月有凶,几以此身为临卦④。防秋⑤无策,常自莞然。金陵无可与游,补萝⑥、晴江俱为异物。人琴之感⑦,古昔所同,不图如是之速。卓园⑧惨变,更非人事所能推测。闻公古谊⑨有东溪烈士⑩之风,为之泣下。鄙人有勒追⑪麦价一事,司差府役,烂其盈门。自笑去官廿年,正如开元、天宝⑫,久矣人不知兵,而一旦有范阳之事⑬,能勿猿惊鹤怨⑭乎?现将房产呈抵,未知当事者能勿嬲之以所不能否。

【注释】

①姚小坡:姚立德,字次功,号小坡,浙江仁和(今杭

州)人,做过山东按察使、河东河道总督等。

②缺然:延搁。

③泄泄:弛缓,懈怠,闲散。

④临卦:六十四卦之一,坤上、兑下,卦辞为:"元亨利贞。至于八月有凶。"

⑤防秋:古代每到秋季会加强西北的边防,戒备游牧部落的侵扰。

⑥补萝:沈凤,字凡民,号补萝,江苏江阴人,精于篆刻绘画。

⑦人琴之感:王徽之、王献之都是王羲之的儿子,《晋书·王徽之列传》载:王献之死后,王徽之坐到灵床上,"取献之琴弹之,久而不调,叹曰:'呜呼子敬,人琴俱亡!'"一般指看到亡故亲朋的遗物,心生悲伤。

⑧卓园:傅魁,做过江南狼山镇总兵官、陕西延绥镇总兵官,署理安西提督等。乾隆二十二年(1757)被乾隆皇帝下令处死。

⑨古谊:古代贤士的风义。

⑩烈士:志向高远,有气节。

⑪勒追:勒令追回,强制追还。

⑫开元、天宝:均为唐玄宗用过的年号。

⑬范阳之事:天宝年间安禄山在范阳起兵反叛,史称"安史之乱"。这里比喻差役临门。

⑭猿惊鹤怨:猿、鹤惊恐凄厉地惨叫,形容战争突起时

悲惨、混乱的局面。

【赏读】

袁枚写信给姚立德，时间在乾隆二十三年之后。袁枚提到几位离世的朋友中，沈补萝和李晴江都是书画艺术家，在江宁与袁枚交往密切。"卓园惨变"指的是傅魁之死。傅魁是一员武将，在他成为狼山镇总兵官之前，袁枚就与其相熟，写过《送傅卓园总戎之狼山》等诗。后来傅魁率领绿营兵前往西北平叛，在获胜之后被乾隆皇帝处死，名义上是因为他擅杀降将，实际是乾隆皇帝以此震慑绿营将士。

袁枚认为姚小坡具有古代义士的豪侠风气，大概傅魁出事以后姚小坡有过一些同情的举动，比如给其家人某种资助，这一点可以参考他后来帮助陶镛之举。袁枚再次提到"勒迫麦价"一事，事情的原委在给何献葵的信中讲得更具体：袁枚在沭阳任职时，购买麦子造成了亏空，需要追偿一千余石。追讨的差役上门逼迫，无休无止，袁枚只好暂时拿出房产抵押，以便自己有时间筹措。

沭阳的旧事很可能与袁枚的父亲袁滨有关。袁滨长期在各地为人充当幕僚，足迹遍及粤、滇、闽等地，精通律令和官府中的明暗规则，吏治经验丰富。袁枚的学生吴贻咏写的《福行简斋公传》中说，当初袁枚散馆外用，第一站是到溧水任职。袁滨此时正在粤西做幕僚，

"虑先生初任",没有治理的经验,立刻辞职匆匆赶来辅助,以后一直留在袁枚身边。沭阳是袁枚任职的第三地,在《重到沭阳图记》中有"入县署游观,到先人秩膳处,姊妹斗草处,昔会宾客治文卷处,缓步婆娑,凄然雪涕"。说明当年袁枚的父母家人都和他一起在县衙中生活。袁枚二度出山,到陕西做县令,袁滨也是急匆匆赶去,途中猝死,"(枚)甫抵陕,赠公挈眷就养,渡江而卒。先生以不得视含殓为终身恨"。

从《答金震方先生问律例书》等信件来看,袁枚从父亲那里得到许多有益的知识,可以避开许多弯路。但袁滨同样熟知政府管理中的漏洞,或许会借助袁枚的权力搞一些灰色的操作,沭阳的亏空大概率与他有关。从袁枚对堂弟袁树、对姐妹、外甥的态度来看,他非常注重亲情,但他的诗文中很少提到父亲袁滨,耐人寻味。

不清楚袁枚为何对姚小坡提到沭阳之事,是在婉转地向他寻求帮助?袁枚身在山野,却喜欢与权贵相交,名气虽大,交际虽广,有人却看他不爽。所以表面风光之下,也会有许多烦恼。袁枚曾写过一首《某学士已谪降矣,犹责余不以公服相迎。余虽谢过,而退后不能无诗》:"何苦蓬门阁阁哗,私蛙犹道是官蛙。一枝红蓼虽孤洁,生就人间琐碎花。"字里行间可以感知许多隐忍不敢发的郁闷。"勒迫麦价"一事也是这类烦恼之一。

答程鱼门书

仆无秋不病,七月间又痁①作而伏矣。小愈辄复,瘠若槁木之枝。书来道稚威②、定宇③化为异物,病中闻此,悲何可支!惠子湛深经术,仆爱而未见。稚威则少相狎、长相敬也。怀奇负气④,赍志以没⑤。所著繁富,闻其儿子以为不祥,都拉杂摧烧之。其人举于乡,识道理,或不宜有此。魏文帝⑥云:"既伤逝者,行自念也⑦。"陆云⑧与杨彦明书云:"昔年少时,见五十公去此甚远。今日冉冉,已觉近之。"思二公言,益人凄怆。

记前年与足下约毋刊所作诗文,比来思之,此语终竟未是。岂不知学与年兼、深造可喜?古人文字无自为开雕者,然彼此一时,正难泥论。求心苟足,待后无期⑨。孔子称"七十从心",哲人竟萎。倘再登大耋⑩,必不以七十自足也。学者如牛毛,传者如麟角。先为之传,以待后人可也。若四十未足,曰待五十;五十又未足,曰待六十。云云不已,溘然早至。有子如彼,无子可知!其卒谁能纪传之耶?道家以形骸为宅舍,神明为真吾。文章者,吾之神明也,可不存哉!曹子建⑪云:"文之佳恶,吾自知之。"少陵亦有"得失寸心"之言。先哲余论,当不我欺!

仆诗兼众体,而下笔标新,似可代雄。文章幼饶奇气,喜于论议,金石序事⑫,徽徽可诵⑬。古人吾不知,视本朝三家,非但不愧之而已。足下诗才几抗绛云⑭,文太纤余,仲宣同累⑮,然南雷⑯下可雁行矣。他学淹贯,过仆远甚。愿足下著一书垂之不朽,正是成其所长,非因足下劝我止其觞而还酢之⑰也。

介眉⑱侍讲来此,执后进甚恭。八十颓翁,得此于天盖寡。绵庄⑲衰甚,烟视媚行,非复如前所见。今且卧病,精神欲辞之而去。海内儒者,又弱一个焉。人何以堪!仆与足下离七百里,一晤辄三四年,彼此发有二色矣。才难之叹,知音之孤,中夜弹指,几人尚在!私心拳拳,觉骨肉妻孥不如文字之交关爱较重。近举一男,瘇生⑳气绝。区区者而不予畀,天道可知!然使有一卷书传后,则幽冥魂魄,长逝无憾,功勋子嗣,都无所关。此语要惟足下信耳。西风满天,伏惟珍重。不备。

【注释】

①疝（shān）：泄疾。

②稚威：胡稚威，榜名方天游，字稚威，山阴（治今浙江绍兴）人，早年袁枚与他同在北京应试，与其互相欣赏，但其终身不得志，抑郁而死。

③定宇：惠栋，字定宇，江南元和（今江苏苏州）人，清代经学大家，终身未仕。

④负气：自负，不肯屈居人下。

⑤赍（jī）志以没：壮志未酬而身先死。

⑥魏文帝：曹丕，字子桓，曹操之子，建安二十五年（220）登基，谥号"文皇帝"。

⑦行自念也：随即想到了自己。行，不久，将要。

⑧陆云：陆逊的后代，西晋文学家。杨彦明与他同时代，身份不详。

⑨求心苟足，待后无期：只要求当下自己对作品满意，如果一味等待作品更完美，只怕刊刻之日遥遥无期。

⑩大耋（dié）：高龄老人。耋，八十岁为耋。

⑪曹子建：曹植，字子建，曹操之子，世称"陈思王"。三国时期文学家，有诗赋集《曹子建集》存世。

⑫金石序事：这里指文章的辞采、韵律和叙事。序事，记叙。

⑬徽徽可诵：辞采优美，朗朗可诵。徽徽，美好的

样子。

⑭绛云：红色的云，传说中仙界有红云缭绕。这里指诗艺的最高境界。

⑮仲宣同累：像王粲的文字一样完美，少有瑕疵。累，弊病，过失。仲宣，王粲，字仲宣，山阳高平（今山东微山西北）人，三国时期做过魏国侍中，著名文学家，"建安七子"之一。《文心雕龙》称赞王粲："仲宣溢才，捷而能密，文多兼善，辞少瑕累。"

⑯南雷：黄宗羲，字太冲，号南雷，学者称"梨洲先生"，浙江余姚人，明末清初经学家、思想家。

⑰劝我止其觞而还酢之：你劝我不要饮酒，我却向你敬酒。觞，向人敬酒，饮酒，宴会。酢，客人以酒回敬主人。

⑱介眉：王延年，字介眉，浙江钱塘人，雍正年间举人。乾隆年间做过国子监学政，老年得赐翰林院侍讲。

⑲绵庄：程廷祚，初名默，字启生，号绵庄，上元（今南京）人，致力经学，著有《程氏易通》《大易择言》《青溪诗说》等。

⑳寤（wù）生：婴儿出生时脚先出来。

【赏读】

老朋友程晋芳写信给袁枚，提到两个人的老朋友胡稚威、惠栋去世。袁枚自己刚刚大病一场，想到大限将至，身后空空，不觉黯然。更让袁枚大受刺激的是，胡稚威一生著述丰富，他的儿子认为这些作品可能给自己带来晦气，将其付之一炬。胡稚威一生笔耕的成就灰飞烟灭，荡然无存。袁枚因此想到自己老之将至，而身后之事全无着落。

此前袁枚与程晋芳相约，不要轻易刊刻、发行自己的诗文作品，担心年少轻狂，笔下草率，将来悔其少作。其实，早在袁枚担任江宁县令时，幕僚谈毓奇就汇集他的诗文，刻成《双柳轩诗文集》二册。后来袁枚自己毁板删改，只留下少许篇章。这恐怕也是他相约慎重刻书的原因。如今看到胡稚威如此结局，袁枚改变初衷，不再苛求作品的完美，先要把作品刊刻面世，交给后世和时间来决定其是否值得流传。袁枚引用道家的理论，认为一个人的诗文是他的神明，是他的真我，肉身不过是神明暂居的房宅。刊刻诗文、流传后世便是灵魂不朽。袁枚对自己作品充满信心，也认为程晋芳的经学造诣极深，某些著作值得留传后世。

袁枚最后提到的王延年、程廷祚两位老者，都和他一样被举荐过乾隆元年的博学鸿词科，如今全都垂垂老矣。青年时代的程廷祚俊美异常，有一个绰号叫"娘子秀才"。程晋芳是程廷祚的族孙，曾经跟随他学习经学，袁枚用"烟视媚行"来形容程廷祚的老态，其中调侃、戏谑的意味只有老朋友才能真正体会。

时光飞逝,旧日相识日渐老去,袁枚自己也两鬓斑斑,仍然没有子嗣。袁枚提到最近夭折的一个男婴。乾隆二十三年(1758)陆姬曾为他生下一子,据此可以推断这封信的写作时间。迟迟没有儿子让袁枚对于身后之事的危机感比别人更为强烈,更为焦虑。他认为"功勋子嗣"都不如一部经典力作,能让自己垂之不朽,他务必要在有生之年让自己的作品面世,传留后世,如此则"幽冥魂魄,长逝无憾,功勋子嗣,都无所关"。从今天的角度来看,袁枚达成了这个愿望。

蒙赐风肉

蒙赐风肉一盘,古人所谓"千里脯①",注疏中所谓"凉州乌翅②"者是也,《公食大夫礼》③中最为珍贵。夫子频频颁来,且云以劳有功者,枚闻之瞿然。

夫妇人惟酒食是议,惟刀匕是供,固其职也。夫子一赏之不足,又屡赏之,似若褒其前功而策其后效者。不知养由基④之矢,百发百中,尚有弓拨矢钩⑤之时,况灶下婢乎?且人之学问,惟有所歉然也而后知不足,知不足也,而后能大有功。枚于厨娘,亦以此术待之,故能摩厉以须⑥,时亦弋获⑦。今不料夫子褒之又奇赏之,窃恐此辈将来以为两朝元老尚且贬少褒多,则主人平日之断断⑧督过者,殆不足为定评,而从此放手调羹,不复婆娑⑨相料理矣。嗣后如山人⑩有献食之事,求夫子且勿扬之而先抑之,幸甚!

【注释】

①千里脯:肉干。明代的《竹屿山房杂部》中载有制作

方法，原料可为猪、牛、羊肉，切长条，用醋、酒、花椒、茴香、盐等腌肉一夜，慢火煮令汁干以后挂起。

②凉州乌翅：《周礼》中有"腊人掌干肉"，郑玄注称"干肉，若今凉州乌翅矣"。

③《公食大夫礼》：《仪礼》中的名篇，以饮食为主。

④养由基：又称养叔，春秋时期楚国将领，神箭手。

⑤弓拨矢钩：弓拨，箭弓反转；钩，弯折，钝。

⑥摩厉以须：把刀打磨锋利，随时准备动手。

⑦弋获：猎获，擒获，有所收获。

⑧龂（yín）龂：龂，同"龈"。争辩，争论；露齿。

⑨婆娑：盘旋，舒展。

⑩山人：隐士，这里袁枚指自己。

【赏读】

袁枚把自家厨娘的拿手菜献给尹继善品尝，尹继善感觉不错，夸赞厨艺好，派人送来一些尹府自制的"风肉"，作为回馈之礼，同时奖赏厨娘。袁枚回信认为，烹饪是厨娘的本职工作，过分奖励厨娘，会让她自以为是，不再谨慎做事，将来很难管理。袁枚对于自家的厨娘一向是有些歧视的，"厨者，皆小人下材"，因此对其要求非常严苛。《随园食单》中有"戒苟且"一条，专门针对厨娘："一日不加赏罚，则一日必生怠玩。火齐未到而姑且下咽，则明日之菜必更加生。真味已失而含忍不言，则下次之羹必加草率。"看来袁枚真不是一个好伺候的主儿。大概每一位像他这样精致的美食家身后,都有几位提心吊胆的厨子。

"风肉"也就是腊肉,各地的制法不同。《随园食单》中有"尹文端公家风肉"一条,专门介绍尹府的风肉。制法是用盐把新鲜的猪肉仔细揉擦,挂在阴凉通风之处,使其自然风干,一直要等到来年的夏天才可以食用。袁枚强调烹制风肉的两个要点:先泡后煮,用快刀横切。关于尹氏风肉的妙处,袁枚说它比普通的风肉精致,曾经贡献给皇上。类似地,袁枚还在尹继善的府上吃过一种蜜火腿,"其香隔户便至,甘鲜异常"。除了风肉和蜜火腿,《随园食单》记录的尹府佳肴还有鲟鱼和鹿尾,都是食中珍品,寻常难以见到。

尹继善位高权重,却有许多的闲情逸致写诗和品鉴饮食。这些恰恰是袁枚的强项,二人因此关系亲密。同时期学者章学诚批评袁枚与尹继善父子之间的交往:"倾邪之人,必有所恃。挟纤仄便娟之笔,为称功颂德之辞;以揣摩抵掌之谈,运宛转逢迎之术。权贵显要,无不逢也;声望巨公,无不媚也。笔舌不足,导以景物娱游;追随未足,媚以烹庖口味。至乃陪公子于青楼,颂娇姿于金屋,尤称绝技,备极精能。"言辞尖刻,是否恰当,说法不一。

与何献葵明府

菊有黄花之际，正相思命驾之时。蒙故人之情，委曲周挚。或极三更清话，僮仆鼾呼；或听一部宫商①，金灯灿烂。至于小艇将开，而呼驺②又到，漏尽霜浓之际，握手依依，使我至今低徊不置也。访春痴兴，恃牛相公之保护樊川③，几于微服野行，狎邪不顾，终无所获，命也何如！然新花之采折，与旧雨之周旋，孰重孰轻，静言思之，终不悔雉皋④之跋涉也。

在苏耽迟四十余日，佳人信断，残腊将终，依旧抱空而返，未免抡才⑤太刻，穷且益坚矣。幸为小女择得一婿，楚楚不凡，差强人意。本求西子，翻得东床，想彼苍亦"与之齿者去其角⑥"之意也。还山后，重兴土木，小有经营，日与都料匠⑦攘臂握算⑧，日昃不遑⑨。故奉赠诗与游冒氏荒园⑩之作，至今未能握管⑪。才人觅句，荡子寻春，其间得与不得之故，想亦有数存耶？

【注释】

①官商：泛指乐曲，音乐。

②驺：养马或者驾车之人。

③牛相公之保护樊川：据说，唐代诗人杜牧曾经在扬州任职，风流放荡。有官员暗中记录他的种种行径，交给牛僧孺，牛僧孺隐而不发。牛相公，牛僧孺，进士，官至宰相。樊川，杜牧，著有《樊川文集》。

④雉皋：江苏如皋。

⑤抡才：挑选人才。

⑥与之齿者去其角：上天赋予猛兽锋利的牙齿，就不会再让它生角。《汉书·董仲舒列传》中，董仲舒对汉武帝说："夫天亦有所分予，予之齿者去其角，傅其翼者两其足，是所受大者不得取小也。"

⑦都料匠：工匠。

⑧攘臂握算：挽起袖子计算、谋划。

⑨日昃（zè）不遑：太阳西斜还无暇歇息。

⑩冒氏荒园：冒襄，如皋人，明末清初文学家，在如皋有水绘园。

⑪握管：执笔。

【赏读】

袁枚写给何献葵的书信，总是那么好看。

乾隆二十六年（1761）秋天，袁枚应约前往如皋，县令何献葵请袁枚看戏，陪他清夜长谈，款待周至，极尽地主之谊。除了访友，袁枚还游览了有名的水绘园，那是明末四公子之一冒襄的产业，如今已经破败。袁枚此行最重要的目的是寻找红颜知己，在如皋的大部分时间都在微服野行，访春狎游，相当放松。结果是白忙活一场，"终无所获"。在一首《过雉皋访何西舫明府淹留数日，别后却寄》中他写道："平生读《国风》，好色慕古流。误闻此邦媛，窈窕能清讴"，袁枚满怀希望而来，最终失望而归，"千愁攻羁客，独宿难深秋。西施未有期，范蠡回扁舟"。

他顺路又去了苏州，流连四十余日，一心要寻到一个满意的姬妾。一首《自嘲》中感叹自己人过中年，孤身在外游荡，与猿鸟为邻，却不思回家，坦率承认"有官不仕偏寻乐，无子为名又买春"。实际上，随园当中从来不缺少女子，袁枚一共娶过十余位小妾，这个数量即使在那个时代也比较少见。袁枚有足够的财力，更重要的恐怕还是个人喜好，好色是他贯彻一生的特点。袁枚在苏州住到年底，没有找到满意之人，落寞而归。唯一的收获是在苏州发现一个楚楚不凡的好青年，给女儿定了亲。乾隆二十七年，袁枚把女儿成姑嫁给苏州的蒋生，可叹半年以后蒋生病死，几年之后年轻的成姑也抑郁而终。

这封短信内涵丰富，语言简洁流畅而有韵致，骈散相间，典雅华丽，节奏明快而错落有致。成语典故信手拈来，浑然天成。原本一段琐碎而且令人失望的行程，被袁枚写得摇曳多姿，趣味横生，他的真性情在字里行间展露无遗。这大概是最能代表袁枚尺牍特点的一封信。

答尹相国书

　　枚愚,不能慎厥身,使公绝投杼①疑,又不能以自隐无名为务,累公思心潭潭②,屡寄危言惊愫③震动之。枚始而瞿然曰:公恩我不知我。继而怆然曰:长者大人之爱婴儿也,岂待其有疾而后忧耶?其平时之燥湿寒暑,盖无时不兢兢也。且近前犹可耳,离之愈远,则忧之愈深。公之于枚,毋宁类是!

　　虽然,儿壮矣,有疾以贻长者忧,不可;无疾而不能以无疾之故晓长者解其忧,尤不可。枚固不然。孔子曰:"君子坦荡荡。"孟子曰:"王者之民,皞皞④如也。"公之不欲枚坦皞⑤也,将以枚不足为君子乎?抑不知今为王者之世乎?枚乞养山居,原不敢望履舄⑥于公之门矣。而公挟师傅之尊,强召之,宿留之,出诗文以唱喁之。所以然者,牙琴相应⑦,启予者商⑧。公之近枚者,公之所以自为,而非为枚也。世人不察,但见公纡尊降贵,有意其存之,遂谓公宠枚,纵枚,过誉枚,听从枚。而枚于公前之不乞一恩,不干一事,

卷一　尺牍　　49

不妄一语，不受一赐者，则非外人之所得而知也。于是眈眈然环起而睥睨⑨焉。嗟乎，嗟乎！是何异阑猿槛鹤⑩，偶一玩弄于王公贵人之前，旁观者疑若奇荣极耀，而孰知猿鹤之心，以为有苦而欲逃也久矣！枚为公故，招人多言；公又为人多言故，加枚训词。恩勤⑪不已，只益为累，盍亦淡置夫夫⑫也而听其相忘于江湖之为安也哉？

说者又谓，穷居⑬故宜加谨。是言也，枚尤非之。夫因穷居而加谨，将必因显贵而大纵也，是奚可也？今圣世雍熙⑭，草木群生之物，皆有以自乐，而士君子乃戚戚嗟嗟⑮，如含瓦石⑯，不与无病而自灸者等乎？然而公之心，枚亦知之。公出入中外垂四十年，小心谨慎，未尝有过，犹抱安不忘危之志，乾乾日昃⑰。师弟契深，吉凶同患。枚倘颠蹶⑱，必先累公。公之戒枚者，又公之所以自为，而非为枚也。然枚每见焚轮之风⑲拔木而不拔草者，何哉！其质微，故其身易安耳。而况天下祸福荣辱之权，操之者天子，赞之者相公。公为相公，赞天子，自有大中之道⑳，称物平施㉑。海内人方倚公如泰山之安，而奚有于㉒一闭门垂老之门下士？夫何忧何惧！

倘公不见其大，不深悉其人，而徒抱慈心苦口，逢寄声㉓人便谆谆聒耳。彼不知者将疑枚必有大无状事积于公心,而代之忧危不已;未为人所陷,先为人所轻,殊非爱人以德㉔之义。昔人疑孔明文彩不艳,而过于丁宁周至。陈寿㉕以为孔明与众人凡士语,不得不然。枚固众人凡士,而公之丁宁则已过矣。孔子虽圣,而子路不悦㉖,故不觉率尔一言。

【注释】

①投杼(zhù):谣言纷纷,最亲近的人也难免生疑。也作"投杼之疑"。杼,织布工具。

②潭潭:深而广。

③愯(sǒng):恐惧。

④皞(hào)皞:广大自得的样子。皞,广大。

⑤坦皞:这里是前文"坦荡荡""皞皞如"的缩写。

⑥履舄(xì):泛指鞋,足下。履,单底鞋。舄,贵重的鞋,以木置于鞋底。

⑦牙琴相应:比喻知音相遇。传说中,伯牙擅长弹琴。

⑧启予者商:《论语》:"起予者商也,始可与言《诗》已矣。"商,卜商,字子夏,孔子的弟子。孔子说:"子夏能理解和发扬我的本意,所以我才与他谈论诗义。"

⑨睨睨:侧目窥察。

⑩阑猿槛(jiàn)鹤:被圈禁起来的猿、鹤。阑,牢栏。槛,圈,笼。

⑪恩勤:《诗·豳风·鸱鸮》:"恩斯勤斯,鬻子之闵

斯。"郑玄笺:"鸤鸠之意殷勤于此,稚子当哀闵之。"后指父母长辈抚育后代的慈爱与辛劳。

⑫淡置夫夫:人人平淡相处。夫夫,人人。

⑬穷居:隐居不仕。

⑭雍熙:和谐太平。雍,和谐,和睦。熙,光明,和乐。

⑮戚戚嗟嗟:忧戚嗟叹。

⑯如含瓦石:比喻含辛茹苦,勤勉终日。

⑰乾乾日昃(zè):勤勉终日。乾乾,自强不息。

⑱颠蹶(jué):跌倒,困顿,毁灭。

⑲焚轮之风:暴风从上来降。

⑳大中之道:治理天下的根本大道。

㉑称物平施:称量物品的分量,平均分配。

㉒奚有于:谁会在意,有何妨碍。

㉓寄声:传话,托人传话。

㉔爱人以德:爱护别人以成就自己的道德。《礼记》中说:"君子之爱人也以德,细人之爱人也以姑息。"

㉕陈寿:字承祚,安汉(今四川南充北)人,西晋时做过阳平令,著有《三国志》等。

㉖子路不悦:孔子去见卫灵公的夫人南子,子路很不高兴。《论语》原文是:"子见南子,子路不悦。"

【赏读】

乾隆八年(1743)尹继善代理两江总督,乾隆二十一年（1756）起，实任两江总督。直到乾隆三十年（1765），七十岁的尹继善回到北京，才算离任总督。这期间，袁枚与他的交往频密，彼此间有过大量的诗文往来。袁、尹之间似乎有过一场不愉快：尹继善认为袁枚行事太过张扬，几次让人捎话提醒他注意收敛，"加枚训词"，一些话应该说得很重、很难听。袁枚感觉受到了伤害，写下这封信辩解。

首先，袁枚认为尹继善如同长辈一样关心爱护自己，但完全不懂自己，这让他非常委屈。大家志趣相同，彼此都喜欢这种交往，"公之近枚者，公之所以自为，而非为枚也"。袁枚光明磊落，没有刻意逢迎，"不乞一恩，不干一事，不妄一语，不受一赐"。结果引来种种非议，没人知道袁枚的感受。一句"阑猿槛鹤"让一直以来埋藏心中的苦楚表露无遗。与其如此，不如大家疏远一些，相忘于江湖。

其次，自己不过山居之一介草民，无权无势，自得其乐，对别人毫无妨碍。尹继善身居庙堂，大权在握，日夜惕厉，唯恐袁枚的不当言行给自己带来麻烦，"公之戒枚者，又公之所以自为，而非为枚也"。

最后，尹继善完全可以私下里劝诫，不必一次又一次让人传话，搞得大家都以为袁枚有什么把柄被尹继善掌握。袁枚没有说出口的是：尹继善大张旗鼓地公开劝诚，明显是在划清界限，哪一天袁枚果真翻了船，尹继善可以不受任何牵连。这个发现让袁枚格外伤心、寒心。看透了这一层，袁枚才索性把心中的不满痛快说出来，不怕得罪尹继善。

袁枚不卑不亢，用谦卑的语气说着冰冷的话，语气之中明显带着几分生硬，这在二人来往的文字中从未有过。也许袁枚曾经把尹继善当成靠山，现在才恍然明白：一旦自己有事，尹继善绝不会无条件地伸出援手，他首先要确保自己不受连累。那以后，袁枚注意收敛言行，尽量减少与尹继善的来往。尹继善察觉到这种变化，乾隆二十七年（1762），他抱怨袁枚近来很少露面。袁枚写诗《望山公嫌枚踪迹太疏，赋诗言志》两首回应，其一写道："不是师门意懒行，尚书应谅草茅情。听来官鼓心终怯，换到朝靴足便惊。老眼书衔愁小字，诗人得宠怕虚名。闲时每看青天月，长恐孤云累太清。"委婉客气中间，能读出几分不满。不太愉快的一段插曲之后，袁枚渐渐又和从前一样与尹继善诗酒交欢，看起来一切照旧了。

与湖南抚军方毓川①

接手书并茶、葛两种,既温谕②之缠绵,复嘉珍之宠锡。明公③于督办军需之际,犹忆及山中一叟,惓惓不忘,不独笃于故旧之义,人所难能,而即此临事从容,机宜悉协,亦可想见古大臣之风度也。书中谈及庄、陶二公④,令人凄咽。古人称三十年为一世,己未至今,刚一世矣。晨星晓露,逐渐飘零。所赖明公一人,领封疆⑤重任,为吾党辉光。须知望三台而以手加额者,军吏苍生之外,尚有闲鸥野鹭也。枚去秋始带眼镜,一自借重此君之后,观书作楷,须臾难离。左车牙⑥欲落不落,时复痛楚,与老饕作梗,正如朱买臣⑦妻,求去不去,故终日勃豀作闹。老之逼人,乃如是乎!近得裘司空⑧手札,亦以衰颜相告,想此境界,贵贱同之。惟今春见归愚宫傅⑨,已九十六岁,而聪强如昔,知公闻之,亦为色喜。高涧南⑩明府席上得见令郎公子,长成如许,既叹岁月之如流;秋试将临,预卜青云之直上。因其归楚,顺候近祺!

【注释】

①方毓川：方世俊，字毓川，安徽桐城人，乾隆四年（1739）进士，官至湖南巡抚。

②温谕：皇帝的谕旨，或者敬称别人的书信、问候等。

③明公：敬称，多用于位高名显者。

④庄、陶二公：庄有恭、陶镛，都是乾隆四年（1739）进士。

⑤封疆：全权管理某一地区。

⑥左车牙：左下齿。车，牙下骨之名。

⑦朱买臣：字翁子，西汉吴县（今江苏苏州）人，早年贫穷，每日采樵读书，妻子不堪忍受，离他而去。后来朱买臣做了会稽太守，妻子羞愧自尽。

⑧裘司空：裘曰修，字叔度，江西新建人，乾隆四年进士，官至尚书，加太子少傅，死后赐谥文达。

⑨归愚宫傅：沈德潜，字确士，号归愚，长洲（今江苏苏州）人，乾隆四年进士，官至礼部侍郎，卒年九十七岁，著有《归愚诗文钞》等。宫傅，太子太傅。

⑩高涧南：高继允，字涧南，梁山（今重庆市梁平区）人，乾隆年间做过太谷县令等。

【赏读】

方毓川和袁枚都是乾隆四年的进士，有同年之谊。

方毓川的仕途比较顺畅,一路做到了湖南巡抚。贵为封疆大吏,依然不忘旧日之交,千里迢迢为袁枚寄来茶、葛两样礼物。这里说的葛,应该是湖南特产的葛根粉,茶大概是洞庭的君山茶。《随园食单》的"洞庭君山茶"一条下,袁枚认为这种茶的色味与龙井茶相似,但产量极少,"方毓川抚军曾惠两瓶,果然佳绝。后有送者,俱非真君山物矣"。

方毓川是湖南最高的军政长官,能够得到最佳品质的土特产,质量不容怀疑。从内容来看,袁枚这封信写在乾隆三十四年(1769)左右。方毓川调任湖南巡抚是在乾隆三十二年(1767),任职时出了大问题,最后因贪赇被处死。也许就在收到袁枚这封信时,他已经锒铛入狱了。

袁、方虽称故人,过去的交往并不多,有明确记载的一次,是当年陶镛在随园成亲时,方毓川恰好也在随园,跟朋友们一起写《催妆》诗凑热闹。如今分别多年,彼此之间的境遇差别巨大,书信中除了寒暄客套,最适宜的话题不过是感叹岁月飞逝、老之将至、衰病交加,或者交代共同旧友的下落。信中提到的乾隆四年的同年进士当中,陶镛、庄有恭在宦海中起起伏伏,先后离世;年纪最大的沈德潜生前最受乾隆皇帝恩宠,颇为风光,死后却因为政治立场上的一点错误,被夺去谥号,推翻墓碑。方毓川比他们更惨一些,竟然沦为伏法的罪人。反而是身居山野的袁枚活得更长久、更滋润,远远看着同年们苦心钻营,看着他们升腾、跌落甚至败灭,感叹生命如同晨星晓露,结局都是逐渐飘散,了无痕迹。

与姚小坡尚书

陶西圃灵柩到白门，其小妻携两孤来，具道西圃卒于济宁舟中，孤危托落①，形影相吊。赖明公加意扶持，办治棺衾②，料理水陆③，且多与书函，为日后孤寡计。较古人羊舌④下泣之仁，邴成分宅⑤之义，有过之无不及也！

去秋司马⑥过江宁，枚留宿山中，见其年力颓侵⑦，精神已去，而钟鸣漏尽，夜行不休，心戚戚然忧之。其时相国尹公尚未入都，庄容可⑧新参正来监试，一山人，两宰相，合口同声，苦劝其息肩梓里⑨，不必入都。灯炧⑩酒阑，声泪俱下。而司马亦明知前行非策，但云："儿子不肖，终日勃谿⑪，至于掘地毁床，舐糠及米⑫，故不得已，避子祸而出，非贪热官⑬而行也。"话至于此，只得听其解缆，然私心希冀：天道难知，或一年，或二三年，得补一官，沾升斗之禄，未始非余光之照，而不料其竟委化于道路中也。所幸者不在大河以北、大河以南，而独于临清终焉，似忍须奭毋死，以待仁人君子之援手者，岂非天之报施善人，与人之投托知己，皆有数存乎其间耶？此又不幸中之幸，司马所含笑于九泉者也。手谕以其如君⑭幼子为拳拳，枚伏思阿鹜⑮吾家旧人，康公我之所自出⑯，宁不关心？然而山居之人，绵力有限，只可尽其心之所能到。古乐府云"骆驼无角，奋迅两耳⑰"，是枚此刻光景，引之自喻，博公一笑。

【注释】

①托落：孤独不遇，无所依靠。

②棺衾：棺木和衾被等殓尸用具。

③水陆：水陆道场，丧事中的宗教仪式。

④羊舌：春秋时，羊舌氏叔向看到司马侯留下的孤儿，抚而泣之。

⑤郈（hòu）成分宅：春秋时，卫国官地穀臣帮助郈成子逃过一劫，穀臣死后，郈成子把他的妻儿接过来，分割自己的宅院给他们居住，出资供养一家人。

⑥司马：州府长官的副手，或者闲散官员，这里指陶西圃。

⑦颓侵：衰老虚弱，行动困难。

⑧庄容可：庄有恭，字容可，号滋圃。乾隆四年状元，曾任江苏巡抚、刑部尚书等职。

⑨息肩梓里：回故乡养老。梓里，家乡。

⑩炧（xiè）：蜡烛的灰烬，也指蜡烛。

⑪勃豀（xī）：吵闹，争斗。

⑫舐糠及米：舔尽外面的糠皮，再舔到的就是米粒了。比喻得寸进尺，逐步蚕食。

⑬热官：有权势、受追捧的官位。

⑭如君：也称"如夫人"，指别人的小妾。

⑮阿鹜（wù）：曾经是随园的年轻婢女，后来送给陶西圃为妾，袁枚在别处也称她为阿招、招儿。

⑯康公我之所自出：袁枚自称是陶西圃孩子的舅舅。康公，秦康公，他的母亲是晋献公的女儿，是晋公子重耳的同父异母姐姐。康公到渭水之阳送别舅舅重耳，想起已经死去的母亲，不禁悲从中来，咏诗与舅舅告别，即《诗经》中的《秦风·渭阳》。

⑰骆驼无角，奋迅两耳：比喻条件有限，仍然要拼尽全力。《南齐书·乐志》的《俳歌辞》中有："马无悬蹄，牛无上齿。骆驼无角，奋迅两耳。"奋迅，振起，行动迅速。

【赏读】

袁枚的老朋友陶西圃（陶镛）带着妻儿前往北京谋职，走到济宁时死在舟中。在当地做官的姚小坡帮助料理后事，安排他的灵柩返乡，并写信给沿途朋友，请他们多加照应，其中就包括袁枚。其实袁枚与陶西圃的关系非同一般，灵柩路过南京时他自然会给予帮助，事后写信给姚小坡,替陶西圃表达谢意。

早在乾隆十七年(1752)的冬天,陶西圃路过随园,吟诗咏叹冬日随园景色。当时他的情绪异常低落,因为身边最宠爱的小妾被夫人赶走。袁枚征得婢女阿招的同意,把她送给陶西圃。几位朋友赠送礼物,写《催妆》诗祝贺。同一个故事还有另一个版本:陶西圃在随园饮酒,提笔要把袁枚的《随园记》写到屏门上,抬头看到了站在门后的婢女阿招。四目相对,陶西圃就对阿招有了想法,字也写得更工整。但陶西圃自己不好意思开口,就托请范炳星向袁枚转达。袁枚询问阿招的态度,阿招欣然答应。于是由袁枚主持,众位朋友捧场,帮助陶西圃完成了婚礼。袁枚写诗戏道:"江郎老去生花笔,书罢屏风更画眉。"

十三年后,老病交加的陶西圃带着招儿和他们的孩子去北京谋职,途中再到随园。袁枚和尹继善等人都劝他回乡养老。陶西圃哭诉自己的难处,坚持北上,结果病死途中,全赖姚小坡出手相助。这是不幸中的一点幸事,袁枚因此宽慰,但强调自己财力有限,只能尽心而为。信中那一句"康公我之所自出",在袁枚写给陶西圃的一封信中也出现过。袁枚认为自己算是阿招的兄长,也就是她与陶西圃孩子的舅舅,他会尽己所能帮助孤儿寡母。

答某明府书

书来，愠仆不序足下之诗，过矣。仆岂特不为足下作序，并不愿足下作诗。诗之道主温柔。足下作令，能柔其民，即诗人矣，不必于政外求诗。若就足下之诗论之，尚非索序时也。以足下才敏，不傲然行世，而必仆序之求，意中似有仆者。然则仆不序足下，足下必湛思①而自省曰："是区区者，而不余畀②，何耶？"不求之于仆，必求之于诗，诗将日进。仆序足下，足下览镜自臧③，从此不求之于诗，并不求之于仆，而诗将日退。爱足下者，不当如是。若夫隐约其词，阳许而阴非之，又非朋友直谅④之道也。

且足下亦知序所由昉⑤乎？《尔雅序》⑥疏云："序者，序陈此经之旨也。"杜牧答庄充⑦亦云："凡夫序者，皆其人已亡，门生故吏尊师其人而序之，非生同时者也。"仆与足下同时生，足下未亡，仆又无所尊师。仆纵欲序足下，足下尚宜拒而辞之，何反以不得为愠耶？

大抵古人多自序,求人序以重其文者,自皇甫之序左思⑧始。至于李汉序韩⑨,则又序人文以自重矣。足下之诗自作之,自序之,谁曰不宜?若果能重仆,仆将求序足下,不待足下求仆。若云倚仆为重,则仆位庳望狭,何足以重足下?而当代之为皇甫者,峨冠林立,足下解愠处甚多,其速往可也。勿疑。

【注释】

①湛思:深思。

②畀(bì):给予。

③臧:认为好,满意。

④直谅:正直诚信。

⑤由昉(fǎng):起始。

⑥《尔雅序》:晋代郭璞作,北宋邢昺疏。

⑦庄充:唐代文人,曾经请杜牧为自己的文章作序,杜牧《答庄充书》原文是:"自古序其文者,皆后世宗师其人而为之。"

⑧皇甫之序左思:皇甫谧,字士安,西晋文学家。左思,字太冲,西晋文学家。左思花费十年时间写成《三都赋》,为了扩大影响,请求皇甫谧等人为其作序。

⑨李汉序韩:李汉,字南纪,韩愈的学生、女婿,曾为韩愈的文集作序。

【赏读】

袁枚在乾隆年间享有盛名,自然要承受声名带来的种种烦恼,诗文唱和、索字、索序、求跋之类的文字应酬应接不暇。为别人的文集、诗集作序写跋是一件苦差事,袁枚又是一个大忙人,结果就是文债山积,很难让有求者皆大欢喜。

一位县令想请袁枚为自己的诗集写序,被婉拒之后写信表达不满。袁枚不惯他的毛病,立刻写信回怼,开门见山,直接说:这样的诗不值得我为它作序宣扬,我甚至根本就不希望你写诗,你能做好自己的县令,造福于百姓就够了。然后袁枚放缓了语气,开始慢慢讲道理:希望县令沉下心来,在诗艺上多下功夫。现阶段自己为他作序,其实是在害他。然后袁枚更进一步,要为县令补补课,讲一讲作序的由来。他认为县令最好写一篇自序,如果非要找当代名人作序,这样的人物实在太多。

在向名家索序、求跋这种事上,头脑灵活的人其实早就找到一条捷径:找人写好一篇序文,再直接署上名家的大名,省事又省钱。袁枚曾经在书肆中见过两部自己作序的诗集,其中一部看起来诗、序俱佳,许多作者还小有名气。袁枚买了一部回去认真研究,好朋友程鱼门一边嘲笑他被人冒名,一边表示艳羡:"名之累人如此。虽然，如鱼门之名，求其一假，尚未可得。"

相对而言，那位县令真诚地索序，遭拒之后认真地生气、责问，袁枚也提笔认真地解说、反击，所有认真的背后，其实还是两个文人对于诗文的那一份执着、敬畏和热爱。

答陶怡云送蟹

移人就蟹，一人之享；移蟹就人，举家之餐。我知今夕通、迟①两儿都学蟛蜞②拱手，祝陶世兄早得中书③矣。且韵怕重复，句贵单行，鸭不随来，尤见君子用其一、缓其二④之妙；且使老饕引领⑤，留有余不尽之思。

唐宫人上官婉儿⑥评沈、宋⑦诗，以"不愁明月尽，自有夜珠来"一结，擢为第一。世兄以蟹为明月，以鸭为夜珠，将来世兄廷试，亦必第一。且螃蟹虽见海龙王，亦是一味横行，世兄将来以文才横行天下，即以今日之蟹为之兆也。

【注释】

①通、迟：袁枚的嗣子阿通和亲子阿迟。

②蟛蜞（péng qí）：一种小蟹，生于海滨泥滩之中。

③中书：中书舍人，明清中央机构中负责文书等工作的基层官员。

④君子用其一、缓其二：春秋战国时期，百姓要负担粟米、布缕和力役三种徭役。《孟子》认为，明智的统治者应该适度征收，用其一、缓其二，不可过分榨取。

⑤引领：伸颈远望，殷切盼望。

⑥上官婉儿：唐代女诗人，西台侍郎上官仪的孙女，在宫中长大，文笔出众。武则天时期负责草拟诏命，唐中宗时期被进为昭容，后被李隆基诛杀。

⑦沈、宋：沈佺期、宋之问。唐中宗在昆明池命百官赋诗，上官婉儿充当裁判官。沈、宋二人的诗最好，上官婉儿认为宋之问最后两句"不愁明月尽，自有夜珠来"最妙，评为第一。

【赏读】

陶怡云就是陶涣悦，祖父陶绍景（京山）做过知县。陶怡云以前是钱大昕、卢文弨（卢抱经）的学生，后来又向袁枚学诗，曾经刊刻诗集，袁枚为其作序。袁枚曾经写信给陶怡云，约定在朝天宫吃饭，由陶怡云做东。袁枚在信中仔细叮嘱如何与道士讲价，"菜不须多，只要好，燕窝也可不用，如此则不能藉口抬价也"。甚至交代应该给每位轿夫多少赏钱。另一封书信中袁枚说："哪得有福分吃霞鸡、陶鸭、严鱼哉！"据此推测，陶怡云的家境很不错，和刘霞裳都是苏州的年轻书生，尚未取得功名，他们与袁枚的交往十分密切，经常聚餐，各自有自己最拿手的菜肴，陶怡云对于食鸭最有心得。

陶怡云曾经送给袁枚一只鸭子，袁枚回信评价："来鸭是中人之资，可取遗才科举。"看起来不太满意，勉强接受。另一次收到陶怡云的鸭子，袁枚认为鸭子太老，除非自己有铁齿钢牙，否则啃食不动，"只好以宾礼相加，不敢以食物相待也"。一只老鸭子，吃又不能吃，养又不方便养，只好奉还主人，"将使此鸭投胎再生而后食之"。袁枚大概真的把老鸭子还给了陶怡云，成为大家的笑料，这种事情只能发生在关系亲密的好朋友之间。

这一次陶怡云送来的是螃蟹，袁枚大觉满意，认为明月在前，必有明珠在后，陶怡云后续还会送来肥美的鸭子。袁枚满腹经纶，信手拈来的典故贴切应景，寻常一封致谢的短札写得如此妙趣横生，意蕴丰沛，令人佩服。

与韩绍真①

前读《王君弼传》，裁剪有法，欣喜之至。近时作古文者少，金陵则又少矣。得足下起而张之，授受有人，庶几吾道之不孤也。

尝谓方望溪②才力虽薄，颇得古文义意，乃竹汀③少詹深鄙之，与仆少时见解相同。中年以后，则不敢复为此论。盖望溪读书少，而竹汀无书不览，其强记精详又远出仆上，以故渺视望溪，有刘贡父笑欧九④之意。不知古文之道，不贵书多，所读之书不古，则所作之文亦不古。唐、宋以来，推韩、柳能为古文，然昌黎自言"非三代两汉之书不敢观，惧其杂也，迎而距之"。柳子《与韦中立书》⑤所引书目，班班⑥可考，其得力处全在镕铸变化，纯以神行。若欲自炫所学，广搜百氏⑦，旁摭佛老及说部书，儳⑧入古文，便伤严洁。

尝读《吕氏春秋》载伯夷就养于文王⑨，未至岐周⑩而道卒。王荆公⑪最博雅，未必不见此书，乃作

《伯夷论》曰:"岂其年高,不及至周而殁也?抑或未及待武王而死也?"故意跌荡其词,以作波澜,不肯引《吕览》⑫以实之,于此可悟作文之道。盖贵直者人也,贵曲者文也。天上有文曲星,无文直星。木之直者无文,木之拳曲盘纡者有文;水之静者无文,水之被风挠激者有文。孔子曰:"情欲信,词欲巧。"巧即曲之谓矣。善作文者,平素宜与书合,落笔时宜与书离。又须揭取精华,扫糟粕而空之。云之卷舒,鸟之飞翔,皆在于空。铜厚则钟哑矣,膏盛则灯灭矣。《庄子》云:"室无空虚,则姑妇勃溪⑬。"其理皆可一贯。足下好学而能不为学所累,故布此同心之言,以佐足下之自信而有以更进也。

【注释】

①韩绍真:韩廷秀,字绍真,号介堂,江宁(今南京)人,乾隆五十五年(1790)进士。

②方望溪:方苞,字灵皋,号望溪等,桐城人,工于古文,桐城派的创立者。

③竹汀:即钱大昕,有《竹汀日记钞》等著作。

④刘贡父笑欧九:刘敞曾经嘲笑欧阳修文章虽好,可惜读书太少。刘敞,字原父,北宋文学家。他的弟弟名叫刘分文,字贡父。袁枚的说法疑似有误。欧九,欧阳修。

⑤柳子《与韦中立书》：柳子，柳宗元，字子厚。《与韦中立书》一般写作《答韦中立书》或《答韦中立论师道书》。韦中立要拜柳宗元为师，柳宗元回信畅谈治学之道，提到的书目包括《书》《诗》《礼》《易》《春秋》《孟子》《荀子》《庄子》《老子》《离骚》《国语》《史记》等。

⑥班班：显著，明显。

⑦百氏：犹言诸子百家。

⑧儳（chán）：杂乱，不整齐。

⑨伯夷就养于文王：伯夷听说周文王善待老人，于是前往投奔。伯夷，商朝末期人，传说周武王灭商之后，伯夷与弟弟叔齐不肯食周粟，饿死在首阳山。文王，周文王，姓姬，名昌，周朝开国者。

⑩岐周：周代城邑，西周建国于此地，故有此称。其地在陕西岐山县境内。

⑪王荆公：王安石，字介甫，北宋政治家、文学家，曾被封荆国公。其在《伯夷论》中反驳传统观点，认为伯夷厌商而迎周。

⑫《吕览》：《吕氏春秋》的别称。

⑬勃溪：吵架，争斗。

【赏读】

袁枚学识渊博，但门下有成就的弟子并不多。韩绍真温恭博学，乾隆五十五年（1790）考中进士之后，正式执礼称袁枚为师。在当时，许多学生拜师完全为了科考，达成目的之后便得鱼忘筌，把恩师抛于脑后。韩绍真迥然不同于众人，所以袁枚称赞他为君子。韩绍真后来做过县令，可惜很快死去。

在这封信中，袁枚倾囊以授，向韩绍真传授文章之法，主要有以下几点：

第一，取法古文。这里说的古文是指三代、两汉的文章，文辞古雅而纯粹，也就是袁枚所说的"严洁"，没有和后代的佛老用语、民间的俚俗语言相混杂，没有被"污染"。取法古文的关键不是多读书，而是要读真正的古文，"所读之书不古，则所作之文亦不古"。在这方面，袁枚认为方苞的古文堪称一代正宗，但方苞的才力稍弱。与古文相对的便是时文，袁枚认为，"时文之学，不宜过深，深则兼有害于诗"。袁枚在信中提到柳宗元所列举的书目，年代最晚的是司马迁的《史记》。我们阅读袁枚自己的文章便能发现，那些经典正是袁枚自己学养的根基所在，他精研强记，因而能够信手拈来，在自己的诗文之中大量取用。

第二，作文要忌直白，曲折而婉转多姿的文笔才有风致和韵味，更具可读性。

第三，平时多读书，吸取其精华，下笔时则要心中无书，才能如云舒卷，如鸟飞翔。作文要注意留白，虚实结合才会空灵舒展,余音袅袅。

  教诲弟子、宣示文学主张的一篇文章,袁枚写得生动有致,取喻贴切,堪称典范。

戏答秋帆制府①误寄银信

重九日,接到朱提②一封,签标"随园先生哂存"六字。正值儿子做亲,欣然拆用。及细读来札,乃系寄鱼门③家物也。在尚书要周急④,而记室⑤要继富。想牙门⑥阔远,宾主天各一方,不相关照耶?枚故哂则遵教,存则不敢也。然而吾乡穷秀才家有误报元魁者,其人始而喜,继而嗔,终而又喜。无聊之极,思乃将报纸⑦装潢收藏,不敢弃;及至次科⑧,公然中矣!枚如法,揭起"随园哂存"封皮一张,以待来年,未知果有效否。并寄此札,望公亦哂而存之。

【注释】

①秋帆制府:毕沅,字纕蘅、秋帆,江苏太仓人,乾隆二十五年(1760)状元,任过翰林修撰、陕西巡抚、湖广总督等职。制府,制置使衙门,唐宋时期的制置使类似明清时的总督。

②朱提:地名,在云南昭通,盛产白银,因此也指代

银子。

③鱼门：程晋芳，字鱼门，号蕺园，江苏江都人，乾隆三十六年（1771）进士，四库馆纂修。

④周急：救济。《论语》中说："君子周急不继富。"继，接济。

⑤记室：秘书，办事员。

⑥牙门：军帅的办公处，也泛指官署。

⑦报纸：通报中榜消息的笺帖。

⑧次科：下一次科举考试。

【赏读】

毕沅寄给程晋芳一笔银子，附信一封。办事人员操作马虎，把收件人错写成了袁枚。袁枚此时正为儿子的婚事忙碌，收到银子直接拿来用了，过后才发现这个错误。

程晋芳的祖辈是盐商，家财万贯。但程晋芳毫无经营头脑，一心读书，做过四库馆纂修。后来家财逐渐耗尽，生活越来越艰困，只能四处告贷。最后在北京实在混不下去，跑去陕西向毕沅求援，很快死在那里。文献中说毕沅为人仁厚、博雅，好善乐施，对朋友更是热心守信。不太清楚他寄的这笔银子是馈赠还是借款，或者另有其他名目。

袁枚与程晋芳完全不同，白手起家却很能赚钱，善于理财，还曾劝说程晋芳注意节俭，不要挥霍。从他临终的遗嘱来看，他积攒了大量银子，用来放贷生息，放贷的对象也包括程晋芳。程晋芳死时还欠着袁枚五千两银子，袁枚拿出借据全部烧掉，并且出资接济程晋芳的家人。

　　袁枚与毕沅、程晋芳的交情都不错，误收了别人的银子并且花掉，当然要如数退回。关键是如何向毕沅解释，如何化解这个尴尬的局面？袁枚的手法简单而且圆滑巧妙，就是讲故事。穷秀才因为虚假的捷报，空欢喜一场，却认为这是好兆头。袁枚戏称，自己要学习秀才的做法，留下毕沅亲笔的封皮，希望下一次他真的寄给自己一笔银子。应该说，袁枚处事的手段真够高明。

与庆晴村①都统②

枚去秋作海州云台③之游,因旧宰沭阳,五十年前令尹,重临故地。竹马儿童④,都变作苍颜白发,争先迎接,有丁令威⑤化鹤归来光景。盘桓月余,又小住扬州半月,花天酒地,尽意酣嬉。自知甚矣吾衰,重来难必,故留别某某,皆有诗四首,雪泥鸿爪,小纪因缘。

腊月八日还山,见案上有见赐手书、《哭似村》诸绝,情文双至,可泣可歌。集句如天孙织锦⑥,巧合自然,但记文端公雅不喜此体,常云:"集句如公馆办差,铺设华美,终是别人物件,不作自己家珍。"至哉言乎!然将军不好武,闲居无事,以诗为戏,当作抛堶投壶⑦,偶一为之,未始不可。孔子曰:"不有博弈者乎?为之犹贤。"斯之谓也。

惟书法近学郑板桥⑧,则殊不必。板桥书法,野狐禅⑨也,游客中有寿门、巳军、楚江⑩诸公,皆是一丘之貉,乱爬蛇蚓,不识妃豨⑪,以揠苗助长之功,作索隐行怪⑫之状。亦如孙寿⑬，本无颜色，又不肯安心梳裹，故为龋齿笑、坠马妆⑭以蛊惑梁冀、秦宫⑮耳。若西施、王嫱⑯，天然国色，明珰玉佩，整整齐齐，岂屑为此矫揉造作、小家子态哉！昔人论诗，道苏东坡如名家女，大脚步便出，黄山谷缩头拗颈，欲出不出，有许多作态，为是甚的？字亦如之。世兄平日书法，从欧、颜⑰两家得来，较此辈已高倍蓰⑱。不过拘而未化，将来多读书，多临帖，自必夕秀纷披⑲，有文端公晚年境界。就使伎止于斯，亦觉周旋中规，折旋中矩⑳，足以雄矣。名教中自有乐地，何必见异思迁？仆全不知书，幼而失学，然一点一画，总还是儿时写"上大人"光景。村女不含颦，牧童不揖让，一味率真，无人相笑。王宰不能言而能不言，亦藏拙法也，世兄以为何如？

【注释】

①庆晴村：庆霖，字雨林，号晴村，尹继善的五儿子，任过青州都统等职。

②都统：清代武官官名，八旗军每旗的旗主称为固山额真，汉字官名为都统。

③海州云台：海州的云台山，在江苏连云港。

④竹马儿童：《后汉书》记载，东汉初，郭伋到并州上

任,数百儿童骑着竹马在路上拜迎。

⑤丁令威:辽东人。《搜神后记》说丁令威在灵虚山学道,学成之后化鹤还乡,故乡少年举弓欲射,鹤在空中徘徊而言:"有鸟有鸟丁令威,去家千年今始归。城郭如故人民非,何不学仙冢累累。"

⑥天孙织锦:这里比喻文采绚丽。天孙,织女,也称天女。

⑦抛堶(tuó)投壶:抛堶,也称打瓦,宋时的一种投掷游戏,多在寒食时玩耍。投壶,古老的投掷游戏,隔开一定距离把细长的矢投入壶口之中。

⑧郑板桥:郑燮,字克柔,号板桥,江苏兴化人,乾隆元年(1736)进士,做过山东潍县知县。擅画竹,工书法。

⑨野狐禅:禅宗公案。对一些妄称开悟而流入邪僻者的讥刺语。此处指异端、歪门邪道。

⑩寿门、巳军、楚江:三人都是乾隆年间的书画家。寿门,就是金农,字寿门,号冬心,杭州人,"扬州八怪"之一,精于书法,擅画梅竹。巳军,杨法,字巳军,江宁(今江苏南京)人,工于篆籀。楚江,俞瀚,字楚江,绍兴人,工于篆籀。

⑪妃豨(xī):书法混乱难辨。豨,大猪。《历代诗话》中说:汉代乐府用大字写辞,小字标声,混写在一起难以分辨。比如汉乐府《有所思》中有"妃呼豨,秋风肃肃晨风飔"。

⑫索隐行怪：深求隐僻之理，过为诡异之行，也即标新立异。

⑬孙寿：东汉人，是梁冀的妻子，貌美，善为妖娆之态，当时流行的愁眉、啼妆、坠马髻等妆饰都由她创造。

⑭龋齿笑、坠马妆：《后汉书》记载，汉桓帝元嘉年间，京城女子流行坠马髻、龋齿笑等妆饰。龋齿笑是做出牙痛而欲笑不笑的样子。坠马髻是把发髻梳向一边。

⑮梁冀、秦宫：梁冀，字伯卓，东汉顺帝、桓帝时为大将军，权倾一时，势败之后与妻子孙寿自杀。秦宫，太仓令，梁冀的亲信，孙寿的情人。

⑯王嫱（qiáng）：字昭君，南郡秭归（今属湖北）人，被汉元帝嫁给南匈奴单于。

⑰欧、颜：欧阳询和颜真卿。欧阳询，字信本，潭州临湘（今湖南长沙）人，唐初著名书法家。颜真卿，字清臣，京兆万年（今陕西西安），唐朝著名书法家。

⑱倍蓁（zǒng）：许多倍。蓁，细而密的草。

⑲夕秀纷披：迟来的绚丽。夕秀，傍晚开放的鲜花，也指后起的人才。

⑳周旋中规，折旋中矩：合乎法度、礼节。圆为规，方为矩。语出《礼记·玉藻》，也写作"周还中规，折还中矩"。

【赏读】

　　这封信写给尹继善的五儿子庆雨林。尹继善儿子众多，而且都能写诗，老三庆玉（字璞斋、号两峰）的诗最好，袁枚的儿子阿迟还拜庆玉为干爹，庆玉给他起名为文澜。老六似村的地位比较特殊，《随园诗话》中收录他和庆玉的诗比较多，老四庆桂、老五庆雨林的诗也有一些。尹继善活着时，这位勤奋的老诗人带着一群小诗人与袁枚诗文往来，哪一个都不能敷衍冷淡，真是难为袁枚了。

　　兄弟当中，庆玉先死，然后就是老六似村公子。从时间上看，这封信写在似村公子死后不久。信的重点是对郑板桥等人书法的批判。袁枚与郑板桥有过交集，但交情浅淡。当年郑板桥在山东做县令，有谣言说袁枚已经死了，郑板桥闻讯大哭，"以足蹋地"，袁枚听说以后颇为感动。乾隆二十三年（1758）冬天，两淮转运使卢见曾在扬州红桥举办宴会，袁枚与郑板桥终于有机会相见，郑板桥对袁枚说："天下虽大，人才屈指不过数人。"袁枚写下一首《投郑板桥明府》："郑虔三绝闻名久，相见邗江意倍欢。遇晚共怜双鬓短，才难不觉九州宽。红桥酒影风灯乱，山左官声竹马寒。底事误传坡老死，费君老泪竟虚弹。"郑板桥也写过一首《赠袁枚》："晨兴断雁几文人,错落江河湖海滨。抹去春秋自花实,逼来霜雪更枯筠。女称绝色邻夸艳,君有奇才我不贫。不买明珠买明镜,爱他光怪是先秦。"又据《随园琐记》记载,郑板桥还曾在《随园雅集图》上题诗,诗后又题:"笔有余墨,乘兴书兰数枝。"说明袁枚曾经很看重郑板桥的名声。

郑板桥的书法是把隶书与楷书糅合,自成一派,在当时有许多人效法,庆雨林也想要赶时髦。袁枚在信中的表现太过激烈,对郑氏书法极为鄙视,出语刻薄,斥之为"野狐禅","乱爬蛇蚓"。袁枚也搞书画收藏,按理说手头应该有郑板桥他们的作品,而且袁枚自己的书法并不好,或许这背后别有恩怨。又或者,事实其实很简单,汝之蜜糖,我之砒霜,袁枚只是单纯地不喜欢郑板桥那一套。

与洪稚存书①书

袁枚顿首
稚存老先生阁下：

去秋闻有春闱②报捷之喜，不喜阁下之得榜眼，而喜榜眼之得阁下也。冬间接手书，垂念故人，拳拳无已，且蒙修词馆③后辈之礼，告朔饩羊④，远颁谦帖，感甚谢甚！枚前秋得飧泄⑤之症，至今未痊，因记三十年前遇相士胡文炳，说我六十三而得子，七十六而考终⑥。尔时不信其言，及后生子之期丝毫不爽，则今岁龙蛇之厄⑦似亦难逃。以故委怀任化⑧、静以俟之。

孔子曰："及其老也，戒之在得。"所谓得者，非徒贪富贪贵之谓也，贪长生不死亦得之宜戒者也。然而雪泥鸿爪，来去不可不分明，故因腹疾未平，自作挽诗一首，催人和挽诗四章。一时和者如云，赵云松⑨观察⑩、孙补山⑪宫保⑫最为超妙。录稿寄上，求老先生与渊如太史⑬同寄数首来，以张吾军，且他日到九原可以傲陶渊明⑭、司空表圣⑮两达人之所未有也。刘霞裳已荐与九江监督福公处，专司关务，一岁可获千金，然于学问一道未免日荒，殊可惜也。长安日远，枚又山居，以至鳞鸿⑯少便，覆札稍迟，知必见谅也。恭请起居。不宣。

渊如太史处不及另札，希为道意。附缴谦帖，查收为祷。

立夏前一日状上。

【注释】

①洪稚存：洪亮吉，字稚存，江苏阳湖人，乾隆五十五年（1790）殿试为一甲第二名进士，也就是榜眼，授翰林编修。

②春闱：春试。明清时期，京城的会试在春季举行。

③词馆：翰林院。

④告朔饩（xì）羊：古代祭祀或者馈赠用的活羊，这里指正式的礼物。

⑤飧泄：消化不良引起的腹泻。

⑥考终：寿终。

⑦龙蛇之厄：也称龙蛇厄，死亡。

⑧委怀任化：委怀，寄托情感；任化，顺势、消极无为，所谓"忘年则任化，忘时则任迁"。

⑨赵云松：赵翼，字云崧，一字耘松，江苏阳湖（今常州）人，乾隆二十六年（1761）进士，翰林编修。做过广西

镇安府知府、贵州贵西兵备道等。著有《陔馀丛考》《檐曝杂记》《瓯北诗话》等，与袁枚齐名。

⑩观察：唐、宋有观察使一职，清代指道员。赵翼做过贵州贵西兵备道，故有此称。

⑪孙补山：孙士毅，字智冶，又字补山，乾隆二十六年（1761）进士，曾署理两广总督，官吏部尚书兼正红旗汉军都统，加太子少保。

⑫宫保：明清时对太子太保、太子少保的尊称。

⑬渊如太史：孙星衍，字渊如，乾隆五十二年（1787）进士，授翰林编修。明清两代翰林院负责修史，所以也称翰林为太史。

⑭陶渊明：陶潜，东晋文学家，写过《拟挽歌辞三首》，哀戚动人。

⑮司空表圣：司空图，字表圣，晚唐文学家，辞官隐居山中，提前为自己准备墓穴棺木，邀请宾客在自己的墓穴中吟诗饮酒。

⑯鳞鸿：鱼雁的另一种说法，指书信或送信人。

【赏读】

步入衰年的袁枚，心中念念不忘一个"死"字，到过之处、见过之人，总想留下一点痕迹，"雪泥鸿爪，来去不可不分明"就是他心中这种焦虑的写照。若干年前，一位术士断言袁枚会死在七十六岁，也就是乾隆五十六年（1791）。袁枚将信将疑，巧合的是，乾隆五十六年（1791）夏天他腹泻的老毛病又犯了，久治不愈。袁枚怀疑自己死期将至，写下一首《腹疾久而不愈，作歌自挽，邀好我者同作焉，不拘体，不限韵》，感慨人生如客，总有归时，希望朋友们写诗应和。可惜，死亡这种话题多有忌讳，很少有人能像袁枚一样达观，响应者寥寥。袁枚再写四首口号催促，其中有"久住人间去已迟，行期将近自家知。老夫未肯空归去，处处敲门索挽诗"。反复呼吁之后，才有赵翼、孙士毅等人和诗，局面渐渐热闹起来。袁枚还不满意，又写这封信给远在北京的晚辈诗友洪稚存，请他和另一位翰林孙星衍和诗。

袁枚长寿，年长或者同龄的诗友此时都已经亡故，否则他根本不需要如此四处央人和诗。袁枚实在是善于经营、造势，一个沉重的死亡话题都被他搞出如此声势，难怪他能享有盛名。一番热闹之后，转眼到了年底，袁枚依然无事，于是在给洪稚存的另一封信中自我解嘲："有如远行之客骗人路费，而依然不作归计，自觉可笑。"侥幸不死，心中毕竟满是欣喜，他提笔写下《除夕告存戏作七绝句》，庆幸自己度过"危年"，如同喝下了一道续命汤。然后再请洪稚存等人写诗应和，真是能折腾。洪稚存虽然写诗凑趣，他对袁枚的诗其实颇有微词，认为他的诗太巧，"如通天神狐，醉即露尾"。

袁枚在信中详细交代弟子刘霞裳的下落,说明洪稚存来信问询过此事。那几年袁枚带着刘霞裳游山玩水,自然无暇沉下心来读书,科举落第并不意外,袁枚难辞其咎。他要对刘霞裳有所交代,正好九江观察福公到访随园,袁枚把自己珍藏三十年的《天女散花图》送给他,福公也聘刘霞裳为书记官。那是一个肥缺,但袁枚很清楚,刘霞裳"学问一道未免日荒",他赋诗多首,与刘霞裳依依惜别。

答杨笠湖①

秦世兄来,递到手教。有是哉,子之迂也!《子不语》一书,皆莫须有一事,游戏谰言,何足为典要②?故不录作者姓名。足下当作正经、正史,一字一句而订正之,何许子之不惮烦③耶?为载香君荐卷④一事,色然而怒,似乎有意污君名节,则不得不大言,以开足下之惑。

夫至人无梦,足下在闱中不但有梦,而且使女子入梦,其非至人也明矣。然而求者自求,拒者自拒,如《画墁录》⑤载范文正公修史一事,则虽非至人,亦不失为正人。乃足下公然如其请而荐之,为正人者当如是乎?其事已毕,则亦浮云过太虚,忘之可矣。何以庚寅年运川木过随园,犹欣欣然称说不已?凡仆所载,皆足下告我之语。不然,仆不与足下同梦,何从知此一重公案耶?主试是东麓⑥侍郎,亦君所说,非我臆造。今并此不认,师丹⑦老而善忘,何以一至于此?想当日足下壮年,心地光明,率真便说,无所顾忌。

目下日暮途穷,时时为身后之行述墓铭起见,故想讳隐其前说耶?不知竟见香君,何伤人品?黄石斋⑧先生为友所𡚶,与顾横波⑨夫人同卧一夜,夷然不以为忤。足下梦中一见香君,而愕然若有所浼⑩,何其局量广狭之不同耶?

古人如古物也。古之物已往矣,不可得而见矣,忽然得见古鼎、古彝而喜,即得见古砖、古瓦而亦喜。古之人已往矣,不可得而见矣,忽然见岳武穆⑪、杨椒山⑫固可喜,即得见秦桧、严嵩亦可喜,何也?以其难得见故也。香君到今将及二百年,可谓难得见矣!使其尚存,则一白发老妪,必非少艾。而况当日早有"小扇坠"之称,其不美可知。不特严气正性之笠湖见之,虽喜无妨,即佻达下流之随园见之,亦虽喜无害也。

然而香君虽妓,岂可厚非哉?当马、阮⑬势张时,独能守公子之节,却金人⑭之聘,此种风概,求之士大夫尚属难得,不得以出身之贱而薄之。昔汪锜⑮,孾童也,能执干戈以卫社稷,孔子许其勿殇⑯。毛惜惜⑰,妓女也,能骂贼而死,史登列传。足下得见香君以为荣幸,未必非好善慕古之心,乃必以好色狎邪自揣,何其居心不净,自待之薄也?书中改"搴帘私语"四字为"床下跪求"四字,尤为可笑。香君不过荐士,并无罪案拿讯县堂，有何跪求之有？足下解组已久，犹欲以向日州县威风，加之于二百年前之女鬼，尤无谓也。

来札一则曰"贞魂"，再则曰"贞魂"，香君之贞与不贞，足下何由知之？即非香君，是别一个四十岁许之淡妆女子，其贞与不贞，亦非足下所应知也。足下苟无邪念，虽"搴帘私语"何妨？苟有邪念，则跪床下者何不可抱至膝前耶？读所记有"衣裳雅素，形容端洁"八字考语，审谛太真，已犯"非礼勿视"之戒，将来配享两庑[18]，想吃一块冷猪肉，岌岌乎殆矣。从来僧道女流，最易传名。就目前而论，自然笠湖尊、香君贱矣，恐再隔三五十年，天下但知有李香君，不复知有杨笠湖。士君子行己立身[19]如坐轿然，要人扛，不必自己扛也。札又云："仆非不好色，特不好妓女之色耳。"此言尤悖。试问不好妓女之色，更好何人之色乎？好妓女之色，其罪小；好良家女之色，其罪大。夫色犹酒也，天性不饮者有之，一石[20]不乱者有之，人心不同，各如其面。好色不必讳，不好色尤不必讳，人品之高下，岂在好色与不好色哉？文王好色而孔子是之，卫灵公好色而孔子非之。卢杞[21]家无妾媵，卒为小人；谢安挟妓东山，卒为君子。足下天性严重，不解好色。仆所素知，亦所深敬，又何必慕好色之名而勉强附会之？古有系籍圣贤，今有冒充好色，大奇，大奇！

闻足下庆七十时，与老夫人重行合卺之礼，子妇扶入洞房，坐床撒帐㉒。足下自称好色，或借此自雄耶？王龙溪㉓云："穷秀才抱着家中黄脸婆儿自称好色，岂不羞死！"此之谓矣。昔人有畏妻者，梦见娶妾，告知其妻，妻大骂，不许再作此梦。足下梦中亦必远嫌，想亦嫂夫人平日积威所致耶？李刚主㉔自负不欺之学，日记云"昨夜与老妻敦伦一次"，至今传为笑谈。足下八十老翁，兴复不浅，敦伦则有之，好色则未也。夫君子务其大者、远者，小人务其细者、近者。黄叔度㉕汪汪千顷之波，澄之不清，摇之不浊。足下修道多年，一摇便浊，眼光如豆，毋乃沟浍㉖之水，虽清易涸乎？愿足下勿自矜满，受我箴规，作速挑惠山泉十斛，洗灵府中一团霉腐龌龊之气，则养生功效，比服黑芝麻、诵《金刚经》更妙也。

仆老矣，为无甚关系事与故人争闲气，似亦太过。然恐足下硁硁㉗爱名，受此诬污，一旦学窥观女贞，羞忿自尽，则《子不语》一书不但显悖圣人，兼且阴杀贤者。于心不安，故遵谕劈板从缓，而驰书先辨为佳。

【注释】

①杨笠湖：杨潮观，字宏度，号笠湖，江苏金匮（今无

锡）人，乾隆元年（1736）中举，在山西、河南等地任职，后来做到邛州、泸州知州。

②典要：可靠的根据。

③何许子之不惮烦：许行怎么这么不怕麻烦？语出《孟子》："何为纷纷然与百工交易？何许子之不惮烦？"许子，许行，战国时期研究农学者。

④香君荐卷：《子不语》中有"李香君荐卷"一条。李香君，明末南京名妓，与侯方域（字朝宗）相恋。

⑤《画墁录》：北宋诗人张舜民所著笔记。

⑥东麓：钱汝诚，字立之，乾隆十三年（1748）进士，官至刑部左侍郎，曾经典试江南。

⑦师丹：西汉晚期大臣，因为善忘，在皇帝面前言辞反复。

⑧黄石斋：黄道周，字幼平或幼玄，人称石斋先生，明朝天启年间进士，著作丰富。

⑨顾横波：顾媚，又名顾眉，字眉生，号横波，人称"横波夫人"，明末南京名妓。

⑩浼（měi）：玷污。

⑪岳武穆：岳飞，宋孝宗赐谥武穆。

⑫杨椒山：杨继盛，字仲芳，号椒山，明朝嘉靖年间进士，因反对严嵩，被明世宗杖死。

⑬马、阮：马士英、阮大铖，均是南明时期权臣。

⑭金人：小人。

⑮汪锜：春秋时期鲁国少年，与鲁国公子同乘一辆战车

而战死。

⑯殇（shāng）：未成家而死。

⑰毛惜惜：南宋高邮军妓，被叛军残忍杀死。

⑱配享两庑：道德高尚的贤士附祀于文庙，同受祭飨。两庑，指文庙中诸贤从祀之处。

⑲行己立身：行为有度，修养自身。也作"立身行己"。

⑳石（dàn）：古代计量单位，十斗为一石。

㉑卢杞：字子良，河南滑县人，唐德宗时期做过宰相。

㉒撒帐：旧时婚俗，新婚夫妇并坐床边，众人向其散掷金钱、彩果。

㉓王龙溪：王畿，字汝中，山阴（今浙江绍兴）人，明朝思想家王守仁的弟子，学者称龙溪先生。

㉔李刚主：李塨，字刚主，号恕谷，保定蠡县（今属河北）人，康熙年间举人，做过通州学正。著有《周易传注》等。

㉕黄叔度：黄宪，字叔度，东汉名士。

㉖沟浍（kuài）：田间排水道。

㉗硁（kēng）硁：顽固、浅陋。

【赏读】

《子不语》是袁枚的志怪小说，介乎小说与文人笔记小说之间——情节完全是道听途说，有许多夸张杜撰的成分。许多篇目中涉及的人物都是现实中人，甚至是袁枚相识的亲朋。这种写作方法暗藏风险，不是每个人都喜欢自己成为神怪故事中的角色的，比如书中一篇《李香君荐卷》就给袁枚惹来一场不愉快。

《李香君荐卷》的大致情节是：乾隆十七年（1752）河南乡试，河南固始县的知县杨笠湖担任同考官。考试之后的某一天，杨笠湖梦见一个三十几岁的女子，"淡妆，面目疏秀，短身，青绀裙，乌巾束额，如江南人仪态"。女子走到杨笠湖面前，"揭帐低语"："拜托使君，'桂花香'一卷，千万留心相助。"杨笠湖醒来之后大感疑惑，在落选的考卷之中发现一份试卷中有"杏花时节桂花香"，杨笠湖赶快推荐给主考官钱东麓。最终这位考生被选中第八十三名，其人姓侯，河南商丘人，正是明末四公子之一侯方域的后代。而侯方域当年曾与李香君相恋，据说李香君后来跟随他回了河南。

《子不语》成书之后，袁枚送给杨笠湖过目，还就书名的几个选项征询他的意见。没想到杨笠湖对李香君故事大为不满，指出几点与事实不符之处。然后笔锋一转，批评袁枚污蔑了李香君和自己，自己最讨厌名妓，为何被写得那么"佻达下流"？郑重要求袁枚修改，甚至"劈板"重来，完全删除那一则故事。

袁枚写信回应：首先这是一部小说，不是正经、正史，不必认真；其次，相关的内容是乾隆三十五年

(1770)杨笠湖在随园亲口所言,不是臆造;第三,梦见金陵名妓,无损一个人的品行,何况李香君是刚烈正直的好女子;第四,杨笠湖的改稿建议荒诞无理。一通反驳之后,袁枚意犹未尽,开始讨论杨笠湖是否好色,语带戏弄和挖苦,信中甚至出现了"敦伦"一类的字眼,即使用今天的尺度来衡量,也相当辣眼睛。写到最后,袁枚渐渐平静下来,认为自己年纪老迈,为了一件小事与旧日的老相识争闲气,似嫌太过。但声称不会劈板,劝杨笠湖千万不要羞愤太过而寻短见,自己和《子不语》不想承担那样一份罪责。

袁枚连写三封回信,真正让他勃然大怒的是杨笠湖要求他毁板撤稿。实际上二人的交情相当不错,杨笠湖到四川任职之后,千里迢迢带来郫筒酒请袁枚品尝。还寄来三百两银子,委托袁枚在江宁帮助他置办房产,方便晚年之后与袁枚交往。这一场不愉快之后,二人并没有彻底断交。杨笠湖死后,他的儿子请求袁枚为其作传,袁枚欣然命笔,客观地回顾老相识的一生,最后也谈到二人之间性格的显著差别:"余狂,君狷;余疏俊,君笃诚……议论每多抵牾。"

看来,袁枚做事的原则是一码归一码,无理的要求、无端的指责坚决回击,但不会拒绝交往,不会做有失公允的评判。

与树斋尚书①

今春，枚探梅邓尉，家中递到似村手书，知世兄已从塞外还京，深为欣慰。又闻往湖南勾当公事，以故未驰延候之笺，仅寄声陈舒轩，托其代通芳讯。端阳后十日，补山制府书来，道世兄殷殷念我，且讹传已作逐客还乡，致劳叹息，将所寄渠小札封与枚观。

伏念尚书身在九霄，犹能俯而下视，时时留心于枯木朽株，何风义之笃，而念旧之深也！枚六七年来，遨游二万余里，东南山川，殆被麻鞋踏遍。在家日少，与人事绝不相关，诸当事亦都闻声相钦。间有一二不相中者，虽绝无谐际②，而时有谰言，此亦从古圣贤所不能免。《国策》③曰："夜行者自信不为盗，而不能使狗无吠。"《古乐府》曰："蚊虫啮铁杵，渠无下嘴处④。"每读至此，令人笑吃吃不休。或者逐客之讹传，从此来乎？

要知君子小人，世所恒有，但使一出于真，俱可以情相感。孔子恶穿窬⑤，不恶其内荏⑥，而恶其色厉也;孟子恶乡愿⑦,不恶其奄然媚世⑧,而恶其居之似忠信、行之似廉洁也。杨诚斋⑨云:"天下不患有真小人,而患有伪君子。"何也?真者易知,伪者难测故也。试观在昔宋时,卢多逊⑩、丁谓⑪、王钦若⑫皆小人也,虽当国持权于宋朝,元气卒无大损,惟一刚正廉洁之王安石出,而遂基靖康之祸⑬,此伪君子之明效也。然而学问文章,今之人有能及安石万分之一者乎?

枚今年七十有三矣,念古人韩、柳、欧、苏⑭都无此寿,公然得之,自觉忝窃⑮。然而食米不满半升,看书未终,神欲舍形飞去,此亦元化⑯推迁自然之理,陶然寐,蘧然⑰觉,无一分顾藉心。惟交好如世兄,中心折服如世兄,竟说"今生不见",觉此四字,胸中难过耳。

似村信来,说陶夔典郎君来京候选,二十年前,枚抱与尚书之义儿也。忽然乔梓⑱相逢,真为佳话。

【注释】

①树斋尚书:尹继善的四儿子、接班人庆桂,字树斋,乾隆年间做过军机大臣、工部尚书、兵部尚书等,嘉庆年间官至大学士。

②谐际:接触,交接。

③《国策》:即《战国策》,国别体史书,西汉刘向辑。

④渠无下嘴处：《古乐府》中没有此诗，唐初《寒山子诗集》中有"蚊子叮铁牛，无渠下嘴处"。

⑤穿窬（yú）：挖洞翻墙，指盗贼。

⑥内荏：内心怯懦。荏，柔弱。语出《论语》："色厉而内荏，譬诸小人，其犹穿窬之盗也与！"

⑦乡愿：外貌忠厚老实，讨人喜欢，实际上却不能明辨是非的人。

⑧奄然媚世：对世俗曲意逢迎。语出《孟子》："阉然媚于世也者，是乡原也。"

⑨杨诚斋：杨万里，字廷秀，自号诚斋，江西吉水人，南宋诗人，有《诚斋集》等存世。

⑩卢多逊：怀州河内（今河南沁阳）人。北宋初期宰相。

⑪丁谓：字谓之，苏州人，宋真宗时期做过宰相，封晋国公。

⑫王钦若：字定国，临江军新喻县（今江西新余）人。进士，宋真宗、宋仁宗时期做过宰相。

⑬靖康之祸：宋钦宗靖康二年（1127），金军攻入汴京，掳走宋徽宗、宋钦宗父子和众多妃嫔，北宋灭亡。

⑭韩、柳、欧、苏：韩愈、柳宗元、欧阳修、苏轼。

⑮忝窃：言辱居其位或愧得其名。表谦虚之语。

⑯元化：自然造化。

⑰蘧（qú）然：惊喜的样子。

⑱乔梓：比喻父子。乔木高大，梓木低矮。

【赏读】

这封信写在乾隆五十三年（1788），当时有传言说袁枚被江宁的官员驱逐，尹继善的四儿子庆桂（字树斋）听到消息，向朋友孙补山打听袁枚的下落，并深为叹息。孙补山把信札转给袁枚并询问事情原委。于是袁枚写信给庆桂，一番客套之后，袁枚说起江宁某些官员对自己很不友好，顺势提到"逐客之讹传"，大谈真小人和伪君子，没有提及任何官员的姓名，但庆桂似乎清楚他所指何人。信末提到了一位陶夔典，早年袁枚在苏州的棣华书屋款待过庆桂、庆雨林兄弟，三人玩得奢靡而风流，陶夔典也和那次欢会有关。

大约二十年前，袁枚就险些被驱离江宁。《湖海诗传》中说，刘墉在做江宁太守时，听说袁枚行为"荡佚"，打算找个机会惩处他。袁枚赶快写了两首诗呈上，刘墉"顿释前嫌"。另一种说法是：刘墉"官江宁太守日，屡屡欲逐子才"，袁枚得到尹继善的帮助，躲过一劫。两种版本的不同点在于袁枚脱困的方法。《随园诗话》中也有袁枚自己的一种说法："乾隆己丑，今亚相刘崇如先生出守江宁，风声甚峻，人望而畏之。相传有见逐之信，邻里都来送行。"当时传言汹汹，好朋友们甚至前来为袁枚送行。而袁枚的表现颇为淡定,没有写诗也没有求人,"闻此言,偏不走谒,相安逾年"。最后还是刘墉主动向袁枚示好。

综合分析,刘墉饶过袁枚,不是被他的诗才、风骨所折服,而是受到了上面的某种压力。此时尹继善已经回到北京,老迈衰病却依然有着很大的影响力,打个招呼就能保袁枚无事。我们看得见的结果是,刘墉突然转变了态度,主动邀请袁枚见面,已经写好的《江南恩科谢表》弃而不用,一定要请袁枚撰写。或许受到这次风波的影响,刘墉很快被调往湖南。袁枚诗集中有一首长诗《送刘石庵观察之江右》,对刘墉刚正不阿的作风极力吹捧,还顺便提起那些曾经的"传言"。

到了乾隆三十七年(1772),袁枚突然又要搬去滁州,写出《例有所避,将迁滁州,留别随园四首》。表面看起来,袁枚的态度云淡风轻,称其为神仙遭遇小劫难,诗人自古爱迁家,"摇鞭不待管弦终,此意分明达者同。去住我原羁旅客,湖山谁是主人翁"。诗文字里行间却满是对随园的恋恋深情。而"例有所避"的缘由到底是什么,袁枚没有透露。他的朋友卢文弨写诗应和,诗题中揭开了谜底:《新例官所不许居家,闻随园先生将迁滁州,作诗送之,即和留别原韵》。新规不允许官员在任职的地方安家,袁枚已经辞官多年,按理说新规对他没有约束。算起来，袁枚经营随园已经二十多年，这里还安葬着他的父亲，不是形势逼迫，他决不会离开。迁居地选择滁州，因为袁枚在那里置有产业，而故乡杭州却"无瓦屑"。好在这场危机很快过去，不久袁枚写出一首简短小诗《迁滁不果》，对于背后的一切依然没有深谈。

如今袁枚又遇麻烦，说明看他不顺眼的官员大有人在。庆桂是皇帝亲宠的重臣，袁枚和他交情深厚而且随意，他向孙补山打听袁枚被驱赶的事，表达伤感之情。孙补山如果和江宁的地方官有一点点交情，肯定要给他们打招呼，提醒他们慎重行事。所以这一次的风波很快过去，袁枚依然无事。

致汪大椒①

袁枚拜覆

雪礓世台②阁下：

　　前月使者来，命改尊公③墓志。弟因偶染秋痢，以致报命④稍迟，深为歉仄。今力疾握笔，将世系⑤补叙其中，并将爱游武昌山水之故，如世台所嘱而委婉言之。惟就黄观察聘往一事，再四思之，万难掩却。古之韩昌黎⑥、温侍御⑦皆幕中⑧人也，似亦无伤于高士，而况尊公诗集如《呰窳庵》⑨诸篇，皆自叙其在署中光景甚详，丝毫无讳。此时黄公尚存，握管者又何必反为之掩耳盗铃耶？无故而游，乃荡子狂夫之所为，非高士也。区区之忱，叨在世好⑩，不敢不布其心腹⑪，非懒于改削也，伏希审察。不宣。

【注释】

　　①汪大椒（pǐn）：汪焱（běn），又名汪大焱，字中也，号雪礓（jiāng）。汪舸之子。清代画家，精于文玩品鉴。

②世台：世兄。

③尊公：对别人父亲的尊称。

④报命：复命。完成对方指令或者委托之后的回复。

⑤世系：家族、宗派世代传承所构成的系统。

⑥韩昌黎：韩愈，字退之，唐代文学家、思想家，有《韩昌黎集》传世。韩愈曾经在宣武节度使董晋、武宁节度使张建封身边做过推官，类似幕僚。

⑦温侍御：温造，字简舆，早年隐居山野，后来做了寿州刺史张建封的幕僚，唐穆宗时期做过殿中侍御史，官至御史中丞、礼部尚书。

⑧幕中：军政长官公署之中，一般指处理文书等杂务的人员。

⑨《呰（zǐ）窳（yǔ）庵》：布衣诗人汪舸的诗集。呰，弱，劣。窳，粗劣，瘦弱。

⑩叨在世好：承蒙认为互相之间世代交好。

⑪布其心腹：说出心里话。布，宣告，陈述。

【赏读】

布衣诗人汪舸困顿一生，穷病而死。他的儿子名叫汪焱，能诗善画，早年的生活也异常艰困，《浪迹丛谈》说他做过扬州盐商江春的门客，中年之后突然发迹，成为扬州有名的富豪，并从盐商马氏兄弟手中买下了著名的小玲珑山馆。汪焱生活富裕了，就想要显宗耀祖，光大门楣。他从父亲汪舸这里入手,整理出版父亲的诗文时,大量削删其中内容,请袁枚帮助审定。袁枚和汪舸有过密切交往,很清楚汪家早年的状况,对汪焘删改诗文的做法不以为然,认为那些作品质量上佳,最能表现汪舸的高洁品格。

汪焘请袁枚为父亲撰写墓志,希望借助袁枚的名望与影响,重塑汪家的历史。他不想提及父亲当年的困顿和前往武昌充当幕客的经历。两个人各持己见,书信来往多次,各人的心里想必都有一丝不快。暴富的汪焘财大气粗,送给袁枚一些昂贵的古董珍玩作为润笔之资。此外,袁枚还有求于汪焘,请他帮助卖掉两件古玉和一些字画。汪焘肯定认为有资格提出要求,况且墓志这种事情与别人毫无干涉,袁枚算是受雇的乙方,没有理由不满足甲方的要求。但袁枚坚持认为,历史上不少名流都有过幕宾的经历,"境之顺逆,虽大圣贤所不讳也"。认识汪舸的许多人此时还在世,"史贵直笔",如果自己以浮辞掩饰事实,"恐见讥于达者"。所以袁枚只答应"委婉言之",决不肯撒谎。

从袁枚的角度讲,汪焘的要求让他多少感觉到一种冒犯。还有不可言说的一点:袁枚的父亲袁滨、叔叔袁鸿都做了一辈子的幕客、小吏,如果袁枚认同汪焘对于这种职业的鄙视,帮助他掩饰,那他又该如何面对自己父、叔的历史？故此袁枚必须坚持底线。但袁枚处事圆滑，从做生意的角度讲，他最终是要妥协的。果然，完成的《客吟先生墓志铭》的相关段落是这样写的：

"楚江观察黄公相与有旧，强聘同行。先生食武昌之鱼，折汉南之柳，较之他处，尤数数焉……而先生履朱门如蓬户，狎贵介如海鸥。譬之神羊游行，不能羁也；云罍供奉，乌可亵也！簿书笋束，游目如盲；驺唱雷喧，飘风过耳。避华堂之丝竹，偷听渔歌；泛洞庭之水云，自寻芳草。可以想其志之洁，行之芳矣。"袁枚坚持的相关事实一样都不缺少，汪舸的那段经历读起来飘忽闪烁，让人感觉他不是一个卑微、琐屑而且喜欢到处瞎跑的刀笔小吏，而是志趣坚洁、傲视豪门的风雅不羁的高士。袁枚文字功力之高妙，可钦可叹，它让汪奫得到一段体面的、名家背书的家史，让袁枚做成一单利润丰厚的生意，大家各得所需，皆大欢喜。

与翁东如

　　从古文章家替人作碑、铭、传、志者,其道有三。第一是其人功德忠勋,彪炳海内,我为表章,不独彼借我传其名,而我亦借彼以传其文。此不待其子孙之请,而甘心访求以为之者。次则其人虽无可纪,而生平与我交好,则为之传志,以申哀感之情,此亦古人集中往往有之。再次,其人虽于世庸庸,于我落落①,而无奈其子孙欲展孝思,大赍②金币,来求吾文,则亦不得不且感且惭,贬其道而为之,譬如抱关击柝③、为贫而仕④者一般。此刘乂⑤所谓谀墓之文,亦古人所不免者也。若三者无一,不过乡里之善人,村巷之嫠妇⑥,此辈在世,偻指⑦难数,焉得人人而传志之?《论语》称"好仁不好学,其蔽也愚⑧",君子不为也。前在苏州,与公望薛君彼此往返,并未一见,而家人无知,收其食物,足下又交行状⑨一纸,催逼作传。不得已,仿谀墓之例,撰成寄上。然古文一道,知者甚希,不得不将体例详言之,以免俗人口实。来状要作松庄先生与妻吴氏合传,开口便错。试撷翻《文苑英华》⑩一千卷,八大家数百卷,可有夫妻合传之文乎?古人墓志,夫妇合葬者,其标题但书某公某大夫,而不书暨配某夫人。何也?地道无成,统于所尊⑪也。其妻果贤,不妨于文中叙及之。其妻分葬,则竟作某夫人墓志,此定例也。自元、明以后,古文道衰,始有题中书暨配某氏之文,汪钝翁⑫以为此不典⑬之词。夫合葬墓志尚不可以夫妇并称,而况于作合传乎?以故标题但书《松庄先生传》而不及其室,亦犹行古之道也。

【注释】

①落落:孤独,冷淡。

②大辇:大量输送。辇,用车运送。

③抱关击柝(tuò):喻地位卑下的小官。抱关,看守城门。击柝,敲梆巡夜。

④为贫而仕:迫于生计而做官。《孟子》说:"仕非为贫也,而有时乎为贫。"

⑤刘乂(yì):唐代侠士、诗人,韩愈的学生,《新唐书》记载他"持愈金数斤去",说:"此谀墓中人得耳,不若与刘君为寿。"

⑥嫠(lí)妇:寡妇。

⑦偻(lǚ)指:屈指计算。

⑧好仁不好学,其蔽也愚:不了解情况,只凭善意去做事,容易让自己陷入麻烦。《论语》中孔子对学生仲由说的话。

⑨行状:也称"行述",记述死者籍贯、生平等信息的文章。

⑩《文苑英华》:宋太宗时期编撰的古代诗文总集,内容上接《文选》,选录南朝梁到五代的诗文,"撮其精要,以类分之",共计一千卷。

⑪地道无成,统于所尊:地道、妻道、臣道等处于卑位,独自难以成事,必须统摄于其尊长。

⑫汪钝翁:汪琬,字苕文,长洲(今江苏苏州)人,顺治年间进士,清初古文大家,学者称尧峰先生。有《尧峰文钞》《钝翁类稿》等著作。

⑬不典:不合规矩。

【赏读】

说一说谀墓这个问题。先看看墓碑与墓志的区别。《读礼通考》中说,东汉时开始有神道之说,一般在墓穴的东南开辟神道,树立石柱作为标记。两晋时期出现天子、王侯的神道碑,上面只刻写某帝或某官神道之碑。以后神道碑越立越滥,门生故吏为尊长立碑颂德,碑上的内容也越来越多,功德、爵里、世系唯恐不详。墓志与墓碑的内容类似,大多用于位卑者或者平民,一般平放埋于墓中。

撰写墓志的人,第一是名气越大越好,地位越高越好;第二是文章写得好,尤其要古文做得好,因为古文自带庄重典雅,适合墓志碑铭。更重要的一点,这类文章会和作者其他作品一起汇刻成书,编入作者的全集,也有机会收入地方志或者类书之中,流传千古,成为这个家族或者姓氏的一笔不朽的无形资产。从这个角度讲,为了巨匠、文豪的一篇墓志花费巨资非常值得。

墓碑、墓志的作者受人钱财,自然要为人掩饰前代与过往的劣迹和不堪,夸耀、颂扬曾经的荣光,这就是谀墓。"谀墓"一词的创造者是韩愈的学生刘义——刘义偷走韩愈的一大笔钱,认为这是韩愈撰写"谀墓"所得。刘义黑了老师的巨款,又因为创造"谀墓"一词而名留后世。其实谀墓的历史非常悠久,《后汉书》记载,蔡邕曾经说:"吾为碑铭多矣,皆有惭德,唯郭有道无愧色耳。"承认自己写过的碑铭大多属于谀墓。

许多著名文学家留下大量墓志铭,比如唐朝的李邕、韩愈撰写碑铭获利颇丰。大诗人白居易与元稹是好朋友,元稹死后白居易撰写墓志铭,元家送上的财物价值六七十万钱,白居易推辞不掉,献给香山寺。在这方面苏轼颇为克制,只为范镇、张方平写过墓志铭,为富弼写过神道碑,比较特别的是司马光,苏轼分别为他写过神道碑和行状，只因司马光曾经为苏轼的母亲写过墓志。《东坡全集》中还有几篇墓志，明确注明是为别人代笔而作。另外就是为僧人道士，为亡妻王氏、爱妾王朝云、乳母等亲属所作。对此苏轼自己的解释是："平生不作墓志及碑者，非特执守私意，盖有先戒也。"

回到袁枚这里。袁枚诗文出众，名声响亮，为当时文坛领袖，请他撰写碑铭的人很多。袁枚文集中可见大量的墓志，墓主有王公卿相、亲友或者布衣诗人。在写给翁东如的这封信中，袁枚把墓志的主人概括为三类：功名卓著、地位崇高者，亲友，金主。袁枚应该收了许多人的财物，他很坦诚地认为，谀墓"亦古人所不免者也"，这和为贫而仕是一个道理。翁东如大概是一位中间人，提供身世材料请袁枚撰文作传。这类人物都属无名之辈，写起来反而轻松，唯一要顾及的是符合古文的体例，那是底线。

袁枚的一些墓志存在争议。孙星衍就批评他的一些碑铭"纪事多失实"。《湖海诗传》的作者王昶更认为，袁枚有时把道听途说的东西写进志、传当中，某些传主的后代表示并未委托袁枚撰写碑铭，也没有看过写成的碑铭内容。这些恐怕就是功勋卓著之人，袁枚"不待其子孙之请，而甘心访求以为之者"。至于纪事是否与事实相符，大家各自的立场、角度不同，看法自然存在差别。

覆感遇上人①

过诗社,见诗僧,忽忽改岁矣。家弟挈手书来,以诗稿索序,读之芊绵②可喜。仆非不欲序上人也,尝谓诗人之传,惟王侯将相为最易,其次则闺阁、方外③而已,神仙、鬼魅、妓女而已。上人居易传之地,抱可传之才,存欲传之心,索助传之序,宜也。然余自问其地、其才、其心,俱未足以自传,又乌能传上人耶?学问之道,若涉大海,其无津涯。愿上人暂息乎其所已能者,而勤思乎其所未能者。假④我数年,贯休⑤、齐己⑥之序,微随园,其谁与归?

【注释】

①上人:品德智慧超出常人的人,对僧人的尊称。

②芊绵:草木茂盛的样子,形容富有文采。

③方外:俗世之外,仙人之域。这里指僧人、道士等。

④假:借。

⑤贯休:字德隐,唐末五代前蜀诗僧,著有《禅月集》。

⑥齐己：自号衡岳沙门，唐末五代诗僧，著有《白莲集》。

【赏读】

袁枚不喜方外，对僧道兴趣不大，曾在诗中说："逢僧我必揖，见佛我不拜。"在遗嘱中他更说："至于诵经、念忏、做七、营斋，我生平所最厌者……倘和尚到门，木鱼一响，我之魂灵必掩耳而逃矣。"这种排斥态度并不妨碍他与僧人交往，《随园诗话》中就有不少僧人的佳句收录，但未包括这位感遇上人。对袁枚而言，《随园诗话》和《随园食单》相当于两份交际记录，哪位朋友的名字、诗句没有出现在《诗话》或《食单》中，说明他与袁枚的交情很一般。

感遇上人通过袁树捎信请袁枚作序，袁枚回信认为，诗人首先应该在诗艺上多下功夫，不要投机取巧，试图借助别人的声望提高知名度。再者，闺阁、方外都是易传之地，只要诗文具备一定的水准，诗僧很容易成名，无须别人相助。话虽这么说，对于亲朋的诗文，对于自己敬仰者的著作，尤其是自己众多女弟子的诗文集，袁枚总是不吝笔墨，郑重作序，极力鼓吹。还有一种情形，求文索序之人直接送上银两或者贵重的礼物，以为润笔，也能如愿。

拒绝别人的请求是一门学问。袁枚身居江湖，善于经营，活得相当滋润，因此自信满满，率性而为，许多时候有话直说，甚至言辞刻薄。他不愿为感遇上人作诗序，直接回信婉拒，郑重劝告，也算是对这位僧人的一种尊重。

卷二 序跋

水则洋洋然回渊九折矣,
山则峨峨然磴约横斜矣;
树则焚槎发等,桃梅铺纷矣;
苑落则鳞罗布列,阛然阴闭而霱然阳开矣。

王介祉诗序

　　吾不识汉管公明^①作何状,至于揽镜自照,伤不永其年。其言卒验。然史称其才,几亚管、萧^②矣。今有人焉,曰虞山王陆禔,字介祉。貌瘠而修,如枯藤将弛,两瞳子凸于眶,欲坠地碎。其诗悼往纪今,能曲折以神赴。歌之葩华^③萍布,若穆羽^④之调。

　　家贫,母夫人年七十。介祉挟一鞭一笔游。前年将之楚,过余道别,讨论谐谑相乐也。已而自戚其貌,对壁间镜戏曰:"而小子,其穷哉!"乃别去。长沙令某聘为记室。未半年病,遽拖舟归,未半途死。呜呼,貌之征何其速也!昔公明寿四十,介祉仅三十三。然则今之天更啬于昔之天也。

　　公明文采无所表见,介祉诗大噪于时,似可以其名之赢补寿之缩。然形而下者貌也,形而上者才也。貌之征宜夭宜穷,才之征宜显宜寿,宜彰施休明^⑤。两者皆天所与,而一验一不验,使人咨嗟^⑥涕洟^⑦,则又胡不并其才而靳^⑧之也!

介祉殁后，予方索其诗，其弟次岳自虞山来，以诗六卷属余校定而付之梓。呜呼，此则人所为而不听命于天者矣！

【注释】

①管公明：管辂，三国时期山东平原县人，精通卜筮、相术，曾经感叹自己额上无骨，眼无神，鼻无梁，活不到儿女成婚的时候，最后死在四十七岁。

②管、萧：管仲，名夷吾，字仲，春秋时齐国人，政治家。萧何，西汉开国功臣，丞相，被封为酂侯。

③葩华：华丽、鲜艳貌。

④穆羽：谓声细如五音之羽，穆然相和。穆，和谐、美好。

⑤彰施休明：彰施，鲜明展现；休明，美好清平。

⑥咨嗟（jiē）：叹息，赞叹。

⑦涕洟（yí）：鼻涕和眼泪。

⑧靳（jìn）：吝惜。

【赏读】

常熟的王陆禔是一位布衣诗人，字介祉，家境贫寒，相貌极有特点：身材又高又瘦，一双大眼睛鼓凸向外，"瘦长骨立，两眸荧然"。王陆禔的诗在当时颇有名声，科举却屡试不第。后来他被长沙一位官员聘为幕僚，临行时到随园与袁枚道别。袁枚有收藏镜子的癖好，随园中既有古老的铜镜又摆了许多新潮的西洋镜。王陆禔在镜子里清晰地看到自己穷酸落魄的样子，颇受震动，自叹天生一副困苦之相。

王陆禔上任不久就病倒，死在归乡途中，时年三十三岁。袁枚闻讯写下一首《哭王介祉》，诗序中说王陆禔"长于歌行，有梅村风格"，肯定他有吴梅村一样的诗才，并在诗中感叹："管辂原知夭，黔娄可奈贫！远游非得已，客死太酸辛。貌寝难兼福，才高转累身。潇湘一江水，从古吊骚人。"

王陆禔的弟弟整理他的六卷诗文，委托袁枚校定刊行，袁枚因此写下这篇序文。他认为王陆禔的诗清丽美好，《随园诗话》中大篇幅摘录他的诗句，比如一首《孙园剪牡丹归》就很有看头："寻春闲访野人家，扶醉归来日未斜。买得扁舟小于叶，半容人坐半容花。"

袁枚是达观之人，不痴迷宗教、术理，但在某些时候他又相信命相。比如曾有术士断定他将会死在七十六岁，搞得他那一年非常紧张。他拿三国时期著名术士管辂与王陆禔比较，王陆禔相貌不佳，"宜夭宜穷"，生前也和管辂一样怀疑自己的命运。老天偏偏给他一份宜彰宜显的好文才，两相对照，尤显残酷。但换一个角度来说，王陆禔有幸领略诗艺的美好境界，未尝不是上天给他的一份补偿。

陶西圃①诗序

西圃殁后四年，其第三子时行乞序其诗。余读之，不觉涕之泫然也。

余齐年②进士三百，寡所亲狎。惟西圃与余同入翰林，同作令，同乞归，同居江南，又同好吟诗。以故冬之日，夏之夜，常宿余家，唱喁③无算。余生平乘人斗捷④之作辄不存，而西圃昵余过当，虽一短句、一谰语必书之集中。余不特不省记，亦不知也。今甫开卷，而三十年来之酒痕灯光，酣颜高歌，历历然如影尚存，令人于邑⑤不已。然后叹友朋之不可无，而西圃之为我勤者，乃如是其至也。

当西圃入都时，予馈以一姬。事出偶然，非为西圃身后计也。今时行年十七，即此姬所生。然则余虽不能为西圃昌其诗，而他日时行之能读父书，恢宏其声光，未尝非余之助，又一奇也。

西圃貌不逾下中，齗齗⑥廉谨，乃其诗独倜傥若不称其为人者。然孔子曰："情欲信，词欲巧。"梁简文⑦云:"人品贵谨严,文章须放荡。"不愧斯言者,其西圃乎!

独是西圃有三子。其长者已生孙,已入学;而此时之苦抱父书者,转在茕茕未成立之一弱息,其毕生精力传不传,亦可危矣。而予两鬓斑然,并此无有,乃犹复乙乙⑧抽思⑨,讴吟不辍,若竟不知人生之有死者,抑又何也!

【注释】

①陶西圃:陶镛,号西圃,安徽芜湖人,乾隆四年(1739)进士。

②齐年:同年科举及第,同龄。

③唱喁(yú):应和。

④乘人斗捷:在联句之类的游戏中战胜别人。乘人,欺负人。斗捷,取胜,竞速。

⑤于邑:忧郁,呜咽。

⑥龊(chuò)龊:拘谨的样子。

⑦梁简文:南朝梁皇帝萧纲,字世缵,死后追谥为简文皇帝,著名文学家。

⑧乙乙:通"轧轧",思欲出而屈郁的样子。

⑨抽思:抒发情思。《楚辞·九章》中有"抽思"一篇。

【赏读】

陶西圃是袁枚最亲密的朋友,二人同年考中进士,同入翰林,同时离京到外地任职。相识三十年间,二人往来频密,多有诗文往还。陶西圃的家境不好,官运也不畅达,生活一直不如袁枚惬意。乾隆三十年(1765),他拖着老病之身,带着妻儿北上谋职,结果死在途中。四年之后,他的小儿子陶时行整理他的诗集准备刊印,请袁枚作序,于是历历往事涌现袁枚笔端。

陶西圃一向做事严谨,兼之对袁枚的崇拜,在他的遗集之中记录了不少袁枚的片言只语,许多东西袁枚自己早已经忘得干干净净。袁枚感叹老友的真情,更感叹陶西圃一世艰辛,劳碌至死,却有十七岁的小儿子陶时行替他完成夙愿。而陶时行的生母还是从前随园的婢女阿招,当年袁枚将她送给陶西圃为妾。两相对照,生活优渥闲适的袁枚,两鬓苍苍,膝下依然空虚。袁枚不禁悲从中来。一直以来,他最大的心病就是没有一个儿子,他苦苦盼望,得到的只有越来越强烈的失望与焦虑。

袁枚到文字中寻求自我安慰,写下洋洋千余言的《老而无子赋》,描述无子的种种好处:"虽在世而出世,视有家如无家。投怀者明月,趋庭者落花。承欢者猿鸟,绕膝者桑麻。为乐不忧儿辈觉,放言不惊长者差。施半菽则戚里拜德，舍一宅则佛子矜夸。无后为名，二婢夹我而非罪；有官不仕，一月不醒而何嗟？静言思之，老而无子，福耶，非耶？"他认为没有儿子更方便诗文创作，所有传承他学说的弟子都是他的儿孙："而况心静思精，身闲学广，述作非凡，知音必赏……宗我学者即儿孙，传我文者皆族党。"

袁枚没想到的是，年轻的陶时行几年后便病亡，而他自己此时也还没有走到所谓的"天留蔗境"，未来他还有二三十年的快意人生。

女弟《盈书阁遗稿》序

庚寅夏五,女弟秋卿①以娩难亡于汪氏。两家以为大戚,凡姐姆②余须扈养③辈,亦俱走位哭三曲而偲④。盖其居恒制行字而敬德⑤,而度有以孚人之深⑥也。逾年,妹婿楷亭属序其诗,余不禁累唏洄涕⑦而为墨其前行曰:

呜呼,吾忍序吾妹也夫!吾忍不序吾妹也夫!妹为叔父健磐公第四女,生长粤西。余归叔丧于杭,始见妹。妹庄妹愔嫕⑧,从礼而静,心雅怜之,不知其能诗也。居亡何,读《中秋》《七夕》等作,爱其清绝,色然而骇。亟饷⑨一钗以劫毖⑩之。妹窃喜,自负益奋,从此以诗名噪于时。

既婚汪氏,得尊章⑪欢,恩前室孤如实出己,治家循整,朕畜偪縱,罔或勿蠲⑫。暇则咿唔声与针袿⑬间作。汪故巨族,人繁而嚻,闻妹贤且才,争来窥观,或寄卷册丐题,或呈所作求唱喁削改。妹推衾具坐,肆意酬答,藻思坌涌⑭,靡不馘⑮颐伏叹,有林下风⑯。

124　　袁枚小品

余过扬州视妹，妹事余谨甚。一浣濯，一膏靥[17]，必躬办治。知余嗜涒縻[18]，虽漏尽归，霜灯荧荧然，犹蕴火[19]盦[20]盂以俟。探刺余少休，辄刻刻起屡[21]，捧草稿出，拭几磨墨，眴[22]余而笑。余戏曰："女弟子又索诊诗耶？"应声曰："阿兄之聪也。"呜呼！此情此景，曾几何时，而今不可再矣！

妹诗渊雅，志洁而情深，缤乎其犹模绣[23]也。因念遂古来哲人伟士，得一卷书传后，死犹不死。妹虽一女子，虽死有可传者存，夫复何悕[24]！独是余年届大耋[25]，妹年才三十八耳。例以曹大家为孟坚续史[26]故事，妹当序余，余不当序妹。乃忽反其局以相将，天道茫昧，一至于此！呜呼，命矣夫！

【注释】

①秋卿：袁棠，字秋卿，袁鸿之女，袁树之妹，著有《盈书阁遗稿》和《绣余吟稿》。

②姏（mán）姆：老仆妇。姏，能用甘言悦人的老妇人。

③扈养：家中做杂务的仆人。扈，随从。养，饲养，供食。

④三曲而俙（yǐ）：丧礼中，哀哭时一举声而三折。俙，哭泣的余声。

⑤居恒制行字而敬德：平时一直以慈爱、恭敬之德待人。居，平时。制行，德行。字，爱。

⑥度有以孚人之深：气度令人深深信服。

⑦累唏（xī）洵涕：叹息流泪。唏，哀叹。洵涕，默默流泪。

⑧愔（yīn）嫕（yì）：和善贤淑。

⑨饷：赠送。

⑩劼（jié）毖（bì）：谨慎。劼，慎重。毖，慎重。

⑪尊章：对公婆的敬称。

⑫膎（xié）畜偪（bī）縰（），冈或勿蠲（juān）：食物衣饰都非常洁净。膎，肉食，熟食。偪，行縢，俗称绑腿。縰，包头发的丝织品。蠲，同"涓"，清洁。

⑬针衽（rèn）：女工，针线活。衽，衣襟，床席。

⑭藻思坌（bèn）涌：多彩的文思涌现。藻，华丽文辞。坌，涌出。

⑮頷（qīn）：低头、点头。

⑯林下风：同"林下风气"，女子娴雅飘逸的风采。

⑰膏餍（yàn）：饮食。膏，肥肉。餍，饱，满足。

⑱淖（nào）糜：软烂的粥。

⑲蕴火：灶底留火。

⑳盦（ān）：覆盖。

㉑剡（yǎn）剡起屦：起身急趋。剡剡，起身的样子。

㉒眴（shùn）：转动眼睛悄悄看；以目示意。

㉓缤乎其犹模绣：文章华丽可观。语出《尚书》："太庙之中，缤乎其犹模绣也。"

㉔悕（xī）：悲伤。

㉕年届大耋：将近六十岁。《史记》中有"年五十当安卧，年六十已上气当大耋"。耋，深藏。

㉖曹大家为孟坚续史：孟坚，东汉史学家班固，字孟坚，陕西扶风人，著有《汉书》。曹大家，本名班昭，字惠班，班固的妹妹，嫁给扶风人曹世叔。班昭多次被召入宫中，充当皇后和宫中贵人们的老师，被尊称为"大家"。班固死时，《汉书》还没有撰成，汉和帝就命班昭继续完成。

【赏读】

袁枚的叔叔袁鸿有个女儿名叫袁棠，字秋卿，是袁树的胞妹。袁枚在为叔叔办丧事时才第一次见到袁棠，称其为四妹。袁棠很喜欢写诗，《随园诗话》中收录她的几首诗，清绝渊雅，志洁而情深。其中有一首《咏燕》：

春风燕子今年早，岁岁梁间补旧草。

华堂叮嘱主人翁，珍重香泥莫轻扫。

吁嗟乎！千年田土尚沧桑，那得雕梁常汝保？

袁枚认为这首诗写得不错，但诗句之中隐含不祥之意。袁棠后来嫁给了扬州的汪楷亭为继室，汪家早年经营盐业，是扬州有名的富裕大家。袁棠婚后的生活美满舒适，继续写诗，结果分娩时难产，不幸死在乾隆三十五年（1770）夏天，时年三十八岁。看来，袁枚当初不祥的感觉是对的。哀痛中的袁枚提笔写下《哭秋卿四妹》七首，感叹"何苦生前太贤淑，一家人去两家悲"。

袁棠的丈夫汪楷亭为了悼念爱妻，整理她的诗文，准备刊印成书。袁枚提笔为其作序，桩桩往事如在眼前：他与袁棠相差十多岁，堂兄妹相处的时间其实很少，袁棠在他面前总是恭敬又小心。袁枚回忆的细节准确生动，对秋卿的情态刻画入微，栩栩如生。最让他伤感的是袁棠正当盛年而殒命，却由他这个年近六旬的兄长来作序。整篇序文写得情深意浓，真切感人，和那些应酬之作大不相同。

除了这一本《盈书阁遗稿》，袁棠还有一本《绣余吟稿》，也由袁枚作序。

汪朴庐①《圣湖诗》序

圣湖②淳淳③然横于杭之城西,而春而秋,而昏而朝;丈夫女子,儃儃④俟俟⑤,咸嬉游焉,踯躅焉,群以为美,而卒不能言其所以美也。朴庐先生为诗若干,凡嘉卉杂树、荒祠古亭,靡不以五字韵之。而又自赵宋以来,一典实、一故事,必缕述焉。凡圣湖之所有者,诗靡不有也。即圣湖之业已无者,诗则未尝无也。今而后,圣湖之美,先生言之矣,且尽之矣。

惟是先生与枚同傍圣湖而生,同别圣湖而仕。当先生在家时,未始有诗,而今始追而为之,则又未尝不叹人情之近则易忽,而远则相思也。今年先生七十有六,枚亦四十有五。园田宅舍,同具白门⑥。想重到儿时钓弋⑦处,相携而叠谣⑧,知复何日!苍苍在鬓,烟波在天,三复斯篇⑨,如荡舟湖中,水色犹明纸上。然则先生之索序于余也,盖亦越吟而使越人听之之意也。

【注释】

①汪朴庐：汪援甲，字麟先，号朴庐，杭州人，做过知县。

②圣湖：杭州西湖，汉代时称为明圣湖。

③渟（tíng）渟：水面平静。

④儦（biāo）儦：众多的样子。

⑤俟（sì）俟：行走貌。

⑥白门：南京的别名。南京就是古代建康、江宁，南朝时城池的正南门宣阳门俗称白门，以后成为南京代称。

⑦钓弋：钓鱼和捕鸟。

⑧叠谣：齐声歌唱。谣，没有乐器伴奏的歌唱。

⑨三复斯篇：反复诵读这些诗篇。

【赏读】

写作这篇序文时，袁枚四十五岁。袁枚与汪朴庐都是杭州人，一样在外做官，又一同住在江宁。晚年的汪朴庐追思故乡西湖的种种往事与美好景色，苦吟成诗，汇而成集，请同乡袁枚作序。

完全以西湖为主题的文学作品集不少，与汪朴庐年代接近的就有张岱的散文集《西湖梦寻》，娓娓道来，如幻如梦的西湖胜景跃然纸上，是劫后余生的亡国者的长歌当哭。还有明末清初女诗人柳如是的诗集《湖上草》，身世飘蓬的年轻女诗人徘徊湖上，呕心沥血，苦吟不已，诗句清新却心绪迷茫。相比之下，汪朴庐关于西湖的写作要轻松太多太多。

西湖的美好人所共知，能够付诸笔墨的种种可能性几乎被前代的大家手笔穷尽。有过了白居易的"绿藤阴下铺歌席，红藕花中泊妓船""烟波淡荡摇空碧，楼殿参差倚夕阳""绿舫春送客，红烛夜回舟"；有过了苏轼的"水光潋滟晴方好，山色空蒙雨亦奇"；有过了杨万里的"接天莲叶无穷碧，映日荷花别样红"等佳句，后人再要写出有新意的文字，几无可能。袁枚也多次吟诗咏叹西湖诸景，比如"久客还乡夜不眠，望乡长自立帆前。一痕山送西湖色，万种情深故国天"，但让人耳目一新的佳句并不多。汪朴庐的文采在袁枚之下，诗集的构想又过于宏大——西湖的嘉卉杂树、荒祠古亭，一典实、一故事都不想遗漏，形式却又过于刻板，一律"以五字韵之"，这就有了一点硬做的嫌疑，文字的质量可以想见。

也因此，袁枚在序文中肯定的不是《圣湖诗》的艺术水准，而是它的细致、全面——西湖的种种美好、西湖上已经消失的若干景致，都能从这部诗集中找到一点踪影。"圣湖之美，先生言之矣，且尽之矣"，这算是袁枚能够给出的最高评价了。

《随园食单》序

诗人美周公而曰"笾豆有践①",恶凡伯②而曰"彼疏斯粺③"。古之于饮食也若是重乎?他若《易》称"鼎烹④",《书》称"盐梅⑤",《乡党》《内则》⑥琐琐⑦言之。孟子虽贱"饮食之人",而又言饥渴未能得饮食之正⑧。可见凡事须求一是处,都非易言。《中庸》曰:"人莫不饮食也,鲜能知味也。"《典论》⑨曰:"一世长者知居处,三世长者知服食。"古人进鬐离肺⑩,皆有法焉,未尝苟且。"子与人歌而善,必使反之而后和之⑪。"圣人于一艺之微,其善取于人也如是。

余雅慕此旨⑫,每食于某氏而饱,必命家厨往彼灶觚⑬,执弟子之礼。四十年来,颇集众美。有学就者,有十分中得六七者,有仅得二三者,亦有竟失传者。余都问其方略,集而存之。虽不甚省记,亦载某家某味,以志景行⑭。自觉好学之心,理宜如是。虽死法不足以限生厨,名手作书,亦多出入,未可专求之于故纸。然能率由旧章⑮,终无大谬,临时治具⑯,亦易指名。

或曰:"人心不同,各如其面。子能必⑰天下之口,皆子之口乎?"曰:"执柯以伐柯⑱,其则⑲不远。吾虽不能强天下之口与吾同嗜,而姑且推己及物,则食饮虽微,而吾于忠恕⑳之道,则已尽矣。吾何憾哉!"若夫《说郛》㉑所载饮食之书三十余种,眉公、笠翁㉒亦有陈言,曾亲试之,皆阅于鼻而蜇于口㉓,大半陋儒附会,吾无取焉。

【注释】

①笾(biān)豆有践:《诗经》中的诗句。笾豆,两种古代食物容器,用于宴会或者祭祀。践,整齐排列。

②凡伯:周公的后代。

③彼疏斯粺(bài):《诗经》中的诗句。疏,粗米、糙米。粺,精米。

④鼎烹:放在鼎中煮熟。《周易》原文是:"乾为金,兑为泽,泽钟金而含水,爨以木火,鼎烹熟物之象。"

⑤盐梅:盐味咸,梅味酸,这里指代调味料。《尚书》原文为:"若作酒醴,尔惟曲蘖;若作和羹,尔惟盐梅。"

⑥《乡党》《内则》:《乡党》是《论语》中的篇章,《内则》是《礼记》中的篇章,其中都有许多关于饮食的

内容。

⑦琐琐：絮聒，多言貌。

⑧饮食之正：饮食的目的、道理。《孟子》原文为："饥者甘食，渴者甘饮，是未得饮食之正也。"

⑨《典论》：作者魏文帝曹丕，但曹丕的原话是："三世长者知被服，五世长者知饮食。"

⑩进鬐（qí）离肺：进鬐、离肺都是古代祭祀活动中的仪式。鬐，鱼鳍，鱼翅。离肺，分割猪、牛、羊肉等祭品的肺叶。

⑪"子与人"二句：孔子与人歌，听到人家的歌唱合于音律，就请其重复，仔细揣摩之后，与之相和。典出《论语》。反，重复。

⑫雅慕此旨：非常仰慕这种志趣。旨，心意，志趣。

⑬灶觚（gū）：灶突，此处代指厨房。

⑭景行：景仰。

⑮率由旧章：完全按照旧规矩办事。

⑯治具：设宴，备办酒席。

⑰必：肯定，确定。

⑱执柯以伐柯：握住斧柄砍伐树木制作斧柄。柯，斧柄。

⑲则：样本，规则。

⑳忠恕：尽心为人，推己及人。

㉑《说郛》：综合性笔记丛书，元末明初陶宗仪编。

㉒眉公、笠翁：陈继儒，字仲醇，号眉公，松江华亭人，晚明文学家。李渔，号笠翁，浙江兰溪人，明末清初文学家、戏曲家。

㉓閼(è)于鼻而蜇于口：气味不好，口感也差。閼，阻塞，遏止。蜇，刺痛。

【赏读】

食色，性也。古人留下不少烹饪之书，比如唐朝段文昌的《邹平公食宪章》，宋朝林洪的《山家清供》、吴氏《中馈录》，元朝忽思慧的《饮膳正要》、倪瓒的《云林堂饮食制度集》，明朝刘基的《多能鄙事》、宋诩的《宋氏养生部》、高濂的《遵生八笺》，清朝朱彝尊的《食宪鸿秘》和袁枚的《随园食单》等。上述著作有些已经失传，有的只是庞杂著作的一个组成部分。像《随园食单》这样出自文人之手的系统论述饮食的著作，娓娓道来，文字闲雅，可读性很强，很是罕见。而且从今人的角度来看，袁枚最著名的作品不是《小仓山房诗文集》《小仓山房尺牍》，更不是《随园诗话》，而是那一本小小的《随园食单》。在今天许多读者的心目当中，袁枚首先是一位有品位的"吃货"。

《随园食单》是袁枚经过四十年积累而成，当初，两江总督尹继善很讲究饮食，也很喜欢"平章肴馔之事"。

他自己受到身份的限制,就派袁枚到各家品尝评点,遇到独特的美味,袁枚会让自家的厨子登门学习制作,其中的得意之作送去给尹继善品尝。如此间接成就了后来的《随园食单》。许多有来历的独特菜肴袁枚都在食单中做了标记,诸如扬州臧八太爷制的鸡圆、蒋御史家的蒋鸡、唐静涵家的唐鸡、苏州沈观察煨黄雀、扬州朱分司家制的红煨鳗、王太守八宝豆腐、程立万豆腐等。

整篇序文层次清晰:先述古人一向重视饮食之道,再言此书的成书过程和写作旨意,最后批判前代的诸多饮食著作,袁枚认为《说郛》包含饮食之书三十余种,"大半陋儒附会"。如此武断,稍违恕道。后来梁章钜在《浪迹丛谈》中批评袁枚在品题饮食时的两个毛病,一是"标榜达官",一是"依附古人"。标榜不虚,毕竟精馔出于朱门;依附则冤矣,随园主人一向自视甚高,肯向何人俯首?

《百美新咏图传》序

天生人最易,生美人最难。自周秦以来,三千年中美人传者落落①无几,岂山川灵秀之气,不钟于巽②方耶?抑生长闾阎③无甚遭际,遂弊弊④然如草亡木卒耶?要知物非美不著,美非文不传。古来和氏之璧⑤、昆吾之剑⑥,皆物之美而仗文士为之表彰者也,况人之美者哉!

余幼见冯犹龙⑦《美人百韵》,鳞罗布列,足云备矣。惜开卷即咏杜丽娘⑧,是以亡是公⑨为元真子⑩也,不已慎⑪乎?鉴塘主人⑫以润古雕今之笔,写芬芳悱恻之怀,考订史书,属词比事⑬,得闺阁若干人,各以韵语括之,真少陵所谓"五字抵华星⑭"矣。更倩名手,追写其容,珊珊来迟,呼之欲活,乃清流之胜事,骚人之遐想也。目论者谓贞淫正变,微嫌羼杂⑮,不知《三百篇》中咏姜嫄⑯不遗褒姒⑰,歌《柏舟》亦赋《新台》⑱。此诗教之所以为大也。或又谓其人往矣,捕风拎⑲影,图形未必克肖,不知汉武梁祠⑳石刻,曾子㉑之母、老莱㉒之妻，彼皆追摹于千载以上，能保其果肖乎？主人之为此也，亦犹行古之道也。

余旧咏美人诗，亦有十余首，望古遥集，怀而慕思，未免《国风》之好㉓，为作者先声。《庄子》曰："人而无情，何以谓之人？"《戴礼》㉔曰："贤者过情，不肖者不及情。"我辈皆贤而过者也，因其过愈见其贤。呜呼！斯《百美》之诗，所以必传于后无疑欤？

乾隆庚戌夏五月，随园老人袁枚撰。

【注释】

①落落：沦落、衰败的样子。

②巽（xùn）：易经八卦之一，为木，为风，为东南方，为长女，为顺。

③闾（lú）阎：乡间，里巷。

④弊弊：辛苦疲惫貌。

⑤和氏之璧：春秋时楚国人卞和发现的一块传世宝玉。

⑥昆吾之剑：古代名剑。《列子》中言："周穆王征西戎，献昆吾之剑，赤刀切玉如泥。"

⑦冯犹龙：冯梦龙，明末文学家。字犹龙，别号龙子犹等，长洲（今江苏苏州）人，做过知县。编撰刊行大量书籍。

⑧杜丽娘：明代汤显祖杂剧《牡丹亭》中的人物。

⑨亡是公：汉代文学家司马相如笔下的虚拟人物，亡通

"无",亡是公和乌有先生同义。

⑩元真子:也作"玄真子"。张志和,浙江金华人,唐肃宗时期为翰林待诏,后隐居江湖,自称烟波钓徒、玄真子,著有《玄真子》等。

⑪傎(diān):颠倒,失序。

⑫鉴塘主人:颜希源,字鉴塘,广东人,做过仪征县令。

⑬属词比事:连缀文辞,排比史事。

⑭五字抵华星:形容文字炫丽如天上星辰。杜甫的《同元使君春陵行》中有"两章对秋月,一字偕华星"。

⑮羼(chàn)杂:混杂,混乱。

⑯姜嫄(yuán):传说是后稷的母亲。

⑰褒(bāo)姒(sì):周幽王的第二位皇后。

⑱歌《柏舟》亦赋《新台》:《柏舟》《新台》都是《诗经》中的篇章,《柏舟》咏叹怀才不遇,《新台》讥讽卫宣公强占儿媳的丑事。

⑲抟:用手捏聚成团,拍。

⑳武梁祠:在山东济宁,其中有著名的东汉石刻,内容为先古帝王将相、孝子贤妇,共有一百六十余像。

㉑曾子:曾参,字子舆,春秋末期山东人,孔子的弟子,强调孝道。

㉒老莱:老莱子,春秋时期楚国人,思想家,以孝闻名,携妻子隐居山中。

㉓《国风》之好:《国风》是诗经的精华部分。《荀子》说:"《国风》之好色也。"

㉔《戴礼》:即《礼记》,其中提到一些礼制的设计,即"虑贤者之过于情",又"虑不肖者之不及情",袁枚加以变通引用。

【赏读】

序文开宗明义:美女难得,一位美女能够成名或者名列史册,需要文士的记载与颂扬,只有文字才能赋予美女千古不朽的生命力。

明代冯梦龙编著过一本《美人百韵》,是诗与美女的结合体,囊括了古代全部美女,却犯下一个基本的错误,即把文学虚构或者民间传说的人物杂入其中。鉴塘主人颜希源刊刻的这一本《百美新咏图传》,体裁上走的是同样的路线,因此称为"新咏"。排除了虚构人物,配诗、配文更为优美,人物绘画也出自名人之手,精雕细刻。有人批评这本书选择人物的标准,只看容颜,不注重品德,"贞淫正变"混杂一书。又批评书中人物形象的刻画全凭想象,毫无依据。袁枚一一反驳,颇有说服力。

从本质上看,《百美新咏图传》与《美人百韵》一样,是以逐利为根本目的的通俗读物。颜希源请袁枚作序,也是要借助他的名气,提升作品档次,扩大其销路。

这个选择非常明智——袁枚在文坛颇有号召力，也很懂得欣赏女性之美，曾在《随园诗话》中坦率地说："余好诗如好色，得人佳句，心不能忘。"袁枚早期还写过十余首诗咏赞古代美人，歌咏的人物都被收入《百美新咏图传》中，包括西施、卓文君、二乔、吴绛仙、张丽华、上官婉儿、杨贵妃、小周后等人。其中咏赞杨贵妃的一首诗："五百袈裟回向寺，一枝玉尺有前因。缘何四海风尘日，错怪杨家善女人？"写小周后的一首："芳草萋萋故国秋，江南烟雨十三楼。梦中忘记家山破，犹与君王并辇游。"都是韵味隽永的好诗篇。

《听秋轩诗集》序

庚戌之秋，京江①骆夫人②佩香走币③来曰："兰幼读先生诗而爱之，且学为之，顾私淑④不如亲炙⑤之益也，先生其许之乎？"余念孺⑥悲无介⑦，而闯然以至，殆奇女子耶！已而果严妆款门，王母容颜⑧，殆三十许矣。出所为诗，才理清新，艺林中袍而弁者⑨无此人也。嗣后，余过京江，辄主其家。佩香司潘瀡⑩盥馈⑪、脱肉作鱼⑫事，罔或不洎⑬，虽孝息之事其所生，无以过也。余因谓之曰："今之诗流，往往文而不采，有声而无音，殊非恻隐古诗⑭之意。惟京江梦楼⑮先生论诗与余意符，居与汝邻，盍往学焉？"佩香从之。后此思愈清，才愈隽。所存若干首，皆先生所删定也。

目论⑯者动谓诗文非闺阁所宜，不知《葛覃》《卷耳》⑰首冠《三百篇》，谁非女子所作？《兑》为少女⑱，而圣人系之以朋友讲习⑲；《离》为中女⑳，而圣人系之以文，日月丽乎天㉑，诗之有功于阴教㉒也久矣。然而言者心之声也，天机戾则律吕㉓不调，六情㉔

和则音节自协。以余观于佩香，媞媞㉕然淑慎其身，溺苦于学，其高识远见，视大男子裁如婴儿。而且赴义若热㉖，能为人之所不能为。假使戴尺五皂纱，学荀灌㉗娘救父于危城，学韩兰英㉘献《中兴颂》于齐国，何古人之不可及？而生命不辰㉙，嫁未多年，所天不禄㉚，仅课一螟蛉女㉛，以代蚕织而遣余年。吁，其可悲也已！然春秋二百四年中，守节者寥寥，只共姜《柏舟》㉜一篇，与《清庙》《生民》㉝诗并垂千古。彼夫身坐鱼軿㉞、受泥封㉟而衣翟茀㊱者，无虑万万数，而大概生时则荣，殁则已焉。能如佩香之名声若日，诸名公卿题诗遥赠者，有几人哉？余今年八十矣，明知佩香之学问，后进无涯，而余则暮景颓光，前途有限。故劝其板而行之，以及于吾身亲见之也。即书此意以序其卷端。

乾隆六十年六月望日，随园八十叟袁枚撰。

【注释】

①京江：镇江一带的长江。因镇江古名京口而得名。

②骆夫人：骆绮兰，字佩香，号秋亭，江苏句容人，清代女诗人，袁枚的学生。

③走币：赠送礼金或礼物。

④私淑：仰慕某人的品学，以其为师，但没有当面受过

其指点。

⑤亲炙：亲身受到教诲、熏陶。

⑥孺：幼儿，士大夫的妻子。

⑦无介：无介而见，没有中间人介绍。

⑧王母容颜：容貌端庄高贵。王母，神话传说中地位崇高的女神。

⑨袍而弁者：男子。弁，古代男子的冠帽。

⑩滫瀡（xiǔ suǐ）：用淀粉调和食物，使其柔滑。

⑪盥靧（huì）：也写作"靧盥"，洗脸洗手。

⑫脱肉作鱼：处理各种食材。《礼记》中说："肉曰脱之，鱼曰作之，枣曰新之，栗曰撰之。"脱，剥去肉皮。

⑬罔或不涓：处处精洁、细致。罔，无，没有。涓，洁净，细小。

⑭恻隐古诗：悲情灌注的古诗。《汉书·艺文志》："春秋之后……学《诗》之士逸在布衣，而贤人失志之赋作矣。大儒孙卿及楚臣屈原离谗忧国，皆作赋以风，咸有恻隐古诗之义。"恻，悲痛，悲伤。

⑮梦楼：王文治，清代诗人，字禹卿，号梦楼，江苏丹徒（今镇江）人。乾隆二十五年（1760）进士，诗书俱精，有《梦楼诗集》二十四卷。

⑯目论：指见识浅薄。

⑰《葛覃》《卷耳》：都是《诗经》中描写女性生活的诗篇。

⑱《兑》为少女：《易经·说卦传》中说：兑为泽，为少女，为巫，为口舌。

⑲圣人系之以朋友讲习：《象传》解释卦象和爻象，对《兑》卦的解释是：丽泽，兑；君子以朋友讲习。

⑳《离》为中女：《易经·说卦传》中说：离为火，为日，为电，为中女。

㉑日月丽乎天：解释六十四卦卦辞的《象传》说：离，丽也；日月丽乎天，百谷草木丽乎土。

㉒阴教：女子的教化。

㉓律吕：古代校正乐音的器具，也指音律。

㉔六情：人的六种感情，即喜、怒、哀、乐、爱、恶。

㉕媞（tí）媞：美好。

㉖赴义若热：真诚、急切地参加义举。

㉗荀灌：《晋书》记载，襄城太守荀崧被敌军围困在城中，束手无策。他的女儿荀灌只有十三岁，率领勇士在深夜出城突围，找来援军解围。

㉘韩兰英：才女，南朝宋时写出一篇《中兴颂》献给宋孝武帝。

㉙不辰：不得其时。

㉚所天不禄：丈夫早死。所天，这里指丈夫。不禄，早死。

㉛螟蛉（míng líng）女：比喻义女、养女。古人误认为螟蠃不产子，喂养螟蛉为子。

卷二 序跋　　145

㉜共姜《柏舟》：卫世子共伯早死，妻子共姜为其守节，写下一首《柏舟》以明志。

㉝《清庙》《生民》：都是《诗经》中的诗篇。

㉞軿（píng）：贵妇人乘坐的有帷盖的车子。

㉟泥封：天子的诏命用紫泥封之。

㊱翟茀（dí fú）：羽饰或者帘饰。

【赏读】

《听秋轩诗集》的作者名叫骆绮兰，早年嫁给龚世治。龚世治死后骆绮兰寡居，专注诗艺和绘画。袁枚女弟子数量众多，其中诗句被收入《随园诗话》的就有二十人，基本都是大家闺秀，包括袁枚朋友的侧室、女儿或者姐妹，比如毕沅、袁树等人的姬妾。骆绮兰出现的时间比较晚，乾隆五十五年（1790）才开始与袁枚接触，第二年正式成为袁门弟子，所以此前的《随园诗话》中找不到她的诗句。

骆绮兰的诗作大多由王文治、袁枚删定、指点，结集刊行之前袁枚为其作序。首先回顾师生相识、交往的过程，年近八十的袁枚几次到镇江都住在骆绮兰家中，讨论诗文之外，也会与她下棋、饮谈。骆绮兰殷勤款待，"每饮必倾数盏，夜谈辄至三更""虽亲生女儿不能如斯之真挚也"，让袁枚感觉在她那里"胜家居十倍矣"。袁枚认为骆绮兰的诗"才理清新"，强调她同时受教于镇江大诗人王文治，自己不敢专美。然后袁枚列举《诗经》中的篇目为女性诗歌正名，又拿《兑》卦、《离》卦说理，稍显牵强。这是袁枚一贯的作风：先有论点，再去典籍之中找寻证据，偏偏他学识渊博，总能给他找得到。最后袁枚大赞骆绮兰的淑慎、勤勉和高远见识，认为她终究会以自己的诗艺留名青史。

袁枚在文中称骆绮兰为骆夫人或者佩香，在别处也称她为"佩香夫人""世妹""佩香世妹""佩香女弟子"等，师生之间的关系非常亲近。二人经常见面，书信往来也很频繁，信中不单单谈论诗学、文章，也有闲谈八卦，比如袁枚就曾向骆绮兰大谈在苏州娶妾的种种艰难之处：花费巨大，"轿钱""花封""挽封"等名目繁多。最难对付的是那些可恶的媒人，欺诈的手段数不胜数，有用妓女充数、做局讹诈、临期换包等花样，防不胜防，袁枚怒斥之为"奸媒"。最惨的一个人带着四五百两银子去苏州，银子花光却没有娶到小妾。袁枚曾经花费许多时间在苏州选妾，估计吃亏不少，他讲述的或许就包含自己的惨痛经验，骆绮兰看了必定为之喷饭。

袁枚夸赞骆绮兰比亲生的女儿还可靠，写这篇序文时自然格外用心，甚至有些炫技，努力为女弟子的诗集增添一些分量。骆绮兰的另一位老师王文治也为诗集写了一篇序。

《西坂草堂图诗》序

庆生日,古无有也。庆生日而歌咏其所居之堂以为庆,古尤无有也。虽然,《周雅》①曰:"秩秩斯干,悠悠南山②。""晋献文子成室,晋大夫发焉",张老为之善颂而善祷焉③。是皆就其所居以为寿意也。

宣州张先生芸墅④当不亲学之年⑤,其戚里勿介爵⑥,勿祝鳌⑦,并不为扬诩⑧,而第为所居之草堂征诗,盖虽举俗之文,而亦犹行夫古之道也。先生家有贞介堂,为前明司李公遗迹。先生宦游⑨归,益宅城西,剪茅为室,颜曰"西坂",居而乐之。闻之先民⑩曰:相马以舆,相士以居⑪。居也者,君子之所不苟也。卫公子荆⑫善居室,庾诜⑬十亩之宅,山池居半,皆以居传者也。然混元⑭运物,流而不处⑮,曾几何时,东阁变为马厩者多矣。而士大夫一解巾褐⑯,又往往招之不归,以致田园就芜,虽先人之旧庐,亦或鞠为茂草⑰,未见有培基沃本如先生之缠绵者。先生甫中年,即伏而不出,肆心广意,铅椠⑱于斯,若忘其为司马官南越者然。无他,为草堂作主人故也。

予虽不获登堂,犹忆甲戌岁与先生同游摄山[19],讨论竹素[20],穷极要眇[21],意欲相引为曹[22],声名流千万岁。今忽忽十五年,堂中之著书若干尺,可想而知也。他日堂之因先生传,决也。然而善迹即所以致远[23],获后方可以承先。张氏旧族得先生,先生嗣君得慕青太史,肯堂者未已,肯构者又来,较玄亭[24]之有童乌[25],礼堂[26]之有小同[27],尤为光耀。然则以他事寿先生,先生勿乐也;以兹堂寿先生,先生乐也。虽欲不歌咏也得乎?于是堂之景,董尚书图之;堂之颠末,先生记之;咏兹堂之诗文,小子序之。

【注释】

①《周雅》:《诗经》中的《大雅》和《小雅》。

②秩秩斯干,悠悠南山:周宣王建成宫庙之后称颂祷祝的诗句。秩秩,水流的样子。干,涧。悠悠,遥远,辽阔无边。

③"晋献"三句:《礼记》中说,赵武建成宫室,晋君和晋大夫纷纷祝贺,其中一位张老说:"美哉轮焉,美哉奂焉。"文子,赵武。

④张先生芸墅:张汝霖,字芸墅,宣城人,做过澳门同知,与人合著《澳门记略》。

⑤不亲学之年：六十岁。《礼记》说："六十不亲学。"

⑥介爵：古代酒器。

⑦祝釐：祭神祈福。

⑧扬诩：颂扬，吹捧。

⑨宦游：外出做官、求官。

⑩先民：古代贤人。

⑪相马以舆，相士以居：语出《孔子家语》。看看一匹马与什么样的马车相匹配，可以判断它的优劣；看看一个士人的居所，大致可以断定他的生活态度和品味。当然，这句话也有更深广的寓意。

⑫卫公子荆：春秋时卫侯之子。

⑬庾诜（shēn）：字彦宝，新野（今属河南南阳）人，南梁文学家。生活简朴，喜欢山居，"特爱林泉，十亩之宅，山池居半"。

⑭混元：混沌之初，元气之始。也指天地宇宙。

⑮不处：不停留。

⑯巾褐：平民的服饰。褐，褐衣。

⑰鞠为茂草：破败荒芜。

⑱铅椠（qiàn）：书写工具，这里指写作。

⑲摄山：南京栖霞山。

⑳竹素：书籍、史籍。

㉑要眇：同"要妙"，精深微妙。

㉒曹：共同，一齐；同伴。

㉓善迩即所以致远：语出《周易》："故有善迩而远至。"善，修治。迩，近。

㉔玄亭：指西汉文学家扬雄。扬雄的旧宅后来建起草玄亭。

㉕童乌：扬雄的儿子。

㉖礼堂：郑玄，字康成，山东高密人，东汉文学家，经学大师，注释过《论语》《周礼》《礼记》《周易》《尚书》等大量儒家经典。《后汉书·郑玄传》载：有一次郑玄患病，写给儿子益恩一篇长文，中有"末所愤愤者，徒以亡亲坟垄未成，所好群书率皆腐敝，不得于礼堂写定，传与其人"。

㉗小同：郑玄唯一的儿子郑益恩留下一个遗腹子，郑玄为他命名小同。

【赏读】

宣城人张汝霖把自己的居所命名为西坂草堂。六十岁生日时，同乡文人倡议以西坂草堂为主题征集诗作。张汝霖提笔记述这件雅事，另一位董尚书为草堂作画，再将所有诗作结集，请袁枚撰序。张汝霖有过官场经历，最终选择退隐，一边写作一边苦心经营一片园宅，培基沃本，乐而不倦。如此经历和志趣都与袁枚经营随园相类似，也因此，袁枚的这篇序文写得特别用心，赞美朋友的同时，抒发自己心中志向。

宅园是一个人生命当中最重要的活动场所，生于兹，长于兹,饮食读书、盥浴寝卧,一生的大部分时间都在这里消磨。因此人们非常重视营造一个舒适的居处,"君子之所不苟也"。相马以舆,相士以居,外人通过一个人的住所也能看出他的志趣、志向和生活态度。张汝霖苦心经营西坂草堂、袁枚大力营造他的随园,都是这个道理。差别在于,张汝霖和他的西坂草堂早已湮灭在历史深处,袁枚却与随园融为一体,成为一个时代和一种生活方式的标志。更难得的是袁枚的那一份清醒和达观——再精美豪华的宅园也有凋敝、易主的一天,东阁变为马厩、隋园变为随园、张宅变为李宅,一切难以避免。而明知如此依然经营不辍,乐此不疲,只有袁枚这样活得通透之人才能做到。

袁枚与张汝霖关系一般,曾经同游栖霞山,一起讨论诗学,但袁枚没有去过西坂草堂。张汝霖死后,袁枚还写出《哭张芸墅司马》三首,悲叹诗人故去,知音更少;回忆二人交往之种种,各自对诗的见解:"我诗重生趣,君诗重风格。相期千载后,彼此留一席。"

《扬州画舫录》①序

昔洛阳有《名园》②之记,东京有《梦粱》之录,皆所以润色③升平,标举④名胜也。然而宋室偏安,人物凋敝⑤,不足以美盛德之形容。本朝运际中天⑥,万象隆富,而扬州一郡,又为风尚华离⑦之所。虽谖台⑧丙舍⑨,皆作十洲云麓⑩观,由来久矣。记四十年前,余游平山,从天宁门外拖舟而行。长河如绳,阔不过二丈许,旁少亭台。不过匽潴⑪细流、草树卉歙⑫而已。自辛未岁天子南巡,官吏因商民子来⑬之意,赋工属役⑭,增荣饰观,夸⑮而张之。水则洋洋然回渊⑯九折矣,山则峨峨⑰然隱约横斜⑱矣;树则焚槎发等⑲,桃梅铺纷矣;苑落则鳞罗布列,閟⑳然阴闭而霅㉑然阳开矣。猗欤休哉㉒!其壮观异彩,顾、陆㉓所不能画,班、扬㉔所不能赋也。艾塘李君,粲粲㉕有才,操觚㉖记之。上自仙宸帝所,下至篱落储胥㉗,旁及酒楼茶肆,胡虫奇妲㉘之观,鞠弋流跄㉙之戏,都知录事㉚之家,莫不科别㉛其条,了如指掌。于牙牌二十四景㉜之外,更加详尽,真足传玩一时,焉弈㉝千载焉。嘻,余衰矣!以隔一衣带水,不能长至邗江登眺为憾。及得此书,卧而观之,方知闲居展卷,胜于骑鹤来游也。为弁数言,以告世之欲赋芜城㉞而未得导师者。

乾隆五十八年腊月望日,随园袁枚撰,时年七十有八。

【注释】

①《扬州画舫录》:全面记载清朝乾隆年间扬州社会生活图景的著作,全书十八卷。作者李斗,字北有,又字艾塘,江苏仪征人。

②《名园》:《洛阳名园记》,北宋李格非著。

③润色:粉饰,增光。

④标举:炫耀,赞美。

⑤劌(guì):疲惫至极。

⑥运际中天:国运鼎盛。中天,盛世,天运正中。

⑦华离:交错;华丽。

⑧謻(yí)台:宫中建筑。

⑨丙舍:泛指简陋的房屋。

⑩十洲云麓:仙境中的风景。十洲,道教传说中的神仙居住在十洲、三岛之上。麓,山脚,茂盛的山林。

⑪匽(yàn)潴(zhū):排水阴沟。匽,阴沟,厕所。潴,积水。

⑫卉歙(xī):形容风过草木之声。

⑬子来:不召自来,如子女趋事父母。

⑭赋工属役:征集工匠、役夫。赋,征收,责取。属役,召集役夫。

⑮奓(shē):同"奢",奢侈。

⑯回渊:渊深之水回还曲折。

⑰峨峨:山势高耸。

⑱隥(dèng)约横斜:石阶沿着山体倾斜而上。隥,台阶。约,环束。

⑲焚槎(chá)发等:古代园艺中整治土地的一种方法,烧毁枯枝落叶,用其火力激发土性,用其灰烬肥沃土壤。槎,树木的枝丫。

⑳閛(pēng):关门声。

㉑䨥(zhá):杂乱的声音。

㉒猗欤(yī yú)休哉:极度赞叹。

㉓顾、陆:顾恺之,字长康,无锡人,东晋著名画家。陆探微,苏州人,南朝宋著名画家。

㉔班、扬:汉代的班固、扬雄,都擅长作赋。

㉕槃(pán)槃:大貌。多指才能出众。

㉖操觚:在木简上写字。

㉗储胥:栅栏。

㉘胡虫奇妲(dá):珍奇的禽虫、异域的女子。

㉙鞠弋(yì)流跄:蹴鞠、射猎和杂技等游戏。弋,用

带绳子的箭射鸟。跄，《尚书》中有"鸟兽跄跄"，指鸟兽听到优美的音乐而起舞的样子。

㉚都知录事：妓院老板、妓女，或者酒局、赌局的主持者。都知、录事都是唐宋时期的官名。

㉛科别：区分，区别。

㉜牙牌二十四景：两淮转运使卢见曾在扬州大兴土木，新建的景观有拳石洞天、西园曲水、虹桥揽胜等，把其中二十四景画到牙牌之上，称为"牙牌二十四景"，府中饮宴时用以佐欢。

㉝舄（xì）弈：光耀流行。

㉞芜城：扬州古称广陵、芜城。

【赏读】

袁枚为许多人的诗文著作写过序跋，《扬州画舫录》算是其中有影响的一部。全书共十八卷，作者李斗，仪征人，在扬州居住多年，花费三十年时间写成此书。梳理扬州人文历史的著作并不少见，但大多"专考古事，略于近世"。李斗则是兼顾历史与现实，"以地为经，以人物记事为纬"，全面记载了乾隆年间扬州的社会风貌，包括工商、古迹、园林、风俗、艺术、饮食、人物等诸多方面。原著一共有四篇序文，袁枚的这一篇序文的写作时间比李斗的自序还要早两年。

扬州水陆交通便利，自古便是繁盛之地。明末清初长江下游战乱频仍,扬州城日趋凋敝,经过近百年的休养生息,以盐业为代表的商业活动逐步恢复和发展,扬州再现往昔的繁华。袁枚一生当中留下足迹最多的几个城市分别是江宁、杭州、苏州、北京、扬州等地。他曾经多次到过扬州:乾隆四年(1739)考中进士之后,袁枚请假回乡娶亲,路过扬州,参加过转运使的宴会。当时的扬州"楼阁寥寥,沟水一泓而已"。十多年后,堂妹袁棠嫁给扬州大户汪家,袁枚再到扬州就在袁棠那里落脚。后来,袁棠不幸难产而死,这并不影响袁枚对扬州的喜爱。按照《扬州画舫录》的说法,袁枚晚年时,每年平山堂的梅花盛开的季节,他都会前往观赏,借机与大批诗友见面,"以诗求见者,如云集焉"。

为了迎接乾隆皇帝南巡,扬州的官员花费巨大,"浚池篝山",整治河山。袁枚间歇到访扬州,对这些变化的感触格外强烈。总体来说,袁枚对于扬州是有发言权的,有资格为《扬州画舫录》作序,他认为这本书可以充当卧游扬州的向导,并将其与《洛阳名园记》《东京梦华录》等传世名作并举,可谓允当。

《子不语》序

怪、力、乱、神,子所不语①也。然"龙血""鬼车",《系词》②语之。玄鸟生商③,牛羊饲稷④,《雅》《颂》⑤语之。左丘明⑥亲受业于圣人⑦,而内外《传》⑧语此四者尤详,厥何故欤?盖圣人教人,文、行、忠、信而已,此外则"未知生,焉知死""敬鬼神而远之",所以立人道之极⑨也。《周易》取象幽渺⑩,诗人自记祥瑞,《左氏》恢奇多闻,垂⑪为文章,所以穷天地之变也。其理皆并行而不悖。

余生平嗜好,凡饮酒、度曲、樗蒲⑫可以接群居之欢者,一无能焉,文史外无以自娱,乃广采游心骇耳⑬之事,妄言妄听,记而存之,非有所惑也。譬如嗜味者餍八珍矣,而不广尝夫蚳醢⑭、葵菹⑮,则脾困⑯;嗜音者备《咸》《韶》⑰矣,而不旁及于侏儒僸佅⑱,则耳狭。以妄驱庸,以骇起惰⑲,不有博弈者乎?为之犹贤,是亦裨谌适野⑳之一乐也。

昔颜鲁公㉑、李邺侯㉒功在社稷,而好谈神怪;韩昌黎以道自任，而喜驳杂无稽之谈；徐骑省㉓排斥佛、老，而好采异闻，门下士竟有伪造以取媚者。四贤之长，吾无能为役㉔也；四贤之短，则吾窃取之矣。

书成，初名《子不语》，后见元人说部有雷同者，乃改为《新齐谐㉕》云。

【注释】

①子所不语：《论语》称："子不语怪力乱神。"怪，怪异妖孽。力，力不由理。乱，臣子弑害君父。神，鬼神之事。

②《系词》：一般写作《系辞》，分为上、下两篇，属于《易传》的组成部分，解释、发挥《易经》的卦象和文辞，作者不详。

③玄鸟生商：传说中，商部落的起源与燕子有关。玄鸟，燕子。《诗经·商颂·玄鸟》中有"天命玄鸟，降而生商"。

④牛羊饲稷：后稷出生之后一度被母亲丢弃，路过的牛羊为他哺乳。稷，后稷。《诗经·大雅·生民》中有"诞寘之隘巷，牛羊腓字之"。

⑤《雅》《颂》：都是《诗经》的组成部分。《雅》包括《小雅》《大雅》。《颂》包括《周颂》《鲁颂》《商颂》。

⑥左丘明：春秋末期史学家、思想家，著有《左氏春秋》《国语》。

⑦圣人：孔子。

⑧内外《传》：《左氏春秋》为内传，《国语》为外传。

⑨人道之极：为人之道的最高准则。

⑩幽渺：精深微妙。

⑪垂：流传。

⑫樗蒲（chū pú）：古老的掷骰子博戏，也泛指赌博。

⑬游心骇耳：发人遐想，动人听闻。

⑭蚳醢（chí hǎi）：用蚁卵做的酱。

⑮葵菹：腌菜。

⑯脾困：脾胃阻滞、困乏。中医理论认为脾、胃属土，脾可助胃消化。

⑰《咸》《韶》：即《大咸》《大韶》，周时所存的六套乐舞中的两种。

⑱侏俪（lì）僸（jìn）侏（mài）：古代指中原之外四夷的音乐。

⑲以妄驱庸，以骇起惰：用自由的想象对抗世俗的平庸，用惊悚驱走懒散，催人警醒。

⑳裨谌（chén）适野：裨谌，春秋时郑国人，能够预测成败，但只有在旷野中预测才准确。

㉑颜鲁公：颜真卿，字清臣，京兆万年（今陕西西安）人，唐代著名书法家，唐肃宗时期被封为鲁郡公，做过刑部尚书、尚书右丞等，被叛臣害死，谥号文忠。

㉒李邺侯：李泌，字长源，唐德宗时期做过宰相，被封

为邺县侯,《新唐书》称他"常持黄老鬼神说,故为人所讥切"。

㉓徐骑省:徐铉,字鼎臣,扬州人,五代至北宋初文学家,书法精妙,有《骑省集》等著作。

㉔无能为役:自愧不如。

㉕齐谐:志怪之书。南朝梁吴均著有《续齐谐记》。

【赏读】

清代是志怪小说创作的黄金时期,产生了蒲松龄的《聊斋志异》、袁枚的《子不语》和纪昀的《阅微草堂笔记》等名著。《聊斋志异》出现的时间最早,属于纯粹的志怪小说。在写给庆晴村的一封信中,袁枚认为自己的《子不语》"其说怪谈奇,不在《聊斋志异》之下",说明在他的心目当中,一直是拿《聊斋志异》当作这类小说的标杆。比《子不语》稍晚的则是《阅微草堂笔记》,内容、形式都与《子不语》类似,属于传统的文人笔记小说。乾隆年间还有一部志怪小说《萤窗异草》,又名《聊斋剩稿》,一般认为其作者是袁枚的好朋友、尹继善的六儿子庆兰(似村)。

像蒲松龄一样,袁枚平时很注意收集写作的素材,朋友来访随园或者他外出游历,听到奇特新颖的故事,他都会记录下来,事后整理润色。比如游览武夷山时,袁枚夜里听到旁边船上有人讲鬼故事,马上把那人请过船来,听他细致讲述。许多故事的主人是真实的人物,袁枚毫不隐讳人物的名字和官爵,《子不语》中经常可以看到袁枚亲属、师友的名字,比如沈永之、杨笠湖、邵又房、祝宣臣、李方膺等。如此做法可以增强故事的可信度和话题性,但也容易带来争议和矛盾,比如杨笠湖就认为自己的名誉受到了损害,要求修改甚至毁板,搞得大家都不愉快。

《子不语》的故事基本发生在袁枚生活的时代,有着现实生活的坚硬内核。袁枚的巧妙在于,为这些现实的内核加上了鬼怪荒诞的花饰,读者往往被光怪陆离的情节吸引,忽略了内在的尖锐的现实矛盾。在某种程度上,《子不语》算是乾隆年间江南士大夫集体想象的真实记录。这样一部通俗读物在商业上也很成功,一直颇有销量,由此也能看出袁枚很有商业头脑。

袁枚在序言中首先强调,世间文章的维度是多方向的,《论语》之外的经典比如《周易》《诗经》《左传》等,姿态各异,内容包罗万象,如此才能大致勾勒出整个世界的轮廓,穷尽天地的变化。"子不语怪力乱神"其实是变换了一种表达的方式。其次,子不语而我语,毕竟有一些另类,所以袁枚拉来颜真卿、韩愈等四位先贤为自己助阵。强调这种写作的娱乐性,"妄言妄听,记而存之,非有所惑也"。最后说明书名的由来。

《随园随笔》序

著作之文形而上①,考据之学形而下②,各有资性③,两者断不能兼。汉贾山④涉猎⑤,不为醇儒⑥;夏侯建⑦讥夏侯胜所学疏阔⑧,而胜亦讥其繁碎。余故山、胜流也,考订数日,觉下笔无灵气。有所著作,惟捃摭⑨是务,无能运深湛之思。本朝考据尤盛,判别同异,诸儒麻起,予敢披腻颜帢⑩、逐康成车后哉?以故自谢不敏,知难而退者久矣。

然入山三十年,无一日去书不观,性又健忘,不得不随时摘录。或识大于经史,或识小于稗官,或贪述异闻,或微抒己见。疑信并传,回冗⑪不计。岁月既久,卷页遂多,皆有资于博览。付之焚如⑫,未免可惜,乃题"随园随笔"四字以存其编。

嘻!予老矣,自此以往,假我数年,有所观便有所记,有所记便有所笔。此书之成,"吾见其进也,未见其止也⑬"。

【注释】

①形而上：抽象，超越具象，古人称之为"道"。

②形而下：具体，古人所谓的"器"。

③资性：资质，天性。

④贾山：西汉颍川（治今河南禹州）人，学问不精专，只粗略地浏览。

⑤涉猎：浮浅地阅读、探索，不求甚解，如涉水、如猎兽。

⑥醇儒：学问精深纯正的儒者。

⑦夏侯建：西汉学者，跟随堂兄夏侯胜治学，认为夏侯胜学问疏略，不够精深。

⑧疏阔：粗略，不够周密、渊深。

⑨捃摭（jùn zhí）：摘录，收集。

⑩腻颜帢（qià）：脏帽子。腻，肮脏。颜帢，一种帽子，帽前缝有标记。

⑪回冗：曲折，转旋。

⑫焚如：火烧，火刑。

⑬吾见其进也，未见其止也：语见《论语》。颜渊死后，孔子感叹他进益不止，可惜没有达到圣境。

【赏读】

清朝考据之学大兴，出现许多大师级学者，比如顾炎武、戴震、段玉裁等，袁枚同时代的惠栋、钱大昕、程晋芳等人也颇有成就。考据需要丰富的知识储备和渊深的学养，拥有巨量的文献资源，需要反复搜寻、梳理和比较。袁枚不喜欢这类写作，"考订数日，觉下笔无灵气……无能运深湛之思"。不喜欢并不意味着不写，日常阅读、写作的过程中，袁枚"有所观便有所记，有所记便有所笔"，随时记录自己的发现与思索。"岁月既久，卷页遂多"，经过三十多年的积累，这些笔记渐成规模，于是整理分类，计有经类、史类、金石类、天时地志类、职官类等二十大类，总而名之为《随园随笔》。

《随园随笔》的写作过程比较艰涩，袁枚一向强调诗、文的创作要表现性灵，表现真我，与考据完全是两个路数："著作之文形而上，考据之学形而下，各有资性，两者断不能兼。"在写给程晋芳的一封信中，袁枚对此有过更具体的阐述："古文之道，形而上，纯以神行；虽多读书，不得妄有摭拾。韩、柳所言，功苦尽之矣。考据之学形而下，专引载籍，非博不详，非杂不备，辞达而已，无所为文，更无所为古文也。尝谓古文家似水，非翻空不能见长……考据家似火，非附丽于物，不能有所表见。"

在写给法式善的一封信中，袁枚提到过《随园随笔》："枚有《随园随笔》三十卷，继《容斋五笔》而作,以考据之学素性不喜,故奇中丞谋为代刻,枚力辞得免。"江苏巡抚奇丰额想帮助袁枚刻印《随园随笔》,但袁枚希望自己有机会增删修改。现在他亲笔作序,表明全部写作已经完成。直到他去世时,《随园随笔》还没有出版,他在遗嘱中叮嘱两个儿子:"他日汝二人行有余力,分任刻之,定价发坊,兼可获利。"这是遗嘱的最后一句话,也是他最后的一点关切。

《随园随笔》在嘉庆年间面市。这里顺便说一下袁枚身后其作品的刊刻情况:他的全部著作加上他删定、编撰的亲友、学生的作品汇总为《小仓山房全集》,共计三十种,八十本。售卖的形式有两种,一是完全由随园自营,白纸版的每部售价五两银子,竹纸版的每部三两六钱银子,每年大致可以卖出几百部。另一种形式是书商自备材料和人工,到随园借板印刷,自由定价售卖,袁家每部抽取白银一两。这真是袁枚给子孙留下的一棵摇钱树。

《双佩斋诗集》序

昔蒯通^①著书八十一篇，号曰《隽永》^②。书虽不传，而其所以命名之义，可绎^③而知也。温子升^④云："文章易作，逋峭^⑤难为。"子升之文亦不概见，而当其落笔时，所趋尚者，又可想而得也。当今之时，能兼二子之长者，其惟葑亭给谏^⑥乎？

余二十年前读《双佩斋诗》而爱之，屡采精英纂入《诗话》。今年葑亭从都下手抄各体来索余序，读之，耳目扩而愈广，功力进而愈上。或驰骋以肆才，或研阅以穷照^⑦，或音情顿挫，或藻思芊绵。能自出机杼，成一家风骨，不屑寄人篱下。所谓斯文^⑧如日月，虽终古习见，而光景常新，葑亭殆无愧焉！虽然，诗者，持也，持其性情使不暴去也。人无性情之可持，于是以剿袭为诗，以摹仿为诗，以填写典故为诗，而诗之道日亡。葑亭之为人也，义心清尚^⑨，真想在衿^⑩，与冰襟相对，如惠风中，俏然自远。闻其成进士，补秋曹^⑪，骑骢马巡城，不为官所累。退食^⑫之余,犹亲简编,嫔群雅,与一二骚人硕士⑬举杯相与,其风味已加人一等矣。且长安人才如海,持如椽之笔愿为葑亭作皇甫士安者,不知几辈,而葑亭睨而不顾,必执讯寄声⑭远求三千里外之空山一叟,此其性情为今之人与?为古之人与?

昔夫子与子夏论诗曰:"窥其门未入其中,安知其奥藏之所在乎?前高岸,后深谷,泠泠然不能见其里,所谓精微者也⑮。"夫精微,即隽永、逋峭之谓也。嘻!非葑亭,其谁能语于斯?

乾隆壬子元日,钱塘袁枚,时年七十有七。

【注释】

①蒯(kuǎi)通:范阳(今属河北定兴)人,秦末汉初辩士。

②《隽永》:蒯通的著作之名。隽永,优美而有深意,耐人寻味。

③绎:抽丝,整理。

④温子升:字鹏举,济阴冤句(今山东曹县西北)人,自云太原人,北魏、东魏文学家,著有《永安记》。

⑤逋(bū)峭:本为屋柱曲折貌。这里指诗文曲折而有风致。

⑥葑(fēng)亭给谏:王友亮,字景南,号葑亭,婺源

人，乾隆年间进士，做过刑部主事等。著有《双佩斋文集》《双佩斋诗集》等。给谏，给事中和谏议大夫的合称。

⑦研阅以穷照：认真研究观察，全面、彻底地了解和认识。出自《文心雕龙·神思》。

⑧斯文：文学，诗文。

⑨义心清尚：仁义之心清洁高尚。

⑩真想在衿（jīn）：心地真纯，全性保真。陶渊明的《始作镇军参军经曲阿作》中有："真想初在衿，谁谓形迹拘。"衿，同"襟"，衣领，衣带，胸怀。

⑪秋曹：刑部的别称。

⑫退食：公事结束后休息，归隐。

⑬硕士：贤明饱学之士。

⑭执讯寄声：由别人传话捎信。

⑮"窥其门"六句：语见《韩诗外传》。诗的境界幽深曲折，只有深入其中不断探索，才能领略其精微美妙之处。奥藏，隐秘聚藏。泠泠然，清凉幽深的样子。

【赏读】

诗人王友亮从北京写信给袁枚，请他为自己的《双佩斋诗集》作序。二十几年前袁枚就很欣赏王友亮的诗，把一些佳句摘入《随园诗话》中，比如"直使孤灯死，常催白发生"或者"瘦篁腰刻字，古树腹藏人"。袁枚认为他的风格与孟郊、贾岛相似，"近学郊、岛诗者最少，独荓亭给谏，于无意中往往似之"。

在序文中，袁枚阐述了一个非常重要的诗学观点："诗者，持也，持其性情使不暴去也。"诗歌用文字描述诗人的情感体验，伤逝悲秋，失恋怀远，欢欣、得意、抑郁、忧伤等。这些情感瞬息即逝，如烟消雾散，再难重现。好的诗人能在强烈情感发生的时刻，用诗化的文字将其记录、固化，转化成有韵律的诗歌，这就是袁枚所说的"持"。诗才越优秀，这种记录就越精确、越美好，从而引起读者的广泛共鸣，间接体会与诗人类似的情感，这就是诗歌的感染力。要想成就一首好诗，必须有坚实、充沛的情感基础，善于把握和描述这些情感体验，像王友亮一样"善体物情"。而许多诗人既缺少强烈的情感，又欠缺文字的表现力，于是就有了袁枚指出的那些弊病：剿袭为诗、摹仿为诗、填写典故为诗。

序文最后引用孔子之言，同时巧妙与开篇呼应，点明全篇主旨，即王友亮之诗"隽永逋峭"，达到"精微"的境界。袁枚评价王友亮诗集的三个关键词：隽永、逋峭、精微。它们在这里很自然地融为一体，我们也再一次见识袁枚裁剪典故、为我所用的非凡功力。

南村①《唱和诗》跋

昔予知金陵,南村、西圃两同年时来官舍。盖西圃芜湖人,南村芜湖宰②。一苇之杭③,渡江便至。而三人者,又均以词臣④改官,故相得尤欢。予乞病之年,为跋其《同舟唱和诗》,忽忽三十年,都不省记⑤。今年,南村之子衍杜将板而行之⑥,寄此卷来,属予点定⑦。予就其诗考其存殁,南村亡十五年,西圃亡七年,作序之宝意先生⑧亦亡十年。卷内人无一在者。而予当日同官中最少年,今亦皤皤⑨六十翁矣。杜少陵所谓"老病怀旧,生意可知⑩",除泪落行间外,尚何余语!惟念衍杜能存先人之诗,并能寄先人数千里外之友,而使之共存其诗,有子如此,可谓贤矣。至于诗之清婉,读者知之,无需宣扬。而一篇之中,往往一则曰"随园",再则曰"推袁",想见当日交情相厚如是,而亦若预知我之将为后死之人也。噫!

【注释】

①南村:曾尚增,字谦益,号南村,山东长清(今属济南)人,乾隆四年进士,曾在芜湖、郴州等地主政。

②宰:官吏的通称。

③一苇之杭:相距很近。一苇,一束苇草,比喻小船。杭,同"航"。

④词臣:诗文侍从之臣,也指翰林出身的官员。

⑤省记:也写为"记省"。记忆,回忆,记录。

⑥板而行之:即"板行",雕版印刷发行。

⑦点定:修改并定稿。

⑧宝意先生:商盘,字宝意,号苍雨,浙江绍兴人,雍正年间进士,诗人,著有《质园诗集》等。

⑨皤(pó)皤:白发貌。

⑩老病怀旧,生意可知:衰病之人容易怀旧,此种境遇可想而知。杜甫《追酬故高蜀州人日见寄》序文中语句。生意,境遇。

【赏读】

曾尚增和陶镛都是袁枚的好朋友,三个年轻人在乾隆四年(1739)同时中榜,同入翰林院,又先后到各地做官,意气风发,经常有文字往来。曾尚增是山东人,身材魁伟,诗写得很好,人生结局却令人叹息。他在郴州任职时，府中突发大火，妻子和女儿葬身火海。曾尚增痛不欲生，辞官归乡，死于中途。袁枚闻讯，写诗哭悼。

袁枚曾经为曾尚增的《同舟唱和诗》作跋，为其写序的则是另一位浙江诗人商盘。三十年后，曾尚增的儿子准备将这本诗集刊行，请袁枚点校，袁枚写下这一篇跋文，认为曾尚增的诗清婉出色，无须自己为他宣扬。算起来，曾尚增已经死去十五年，商盘死去十年，陶镛也死去七年，昔日互相欣赏的诗坛才俊，只剩下袁枚一人。故人凋零殆尽，自己形影相吊，对诗思人，袁枚的感受与衰病之年的大诗人杜甫一样，无语哀伤。最让袁枚悲叹的是，曾尚增字里行间流露出来对自己的推重，似乎他早有预感，"预知我之将为后死之人也"。

同辈之中的后死者是幸运的，可以知晓朋辈的各种结局和身后之事，有机会为之感慨浩叹。只是这些感叹不知应该向谁诉说，后死者才会有的那一种孤独感因此而生。袁枚的幸运在于，他可以像杜甫一样把心中感慨诉诸诗篇，或者弁首跋尾，让自己的文字与旧日好友的文字融为一册，并呈于世。从更长久的时间维度看上去，生者与死者依然比肩而立，依然你唱我和。这是最好的怀想，这是最好的追念。

童钰①《梅花图》题跋

呜呼！此童二树先生遗笔也。先生为一代布衣，擅郑虔三绝②，论诗少所许可，独于余矜宠过当。彼此神交三十年来，卒未一面。壬寅春，忽渡江修③士见礼，适余游天台，先生怅然而返。信来相约再至，余寄声止之，道秋凉某某④走见。不料是年冬，余奉访扬州，而先生已于十日委化矣。余入拜灵前，其孤云先生病革⑤时，愿见尤殷，闻孥户⑥声，辄问："是袁公来耶？"一日之间，至于再，至于三。气息奄然⑦，令人扶起，画此幅留赠。题诗未终，双目渐瞑。余读之泫然⑧，未知此数行后尚有几多言语，欲托梅花相诏也！因捧归潢治⑨，悬梅花立幅，如供先生遗像焉，戒世世万子孙宝藏之。

【注释】

①童钰：字二如、璞岩，号二树，山阴（今浙江绍兴）人，清代画家，以画梅闻名。

②郑虔三绝：指诗、书、画三艺。郑虔，郑州荥阳人，诗、书、画俱精，曾经把自己的诗与画献给唐玄宗，唐玄宗在其后御笔大书"郑虔三绝"。

③修：设，循，遵循。

④某某：我，指代"袁枚"。

⑤病革：病势危急。革，急。

⑥庎（zhà）户：开门。

⑦奄然：微弱的样子。

⑧汍然：流泪的样子。

⑨潢治：装裱书画。

【赏读】

童钰是乾隆年间的著名画家，以画梅闻名。袁枚收藏有大量书画，其中当然包括童钰的作品。童钰住在扬州，与江宁仅仅一江之隔，但二人从未谋面。在一首《题童二树画梅》中，袁枚认为童钰很像他笔下的梅花，孤芳冷傲，不轻易与人交往。"画成梅花不我贻，远寄瑶华索我诗。"按照袁枚的这种说法，童钰为袁枚画了一幅梅花，画成之后却寄给瑶华主人，希望能得到袁枚的题诗。瑶华主人就是《啸亭杂录》的作者昭梿，礼亲王代善的后代，当时是一位贝勒。

如此路径实在有些绕了。可见，袁、童二人彼此遥相倾慕，却都不肯放下身段。最后还是童钰主动迈出第一步,乾隆四十七年(1782)渡江来到江宁,前往随园拜访袁枚而不遇。年底,袁枚回访童钰,他已经在十几天前离世,两人到底没能会面。袁枚祭拜童钰,献上一副挽联:"到处推袁,知君雅抱千秋鉴;特来访戴,恨我偏迟十日期。"

  画梅之外,童钰也写诗,而且眼界甚高,一般的诗很难被他认可,"独于随园诗,矜宠太过"。垂暮之年的童钰热切盼望与袁枚会面交流。临死时准备把一幅梅花图送给袁枚,题诗其上,诗未完而气已绝。作为绝笔的那一幅梅花图也因此有了特别的意义,袁枚为其题跋,珍重收藏。那以后,袁枚编定童钰的十二卷诗集,为之作序,诗集中的精华诗句也被他收入《随园诗话》。据《随园琐记》记载,袁枚题跋的这幅《梅花图》一直挂在小仓山房,几十年后与随园一起毁于太平天国时期。

卷三 记传

袁子好味,好色,好葺屋,好游,好友,好花竹泉石,好珪璋彝尊、名人字画,又好书。

随园记

金陵自北门桥西行二里,得小仓山。山自清凉胚胎①,分两岭而下,尽桥而止。蜿蜒狭长,中有清池水田,俗号"干河沿"。河未干时,清凉山为南唐②避暑所,盛可想也。凡称金陵之胜者,南曰雨花台,西南曰莫愁湖,北曰钟山,东曰冶城③,东北曰孝陵④,曰鸡鸣寺。登小仓山,诸景隆然上浮。凡江湖之大,云烟之变,非山之所有者,皆山之所有也。

康熙时,织造隋公⑤当山之北巅,构堂皇⑥,缭⑦垣牖⑧,树之荻⑨千章⑩,桂千畦⑪。都人游者,翕然⑫盛一时,号曰"隋园",因其姓也。后三十年,余宰江宁,园倾且颓弛,其室为酒肆,舆台⑬嚾呶⑭,禽鸟厌之,不肯妪伏⑮,百卉芜谢,春风不能花。余恻然而悲,问其值,曰三百金。购以月俸,茨墙剪阖⑯,易檐改涂⑰。随其高,为置江楼;随其下,为置溪亭;随其夹涧,为之桥;随其湍流,为之舟;随其地之隆中而欹侧⑱也,为缀峰岫⑲;随其蓊郁⑳而旷也,为设宧窔㉑。或扶而起之，或挤而止之，皆随其丰杀㉒繁瘠，就势取景，而莫之夭阏㉓者。故仍名曰"随园"，同其音，易其义。

落成叹曰："使吾官于此，则月一至焉；使吾居于此，则日日至焉。二者不可得兼，舍官而取园者也。"遂乞病，率弟香亭、甥湄君移书史㉔居随园。闻之苏子曰："君子不必仕，不必不仕㉕。"然则余之仕与不仕，与居兹园之久与不久，亦随之而已。夫两物之能相易者，其一物之足以胜之也。余竟以一官易此园，园之奇，可以见矣。

己巳三月记。

【注释】

①清凉胚胎：起源于清凉山。胚胎，孕育，起源。清凉，清凉山，在南京城西。

②南唐：五代十国时期的江南政权，以江宁为都城。

③冶城：故址在南京水西门内朝天宫附近。原本是三国时期吴国冶铁铸造之地，因此得名。晋元帝时将其移到石头城以东，原址建为园林。

④孝陵：明太祖朱元璋与马皇后合葬的陵墓，位于南京紫金山南麓。

⑤隋公：隋赫德，也写作绥赫德，雍正年间担任过江宁

织造。袁枚的说法有误。

⑥堂皇：宏伟的堂室。

⑦缭：围绕。

⑧垣牖（yuán yǒu）：矮墙与窗户。

⑨荻：类似芦苇的草本植物，多生于水边，长叶紫花。

⑩章：棵，根。

⑪畦：五十亩为一畦，也指菜园、田园。

⑫翕（xī）然：安宁、和顺貌。

⑬舆台：下等人，仆从。

⑭讙呶（huān náo）：喧哗。

⑮妪（yù）伏：飞禽孵卵。

⑯茨（cí）墙剪阖（hé）：修剪墙上的苫草。语出《周礼》："茨墙剪阖。"茨，蒺藜，盖。阖，门扇，苫。

⑰易檐改涂：整修旧建筑和道路。语出《春秋穀梁传》："坏庙之道，易檐可也，改涂可也。"改涂，改途。

⑱攲（qī）侧：倾斜。攲，同"敧"，歪斜。

⑲岫（xiù）：山峦，山洞。

⑳蓊郁：草木茂盛。

㉑宦窔（yí yào）：存放粮物的房屋。宦，房屋的东北角，食所居也。窔，房屋的东南角。

㉒丰杀：茂盛与凋零。

㉓夭阏（è）：中断，夭亡，拦截。

㉔书史：书籍。

㉕"君子不必仕"二句：苏轼在《灵璧张氏园亭记》中说："古之君子不必仕，不必不仕。必仕则忘其身，必不仕则忘其君。"

【赏读】

小仓山是江宁古城西北清凉山的支脉，随园建造在小仓山的北坡。袁枚说，康熙年间江宁织造隋赫德在山中筑堂围园，因此称其为"隋园"。此说有误，直到雍正皇帝继位，江宁织造一职仍然是曹家人在任，而这处园宅早在康熙年间已经存在，主人是曹寅或者他的两个儿子。隋赫德在雍正年间才开始担任江宁织造，任期之内亏空巨大，大约在雍正十年（1732）被革职，隋园从此日渐破落。乾隆十年（1745），袁枚转任江宁知县，后来他花费三百两银子买下隋园，改名为随园。此时距离隋赫德离开才过去十几年，园子的破败程度应该不像袁枚写得那么夸张，他算捡了一个大漏。

袁枚没有说出从何人手中购得随园。一个合理的猜测是：过去这处园子一直属于江宁织造的产业，隋赫德之后被剥离出来，由江宁县代管。这类无主的公产不会得到妥善维护，最终会找个借口以非常低廉的价格出售。袁枚身为江宁县令，近水楼台，将其收为己有。三百两银子的价格简直就是白菜价。对比十几年前，袁枚怀揣二两银子南下，到江西又从朋友那里借了十二两银子，一路赶到了广西。而他购买偌大随园的银子只是这笔路费的二十倍。后来他为别人写一篇墓志铭可以得到一千两银子的润笔，是随园买价的三倍，足见买价之低廉。袁枚的孙子袁祖志在《随园琐记》中说，袁枚辞官时手中有三千六百两银子，这应该是买下随园之后的剩余，所以袁枚还有能力修葺随园，不久又到滁州置办了田产。若干年后，他的堂弟袁树在附近也买了别墅，规模根本无法与随园相比。朋友程晋芳、杨笠湖都曾经请袁枚帮助在江宁购买物业，具体的结果不详。殊不知，袁枚早已经不是知县，随园这样的大漏不是谁都能捡到的。

最初几年，袁枚带着袁树和外甥湄君在园中读书，一边按照自己的设想改造随园，树亭楼、堆假山、建屋廊、修桥造舟。一直忙到乾隆十四年（1749），大概袁枚认为随园已经初具规模，便在三月里写下这篇文章，总结接手随园之后的经营操作。整篇文章紧紧围绕一个"随"字——园名与旧园名同音异义，"隋园"变"随园"；园中各处的建设也随地势高下、广狭而定；买下随园之后袁枚仕途受挫，顺势辞官而退居园中，至于未来能在这里居住多久，他也完全随缘。出仕与居园，在袁枚这里似乎是对立的。袁枚的本意不是不仕，是仕而受挫、仕而不如意，那就不必勉强自己。起码在写作本文时，袁枚还没有确定自己未来不再出仕。

　　按照《随园琐记》的说法，园中的生活并不方便，袁枚死后半个世纪，随园周围已经增加了不少园宅，这里距离集市仍然有二里多的路程。好在袁枚经营有道，他把周围的田地、山池买下来，交给十三户人家租种。这些人家需要轮流供应袁家日常的蔬菜、年节时所需的鸡肉、猪肉等，袁家遇到吉凶喜庆等大事，他们也要上前帮忙。平时，随园中所需食物只有猪肉和豆腐必须到集市采买，其他蔬菜等完全可以自足。有不速客来，酒席则咄嗟立办。如此安排，许多困难迎刃而解。

随园四记

人之欲，惟目无穷。耳耶，鼻耶，口耶，其欲皆易穷也。目仰而观，俯而窥，尽天地之藏，其足以穷之耶？然而古之圣人受之以《观》，必受之以《艮》，《艮》者止也①。"于止，知其所止②"，黄鸟且然，而况于人！

园悦目者也，亦藏身者也。人寿百年，悦吾目不离乎四时者是，藏吾身不离乎行坐者是。今视吾园，奥如环如③，一房毕复一房生，杂以镜光，晶莹澄澈，迷乎往复，若是者于行宜。其左琴，其上书，其中多尊罍玉石，书横陈数十重，对之时倜然④以远，若是者于坐宜。高楼障西，清流洄洑⑤，竹万竿如绿海，惟蕴隆⑥宛暍⑦之勿虞，若是者与夏宜。琉璃嵌窗，目有雪而坐无风，若是者与冬宜。梅百枝，桂十余丛，月来影明，风来香闻，若是者与春秋宜。长廊相续，雷电以风，不能止吾之足，若是者与风雨宜。是数宜者，得其一差强人意，而况其兼者耶？

余得园时，初意亦不及此。二十年来，庸次比耦⑧，艾杀⑨此地，弃者如彼，成者如此。既镇其甍矣⑩，夫何加焉？年且就衰，以农易仕，弹琴其中，咏先王之风，是亦不可以已乎？后虽有作者，不过洒潘⑪之事，丹垩⑮之饰，可必其无所更也！宜为文纪成功，而分疏⑫名目，以效辋川⑬云。

丙戌三月记。

【注释】

①"受之以《观》"三句：《观》《艮》都是卦名。《观》为巽上坤下，互体之中含有艮卦，艮为止。

②知其所止：人必须明白自己应该在哪里停止。孔子的原话是："于止，知其所止，可以人而不如鸟乎？"

③奥如环如：屋宇幽深环绕。

④偠然：高远的样子。

⑤洄洑（fú）：水流湍急回旋。

⑥蕴隆：暑气蕴蓄隆盛。

⑦宛暍（yē）：中暑。

⑧庸次比耦：翻造耕耘。庸次，更迭，翻新。比耦，并肩耕耘。

⑨艾杀：割除芜杂。

⑩既镇其甍（méng）矣：屋脊已经盖好了。甍，屋脊。古人建屋，镇住屋脊之后，屋瓦便不会移动，房子也算完成了。

语出《国语·晋语》:"譬之如室,既镇其甍矣,又何加焉?"

⑪洒滜(zé):维护道路。

⑮丹垩(è):泛指油漆粉刷。

⑫分疏:一条一条讲清楚。

⑬辋(wǎng)川:这里指唐朝诗人王维,曾在辋川造别墅隐居。

【赏读】

乾隆十七年(1752),袁枚东山再起,离开随园到陕西任职,不到一年的时间,因为父亲突然病逝而匆匆返回。离别一年的随园已经有些荒芜,袁枚重新修整,并在乾隆十八年(1753)写下《随园后记》。同年写下十一首《山居绝句》,透过诗句,我们可以约略想见当时的园中景色。比如"山顶楼高暮雨寒,飞云出入小阑干。浮空白浪西南角,收取长江屋里看";"朱藤花压读书堂,分得桐荫半亩凉。新制玻璃窗六扇,关窗依旧月如霜";"穿林绕磴问桑麻,空翠无声染素纱。笑扑衣裳似蝴蝶,半粘竹粉半松花"。

直到乾隆二十年(1755)夏天,袁枚才把妻小移入随园,正式入住园中。不久,袁枚的恩师、时任两江总督兼江苏巡抚尹继善亲自来到随园。尹继善很喜欢随园,也挑了一些毛病,比如认为园门太小、园楼太高,等等。不久,尹继善的儿子们也到随园做客。看得出,尹家人与袁枚的关系真的不一般。乾隆二十二年（1757），袁枚写下《随园三记》，十年后的乾隆三十一年（1766）又写下这篇《随园四记》。经过二十年的经营，袁枚凭借一己之力，把远离闹市的一处荒废的宅园做成了江宁的文化地标，一时名流与好奇之士，到了江宁总要来看一看随园。

在袁枚看来，随园处处可宜：宜漫步，宜坐卧，宜春夏四季，宜风雪晴雨。无所不宜，真如神仙之居，让他越看越爱，认为随园的建造可以到此为止了。袁枚享受着自己的得意之作，住在随园中的其他人却有不同的感受。比如随园最大的优点同时也是其最大的缺点，即地处偏僻，清幽宁静，但远离人家和市井，不方便购物，太过寂寞。随园的四周空旷无墙，直接与茫茫山野相连，家人普遍缺少安全感。关于这一点，袁枚的解释是山间地势高低起伏，难以筑墙，并不是为了省钱。而且这样也方便了游客，"每至春秋佳日，士女如云；主人亦听其往来，全无遮拦"。

平常，袁枚一家人住在绿净轩，大约二十三间房屋。到了夜晚，山野中的各种野兽、禽鸟彻夜鸣叫，听着令人胆寒。袁枚自己也很清楚这一点，"随园地旷，多树木，夜中鸟啼甚异，家人多怖之"。即便如此，他想到的首先还是诗意，看到"怪禽声类鬼，暗树影疑人"这样的诗句，不禁感叹"先得我心矣"！

随园六记

尝读《晋书》,太保王祥①有归葬、随葬两议,方知"随"之时义,不止向晦②入宴息③而已也。余先君子卒于江宁,欲归葬古杭,虑舆机④之艰,不果;欲随葬兹土,又苦无誓宅⑤。所以故,将牢⑥厹豫⑦慢葬者十有七年。思古人未葬不除服⑧之义,瞿然⑨自以为非人。

今年春,有形家⑩来谋园西为兆域⑪者。余闻往视,则小仓山来脉平远夷旷,左右有甗隒⑫岸㟞⑬,草树觊髳⑭,封以为茔,宰⑮如也。因思予有地,廿年不知,一旦而知,毋亦先君子之灵有以诏我乎?遂请于太夫人,以己丑十二月十六日扶柩窆⑯焉。茔离园仅百步,以故墙翣⑰安稳,得时时除其草,灌其宰树,审谛其墓石。予故贫士,幼时先君子幕游⑱楚、粤,余游学京师,父子常相离也。今以一园之故,而先君子厝⑲于斯,祭于斯,奠幽宫⑳于斯。父子盖未尝一日相离。是岂强而为之哉?亦随其地之便、心之安而已。

茔旁隙地旷如，余仿司空表圣故事，为己生圹㉑。将植梅花树松，与门生故人诗饮其中。若是者何？子随父也。圹界为二，俾异日夹沟可庪㉒。若是者何？妻随夫也。圹尾留斩板㉓者又数处。若是者何？妾随妻也。沿茔而西，有高岭窊衍㉔而长，凡傔㉕从、扈养、婢妪之亡者，聚而瘗㉖焉。若是者何？仆随主也。嗟乎！古人以庐墓㉗为孝，生圹为达，瘗狗马为仁。余以一园之故，冒三善而名焉。诚古今来园局之一变，而"随"之时义通乎死生昼夜，推恩锡类㉘，则亦可谓大矣，备矣，尽之矣。今而后，其将无记，则尤不可不记也。

庚寅五月记。

【注释】

①王祥：字休徵，临沂人，魏晋时期著名孝子，晋武帝时为太保，晋封为睢陵公。

②向晦：傍晚。

③宴息：休息。

④舁机：谓置尸机上而抬之。机，抬尸之床。

⑤誓宅：指约定的墓地。

⑥将牢：持重。

⑦尢（yóu）豫：古同"犹豫"。

⑧除服：除去丧服，不再守孝。

⑨瞿然：惊骇、惊悟的样子。

⑩形家：堪舆家。为人选择宅基、墓地为业的人。

⑪兆域：墓地或者墓地的边界。

⑫甗（yǎn）隒（yǎn）：甗，甑。重甗为隒。指山形如两甑累叠。

⑬岸陿（qiè）：山两边有水。

⑭覭（míng）髳（méng）：草木丛生貌。

⑮宰：坟墓。

⑯窆（biǎn）：安葬。

⑰墙翣（shà）：棺饰，其形似扇。

⑱幕游：离乡为别人做幕僚。

⑲厝（cuò）：灵柩安葬之前暂时存放。

⑳幽宫：深宫，这里指坟墓。

㉑生圹：生前预造的坟墓。

㉒侈（chǐ）：广，广大。

㉓斩板：也作"斩版"，筑土之板，古代筑造坟墓时也会用到。

㉔窣（sū）衍：匍匐延伸。

㉕傔（qiàn）：侍从，跟随。

㉖瘗（yì）：掩埋，埋葬。

㉗庐墓：父母死后，孝子在坟墓旁建屋居住，守护坟墓。

㉘推恩锡类：恩泽惠及众人或者朋辈。

【赏读】

这篇随园记写于乾隆三十五年（1770），是随园系列的第六篇，也是最后一篇，谈到了园中的袁家墓葬。

袁枚的父亲袁滨死在乾隆十七年（1752）。袁家祖籍杭州，一般的做法是让父亲归葬故乡。问题是袁枚并没有归乡之志，一旦父亲归葬，自己将来需要往来奔波祭扫。袁枚因此犹疑不定，一直没有安葬父亲。一个偶然的机会，他发现随园这里其实就是一块风水宝地，符合堪舆家所谓的吉地标准。于是在乾隆三十四年（1769）年底，在父亲死去十七年之后，袁枚正式将他安葬在随园以北，距离随园只有百步之遥。这意味着袁枚已经打定主意，至死不会离开随园。第二年，他又在父亲墓地旁边为自己营造墓穴，墓旁种植松、梅，再依次安排家人甚至婢仆的墓地，希望子随父、妻随夫、妾随妻、仆随主。至此，袁枚自诩做到了孝、达、仁的境界。

袁枚白手起家，把自己的人生经营得富足、精彩而精致。他穷尽一生精力，大力构造、宣扬随园，自认为"大矣，备矣，尽之矣"。远离尘嚣的精致田园与广泛传诵的华美诗文，共同造就了一个隐居世外、纵情诗书的文坛巨擘形象。随园成为袁枚的独特标签，极大地增强了他的辨识度,袁枚反过来也帮助随园扬名四海,成为气质独特的文化符号和江宁胜景,好事者来到江宁必须到此一探究竟。可以说,袁枚和随园互相成就,随园就是袁枚一生的缩影。

袁枚营造生圹并写下这一篇《随园六记》时已经五十五岁,他的两个儿子都还没有出生。他不知道未来还有二十多年的美妙生活等着他,他还有足够的时间从容安排身后之事。若干年后,当袁枚走到人生尽头时,写诗与这个世界告别,落脚点依然是他苦心经营一生的随园。他的最后一首诗是《再作诗留别随园》:

我本《楞严》十种仙,揭来游戏小仓巅。

不图酒赋琴歌客,也到钟鸣漏尽天。

转眼楼台将诀别,满山花鸟尚缠绵。

他年丁令还乡日,再过随园定惘然。

戊子中秋记游

佳节也，胜景也，四方之名流也，三者合，非偶然也。以不偶然之事，而偶然得之，乐也。乐过而虑其忘，则必假文字以存之。古之人皆然。

乾隆戊子中秋，姑苏唐眉岑挈①其儿主②随园，数烹饪之能，于蒸凫首③也尤，且曰："兹物难独啖，就办治，顾安得客？"余曰："姑置具④。客来当有不速者。"已而，泾邑翟进士⑤云九至。亡何，真州尤贡父⑥至。又顷之，南郊陈古渔⑦至。日犹未昳⑧。眉岑曰："予四人皆他乡，未揽金陵胜，盍小游乎？"三人者喜，纳屦⑨起，趋趋以数⑩，而不知眉岑之欲饥客以柔其口也。

从园南穿篱出，至小龙窝，双峰夹长溪，桃麻铺芬。一渔者来，道客登大仓山，见西南角烂银垒涌⑪，曰："此江也。"江中帆樯，如月中桂影，不可辨。沿山而东至虾蟆石，高壤穹然。金陵全局下浮，曰谢公墩⑫也。余久居金陵，屡见人指墩处，皆不若兹之旷且周。窃念墩不过土一抔耳,能使公有遗世[13]想,必此是耶?就使非是,而公九原有灵,亦必不舍此而之他也。从蛾眉岭登永庆寺亭,则日已落,苍烟四生。望随园楼台,如障轻容纱[14],参错掩映,又如取镜照影,自喜其美。方知不从其外观之,竟不知居其中者之若何乐也。

还园,月大明,羹定酒良,彘首如泥,客皆甘而不能绝于口以醉。席间各分八题,以记属予。嘻!余过来五十三中秋矣,幼时不能记,长大后无可记。今以一彘首故,得与群贤披烟云,辨古迹,遂历历然若真可记者。然则人生百年,无岁不逢节,无境不逢人,而其间可记者几何也!余又以是执笔而悲也。

【注释】

①挈(qiè):带领,持,提。

②主:做客,主持,负责。

③彘(zhì)首:这里指猪头。

④置具:置办,准备。

⑤翟进士:翟大程,字云九,号依岩,乾隆二十五年(1760)进士,做过知县。

⑥尤贡父:尤荫,字贡父,一作贡甫,号水邨、水村,江苏仪征人,清代画家。

⑦陈古渔:金陵布衣诗人,擅长近体诗。
⑧昳(dié):午后太阳偏西。
⑨屦(jù):用麻、葛制成的鞋。
⑩趋趋以数:脚步匆匆。出自《礼记》。
⑪烂银坌(bèn)涌:银光灿烂。坌涌,涌现。
⑫谢公墩:江宁名胜。谢公,谢安,字安石,东晋政治家。
⑬遗世:远离俗世而隐居,也指登仙、去世。
⑭轻容纱:没有花纹的薄纱,至轻至薄。

【赏读】

这篇游记的源起其实是一只猪头。

乾隆三十三年(1768)中秋节,苏州的唐眉岑带着儿子来随园做客。

中秋节这一天,唐眉岑的厨艺好,要做一个自己拿手的蒸猪头。不久,几位朋友汇集到随园,其中那位尤荫是画家,擅长竹兰,袁枚赞其笔有烟云之气。尤荫的诗也写得好。另一位陈古渔是金陵布衣诗人,家境贫寒,曾用诗句描述自己的贫窘生活:"雨昏陋巷灯无焰,风过贫家壁有声。"《随园诗话》中频频引用他的诗句,说明袁枚与他趣味相近,非常欣赏他的诗艺。但袁枚无法帮助他摆脱贫穷,"相知惟我独,无补与人同"。

朋友到齐了,猪头也在锅里蒸上了,枯坐等待的时间很无聊，袁枚就和大家一起走出去，登上大仓山、谢公墩、永庆寺亭，眺望远处的长江，俯瞰江宁全景。视线中落日苍烟，楼台掩映。此前，袁枚更关注的是随园之内的构建，自喜其美；如今把随园放在一个更浩大的框架之内审视，发现自己为之呕心沥血的田园，不过是区区蜂窠蚁穴，最多只能算是大风景的小点缀而已。反过来说，如此放眼观览，根本看不清楚那点点江帆、如缕炊烟之下的众多生灵，体会不到他们的小心愿、小欢喜和小趣味。

几位朋友吃过早饭出门，中午时赶到远离闹市的随园，随即出去爬山登亭，再次回到随园的时候已经天黑月明，必定都是饥肠辘辘。这种时候吃什么都是香的，锅中的猪头已经酥烂如泥，吃到嘴里自然美味无比。《随园食单》中记有猪头的做法，一种是煮，一种是蒸，追求的都是熟烂，唐眉岑的制法是否就是袁枚所记？

佳节、胜景、名流，再加一枚蒸猪头，搭配在一起让人感觉哪里不太对劲。猪头熟烂好吃，终归缺少一点雅致，上不了台面。换成别人来写这篇文章，要么不会提它，要么一笔含糊带过。袁枚却是从头到尾念念不忘，最后唯恐别人不知道，说什么"今以一彘首故"才写下这篇游记。恐怕只有写过《随园食单》的老饕才会这样写。

所好轩记

所好轩者,袁子藏书处也。袁子之好众矣,而胡以书名?盖与群好敌而书胜也。其胜群好奈何?曰:袁子好味,好色,好葺屋,好游,好友,好花竹泉石,好珪璋彝尊①、名人字画,又好书。书之好无以异于群好也,而又何以书独名?曰:色宜少年,食宜饥,友宜同志,游宜晴明,宫室②花石古玩宜初购,过是,欲少味矣③。书之为物,少壮、老病、饥寒、风雨,无勿宜也。而其事又无尽,故胜也。

虽然,谢众好而昵焉,此如辞狎友而就严师也,好之伪者也。毕众好而从焉,如宾客散而故人尚存也,好之独者也。昔曾晳嗜羊枣,非不嗜脍炙也,然谓之嗜脍炙,曾晳所不受也。何也?从人所同也。余之他好从同,而好书从独,则以所好归书也固宜。

余幼爱书,得之苦无力。今老矣,以俸易书,凡清秘④之本,约十得六七。患得之,又患失之。苟患失之,则以"所好"名轩也更宜。

【注释】

①珪璋彝尊：泛指古代器物。珪，古人参加重要仪式时手持的玉器。璋，半珪为璋。彝尊，祭祀时所用的酒器。

②宫室：古代房屋的通称，后来专指宫殿。

③过是，欲少味矣：过了那个时候，将没有什么意思了。欲，将要。语出《后汉书·马援列传》。

④清秘：珍贵，罕见。

【赏读】

袁枚临终前在遗嘱中向两个儿子交代遗产，计有白银、房屋田产和诗文集的雕版。另一部分重要的财产就是他收藏的大量书画、图章、法帖和古玩，这其中也包括图书。袁枚算不上专业的藏书家，拥有图书的数量却很可观，"及作官后，购书万卷"，于是在随园之中专辟一室庋藏，额之为"所好轩"。随着财力的提升，袁枚搜集图书除了满足阅读、写作的需要，还兼顾图书的稀缺性和版本的质量，"凡清秘之本，约十得六七"。

年少时，袁枚有过求书而不得的痛苦经历："每过书肆，垂涎翻阅。若价贵不能得，夜辄形诸梦寐。曾作诗曰：'塾远愁过市，家贫梦买书。'"少年时的痛苦刻骨铭心。乾隆十六年、十七年左右，袁枚曾和程鱼门相约买书，二人商定要避免重复，用同样的钱尽量多买一些书，用书时互通有无。程鱼门死后十年中，家人生活困难，被迫卖书度日。后来袁枚前去查看，发现程鱼门藏书十之八九已经不见，于是感慨赋诗：

奇书交易两家抄，三十年前事未遥。

只道尧编同骨葬，何图《论语》当薪烧。

丹黄批抹人如在，鱼蠹丛残纸乱烧。

我亦苦搜三万卷，不能自念不魂销。

袁枚的购书与藏书，是基于个人喜好与实际的需求，也是对早年求书而不得的挫败感的一种情感补偿。三万余卷图书，聚而珍藏于所好轩之中，不知将来自己死后书归何处。他的孙子在《随园琐记》中说，园中藏书有三十万卷之多，恐怕有些夸张，又或者袁枚的两个儿子后来又添置了大量图书。最终，这些图书和随园一起毁于战乱，片纸无存。

散书记

乾隆癸巳,天子下求书之诏。余所藏书传抄稍稀者,皆献大府①,或假宾朋,散去十之六七。人恤然②若有所疑。余晓之曰:天下宁有不散之物乎?要使散得其所耳,要使于吾身亲见之耳。古之藏书人,当其手抄缣易③,侈侈隆富④,未尝不十倍于余。然而身后子孙有以《论语》为薪者,有以三十六万卷沉水者。牛弘所数五厄⑤,言之慨然。今区区铅椠⑥,得登圣人之兰台、石渠,为书计,业已幸矣。而且大府因之见功,宾朋因之致谢,为予计更幸矣。

不特此也,凡物恃为吾有,往往庋置焉而不甚研阅。一旦漓然⑦欲别,则郑重审谛之情生。予每散一帙,不忍决舍,必穷日夜之力,取其宏纲巨旨,与其新奇可喜者,腹存而手集之。是散于人,转以聚于己也。

且夫文灭质,博溺心⑧。寡者,众之所宗也。圣贤之学,未有不以返约为功者。良田千畦,食者几何耶?广厦万区,居者几何耶?从来用物宏,不如取精多。删其繁芜，然后迫之以不得不精之势，此予散书之本志也。

【注释】

①大府：州县以上的官府。

②恤然：惊恐的样子。

③缣易：用缣交换。缣，双丝织成的缯，纹理细密。

④侈侈隆富：侈侈，繁盛。隆富，巨富。

⑤牛弘所数五厄：散骑常侍牛弘向隋文帝献上《请开献书之路表》，历数隋代之前损失图籍最多的五次灾变，分别是秦火、王莽之乱、东汉末年之乱、永嘉南渡、周师入郢。

⑥铅椠（qiàn）：简牍、书籍，也指写作。

⑦滴然：此指泪水滴落的样子。

⑧文灭质，博溺心：过多的修饰容易掩盖天然的心性。语出《庄子》。心、质为人的本性，文、博为修饰。

【赏读】

乾隆三十七年（1772），乾隆皇帝指令各省督抚和学政，搜辑天下图书，名义上是为编撰《四库全书》做准备。最初的推进效果并不好，到了乾隆三十八年（1773）三月，乾隆皇帝再次严旨敦促各地官员加紧访求遗书，不拘购买、借抄等形式，并向藏书者申明："借后仍还故物，于彼毫无所损。又岂可独抱秘文，不欲公之同好乎？"只给各省督抚半年的期限，那以后各地搜求书籍的力度开始加大。古代读书、藏书是一件挺奢侈的事,平常百姓之家根本没书,更别提什么珍籍秘本,这种征集的对象都是读书人和士大夫。如果某一部书最终被采用,《四库全书总目》会标明它来自某省某某家藏本,或者某省总督、某省巡抚采进本。

袁枚名声响亮,藏书也颇为丰富,属于搜辑的重点对象。不管是否出自真心,他能做的只是积极配合,"余所藏书传抄稍稀者,皆献大府"。"或假宾朋"一句不太好理解,是借给了朋友还是通过朋友献书?最终他的藏书散去了十之六七,损失巨大。在此背景下,袁枚写下这篇小文,从三个角度阐明散书的必然性、正确性和必要性:首先,天下没有不散之物,历代书厄是最典型的证明。其次,拥书者大多不读书,散书反而可以促进研阅。再次,散书其实是去芜存精的过程,书少而精,更容易集中精力深入钻研。

用劝谕的口吻写成的这一篇短文,看似云淡风轻,但几十年间孜孜以求、一册一帙积聚起来的藏书,一夜之间化为乌有,背后有多少苦楚与无奈,只有袁枚自己最清楚。毕竟,读书、著书是他的立身之本,最在意、最需要那些图籍的人是他自己。袁枚在劝慰别人,更是在自我宽慰。把这篇小记与另一篇《所好轩记》放在一起看,挺有意思。

游黄山记

癸卯四月二日,余游白岳①毕,遂浴黄山之汤泉。泉甘且冽,在悬崖之下。夕宿慈光寺。次早,僧告曰:"从此山径仄险,虽兜笼②不能容。公步行良苦,幸有土人惯负客者,号'海马',可用也。"引五六壮佼③者来,俱手数丈布。余自笑羸老乃复作襁褓儿耶?初犹自强,至惫甚,乃缚跨其背。于是且步且负各半。行至云巢,路绝矣,蹑木梯而上,万峰刺天,慈光寺已落釜底。是夕至文殊院宿焉。

天雨寒甚,端午犹披重裘拥火。云走入夺舍,顷刻混沌,两人坐,辨声而已。散后,步至立雪台,有古松根生于东,身仆于西,头向于南,穿入石中,裂出石外。石似活,似中空,故能伏匿其中,而与之相化。又似畏天不敢上长,大十围,高无二尺也。他松类是者多,不可胜记。晚,云气更清,诸峰如儿孙俯伏。黄山有前、后海之名,左右视,两海并见。

次日,从台左折而下,过百步云梯,路又绝矣。

忽见一石如大鳌鱼④,张其口。不得已走入鱼口中,穿腹出背,别是一天。登丹台,上光明顶,与莲花、天都二峰为三鼎足,高相峙。天风撼人,不可立。幸松针铺地二尺厚,甚软,可坐。晚至狮林寺宿焉。趁日未落,登始信峰。峰有三,远望两峰尖峙,逼视之,尚有一峰隐身落后。峰高且险,下临无底之溪。余立其巅,垂趾二分在外。僧惧挽之。余笑谓:"坠亦无妨。"问:"何也?"曰:"溪无底,则人坠当亦无底,飘飘然知泊何所? 纵有底,亦须许久方到,尽可须臾⑤求活。惜未挈长绳缒精铁量之,果若千尺耳。"僧人笑。

次日,登大小清凉台。台下峰如笔,如矢,如笋,如竹林,如刀戟,如船上桅,又如天帝戏将武库兵仗布散地上。食顷,有白练绕树,僧喜告曰:"此云铺海也。"初蒙蒙然,熔银散绵,良久浑成一片。青山群露角尖,类大盘凝脂中有笋脯蕈现状。俄而离散,则万峰簇簇,仍还原形。余坐松顶,苦日炙,忽有片云起为荫遮,方知云有高下,迥非一族。薄暮,往西海门观落日,草高于人,路又绝矣。唤数十夫芟夷⑥之而后行。东峰屏列,西峰插地怒起,中间鹘突⑦数十峰,类天台琼台⑧。红日将坠,一峰以首承之,似吞似捧。余不能冠,被风掀落;不能袜,被水沃透;不敢杖,动陷软沙；不敢仰，虑石崩压。左顾右睨，前探后瞩，恨不能化千亿身，逐峰皆到。当"海马"负时，捷若猱⑨猿，冲突急走，千万山亦学人奔，状如潮涌。俯视深坑、怪峰，在脚底相待。倘一失足，不堪置想。然事已至此，惴栗无益。若禁缓之，自觉无勇。不得已，托孤寄命⑩，凭渠所往，觉此身便已羽化。《淮南子》有"胆为云⑪"之说，信然。

初九日，从天柱峰后转下，过白沙矼⑫，至云谷，家人以肩舆相迎。计步行五十余里，入山凡七日。

【注释】

① 白岳：齐云山，道教名山，在安徽省休宁县境内。

② 兜笼：兜子，一种传统的交通工具。

③ 壮佼：健壮俊美。

④ 鳌（áo）鱼：大龟。

⑤ 须臾：从容，延年。

⑥ 芟（shān）夷：割除，铲平。

⑦ 鹘（hú）突：混乱，模糊。

⑧ 天台琼台：浙江天台山的琼台。

⑨ 猱：猿属，臂长而体柔，善于攀缘。

⑩ 托孤寄命：把性命交付给别人安排。《论语》中有："可以托六尺之孤，可以寄百里之命。"

⑪胆为云：《淮南子》中说："胆为云，脾为风，肾为雨，肝为雷。"

⑫矼（gāng）：石桥。

【赏读】

乾隆四十八年（1783），六十八岁的袁枚带着弟子刘霞裳游览黄山。四月二日入山，顺序记录沿途所见。黄山之奇峰怪松、高耸险峻、云雾日落，纷呈笔下。整个游山过程可以以如下关键词来概括：黄山海马、文殊院的云雾、立雪台的古松、登丹台的天风、始信峰的高险、清凉台的云铺海、西海门的落日等。袁枚写景状物的语言功力尽显，如刻如画，一幅幅呈现在读者面前。比如黄山古松"根生于东，身仆于西，头向于南，穿入石中，裂出石外"，"似畏天不敢上长"。清凉台下万峰耸立，"如天帝戏将武库兵仗布散地上"。云海上涌之后，"蒙蒙然，熔银散绵，良久浑成一片。青山群露角尖，类大盘凝脂中有笋脯蠹现状"。读来恍惚身临其境。每到险绝之处，袁枚总要写诗，站在云雾缭绕的立雪台之上，他如此咏叹：

端阳开门人世换，不见人形但闻唤。

身入玄黄混沌中，但闻雨脚声声滴不断。

大风西南来，势若奔万马。

老僧生怕寺飞去,扛取齐峰压屋瓦。

须臾云气重重开,我乃支筇立雪台,前海后海看崔巍。

许看不许看,全凭云主张。

趁此云归家,亟亟左右望。

可惜黄山大,两眼小,万簌青青看不了。

  黄山的景色实在太奇太妙太多,袁枚为之迷狂,无暇细致锤炼和打磨诗句。整首诗看起来诗句散乱,文辞也不够精当,读者却清晰感受到一股洪大的气势,黄山秀色的视觉冲击力扑面而来。算起来,从四月二日入山到四月九日出山,七天之内袁枚一共写诗二十多首,山中胜景被他题咏殆遍。随园和小仓山的风景固然佳妙,袁枚在其中生活了几十年,各样风景和花花草草都写遍了,熟视则无睹。这也是古稀之年的袁枚不辞辛劳、四处奔波的缘由所在。袁枚骨子里属于诗人心性,需要新鲜的刺激,陌生的地方才有风景,才能激发蓬勃的诗情。所以他不顾老迈,只要自己的一双腿还走得动,他就要不停地走出去。

峡江寺①飞泉亭记

余年来观瀑屡矣，至峡江寺而意难决舍，则飞泉一亭为之也。

凡人之情，其目悦，其体不适，势不能久留。天台之瀑，离寺百步，雁宕瀑旁无寺。他若匡庐②，若罗浮③，若青田之石门，瀑未尝不奇，而游者皆暴日中，踞危崖，不得从容以观，如倾盖④交，虽欢易别。惟粤东峡山高不过里许，而磴⑤级纡曲，古松张覆，骄阳不炙。过石桥，有三奇树鼎足立，忽至半空，凝结为一。凡树皆根合而枝分，此独根分而枝合，奇已。登山大半，飞瀑雷震，从空而下。瀑旁有室，即飞泉亭也。纵横丈余，八窗明净，闭窗瀑闻，开窗瀑至。人可坐可卧，可箕踞⑥，可偃仰⑦，可放笔研，可瀹茗置饮，以人之逸，待水之劳，取九天银河，置几席间作玩。当时建此亭者，其仙乎！

僧澄波善弈，余命霞裳与之对枰。于是水声、棋声、松声、鸟声，参错并奏。顷之，又有曳杖声从云中来者，则老僧怀远抱诗集尺许来索余序。于是吟咏之声又复大作。天籁人籁，合同而化。不图观瀑之娱一至于斯，亭之功大矣！

坐久，日落，不得已下山，宿带玉堂。正对南山，云树蓊郁⑧，中隔长江，风帆往来，妙无一人肯泊岸来此寺者。僧告余曰："峡江寺俗名飞来寺。"余笑曰："寺何能飞？惟他日余之魂梦或飞来耳！"僧曰："无征不信⑨。公爱之，何不记之！"余曰："诺已⑩。"遂述数行，一以自存，一以与僧。

【注释】

①峡江寺：又名飞来寺，在今广东清远。

②匡庐：庐山。

③罗浮：罗浮山，在今广东博罗。

④倾盖：路途上偶遇朋友，停车靠近交谈。双方车盖往一起倾斜。形容一见如故。盖，车上的伞盖。

⑤磴（dèng）：山路上的石阶。

⑥箕踞（jī jù）：随意、放松的一种坐姿，坐时两腿伸开，双膝微曲。

⑦偃（yǎn）仰：仰卧。

⑧蓊（wěng）郁：草木茂盛。

⑨无征不信：没有证据，难以令人信服。

⑩诺已:好吧,罢了。是交谈中自毕之语。

【赏读】

乾隆四十九年(1784),袁枚带着弟子刘霞裳再一次出游,这一次的目标是两广,他的堂弟袁树此时正在肇庆任职。

袁枚曾经在各地观赏过不同的瀑布,这一次在峡山被深深触动,兴致勃发,只因为这里有一座很有特色的飞泉亭,紧邻瀑布而建。观瀑者可以在亭中从近处观赏瀑布,视觉冲击力极强,同时感觉非常舒适安逸。袁枚在亭中吟读僧人的诗集,刘霞裳在亭中与僧人对弈,一时之间,水声、松声、鸟声、棋声、吟诵之声混合在一起,恍然如置身于仙界之中。

袁枚曾说:"余弟子刘霞裳有仲容之姣,每游山必载与俱。"年轻的刘霞裳容貌出众,老迈的袁枚与他相识之后,出行时总喜欢与他结伴,这一次也是如此,却因此引出一段不太愉快的口角。

袁枚离开峡山之后,有好事者把他的诗作刻写在峡山的山石上,包括同游者刘霞裳的名字。不久一位大人物来游峡山,此君名为朱珪,字石君,乾隆十三年(1748)进士,做过侍讲学士、礼部侍郎、两广总督、兵部尚书等。朱珪看到石壁上袁枚的诗,惊得连连大叫:

"先生何负汝,而不为贤者讳过乎?"急忙拿过笔来,亲自把刘霞裳的名字抹去。这还不算完,朱珪又写信给袁枚叙述前后经过,说自己的举动有些鲁莽,但完全是出于对袁枚的敬爱之情,没有丝毫恶意。

接信之后,袁枚写下一封长长的《答朱石君尚书》,看得出,朱珪的举动深深冒犯了他。袁枚不明白朱珪为何反应如此激烈,是反对他们师生同游?又或者是看不起刘霞裳?刘霞裳虽然眼下只是一个年轻的秀才,却出身名门。他的曾祖父刘宗周,字起东,浙江山阴人,学者称其为念台先生。刘宗周在崇祯时期做过左都御史,明亡以后绝食殉国,声望极高。所以袁枚说:"若以刘生非端人邪,则公在六千里外,未见其人,未闻其语,未考其居乡事迹,而毅然疾恶如仇,举笔涂抹。"如果刘霞裳果真有什么过错,必定是他天生俊美而不是天生丑陋。袁枚很不客气地指出,根本的原因其实在于朱珪自己,"是不肖之心从公生,不由枚起"。最让袁枚反感的是,朱珪如此举动,反而有损于袁枚和刘霞裳的声誉。朱珪在当时颇有地位,但袁枚是见过世面的人,比朱珪显赫的大人物他交往过不少,而且到了从心所欲的年纪,所以直面反驳朱珪,毫不客气。

游桂林诸山记

凡山离城辄远,惟桂林诸山离城独近。余寓太守署中,晡食①后,即于于②焉而游。先登独秀峰,历三百六级诣其巅,一城烟火如绘。北下至风洞,望七星岩如七穹龟③团伏地上。

次日过普陀,到栖霞寺。山万仞壁立,旁有洞,道人秉火导入。初尚明,已而沉黑窅渺④。以石为天,以沙为地,以深壑为池,以悬崖为幔,以石脚插地为柱,以横石牵挂⑤为栋梁。未入时,土人先以八十余色目列单见示,如狮、驼、龙、象、鱼网、僧磬之属,虽附会亦颇有因。至东方亮,则洞尽可出矣。计行二里许,俾昼作夜,倘持火者不继,或堵洞口,则游者如三良殉穆公之葬⑥,永陷坎窞⑦中,非再开辟不见白日。吁,其危哉!所云亮处者,望东首正白开门,趋往扪之,竟是绝壁。方知日光从西罅穿入,反映壁上作亮,非门也。世有自谓明于理、行乎义,而终身面墙者,率类是矣。

次日，往南薰亭。堤柳阴翳，山淡远萦绕，改险为平，别为一格。又次日，游木龙洞。洞甚狭，无火不能入。垂石乳如莲房半烂，又似郁肉漏脯⑧，离离⑨可摘。疑人有心腹肾肠，山亦如之。再至刘仙岩，登阁望斗鸡山，两翅展奋，但欠啼耳。腰有洞，空透如一轮明月。

大抵桂林之山，多穴，多窍，多耸拔，多剑穿虫啮。前无来龙，后无去踪，突然而起，戛然而止。西南无朋，东北丧偶，较他处山尤奇。余从东粤来，过阳朔，所见山业已应接不暇，单者，复者，丰者，杀⑩者，揖让者，角斗者，绵延者，斩绝者，虽奇鹓⑪九首、獾⑫疏一角，不足喻其多且怪也。得毋西粤所产人物，亦皆孤峭自喜，独成一家者乎？

记丙辰余在金中丞署中，偶一出游，其时年少，不省山水之乐。今隔五十年而重来，一丘一壑，动生感慨，矧⑬诸山之可喜可愕哉？虑其忘，故咏以诗；虑未详，故又足以记。

【注释】

①晡（bū）食：晚饭。晡，申时，即下午三点至五点。

②于于：悠然行走貌。

③穹龟：巨龟。

④窅(yǎo)渺：深而远。

⑤牵挂：互相牵拉勾连。

⑥三良殉穆公之葬：秦穆公死后，一百多臣民殉葬从死，其中包括奄息、仲行、针虎三位良臣。

⑦坎窞(dàn)：地穴。

⑧郁肉漏脯：腐坏之肉。

⑨离离：密集下垂的样子。

⑩杀：与"丰"相对，数量少，瘦削，羽毛凋敝。

⑪奇鸧(cāng)：又名"逆鸧"，传说中的一种九头怪鸟。

⑫貆(huān)：穴生哺乳动物，食肉，前肢发达，善掘土，无角。

⑬矧(shěn)：况且。

【赏读】

乾隆四十九年（1784）春天，六十九岁的袁枚带着弟子刘霞裳南下，先到庐山，到南昌与蒋士铨相会，再过梅岭，四月抵达肇庆。堂弟袁树此时担任肇庆太守，袁枚品尝过新鲜荔枝之后再去广州，然后向西进入广西桂林。乾隆元年（1736），二十一岁的袁枚千里迢迢赶到这里投奔叔叔，得到广西巡抚金𫓩的举荐，有机会北上进京，参加了当年博学鸿词的考试。相隔半个世纪，袁枚故地重游，感慨万千，写下一首《重入桂林城作》：

我年二十一,曾作桂林游。

今年六十九,重看桂林秋。

桂林城中谁我识?虽无人民有水石。

水石无情我有情,一丘一壑皆前生。

山水没有记忆,游人容易多情。当年青春年少但前程未卜,如今功成名就却已老态龙钟。心情复杂的袁枚提笔写下这一篇游记,文中抓住了桂林诸山的三大特点:第一就是山与城的距离非常近,更恰当的说法是山在城之中,城在山之间;第二是山中多洞穴,深邃而形态多样;另一个特点是各个山峰高耸而独立,"前无来龙,后无去踪,突然而起,戛然而止"。山体形态玲珑多变,"多穴,多窍,多耸拔,多剑穿虫啮",孤峭而奇特,如同天地之间一个个大号的盆景。

袁枚初春离家,来到桂林时已经是秋季,大半年的舟车劳顿,年已古稀的袁枚中途几次生病,真让人佩服他的胆量。重游桂林,风景依然,难觅旧人,毕竟了却夙愿,至此终于可以回家了。归途之中,袁枚顺便游览南岳、洞庭湖,登黄鹤楼,第二年的正月里回到随园,整个行程长达一万三千里,历时近一年,堪称老年壮举。

游武夷山记

凡人陆行则劳,水行则逸。然游山者,往往多陆而少水。惟武夷两山夹溪,一小舟横曳而上,溪河湍激,助作声响。客或坐或卧,或偃仰,惟意所适,而奇景尽获,洵①游山者之最也。

余宿武夷宫,下曼亭峰,登舟,语引路者曰:"此山有九曲名,倘过一曲,汝必告。"于是一曲而至玉女峰,三峰比肩,罨②如也。二曲而至铁城障,长屏遮迆③,翰音④难登。三曲而至虹桥岩,穴中庋⑤柱栱⑥百千,横斜参差,不腐朽亦不倾落。四五曲而至文公书院。六曲而至晒布崖,崖状斩绝,如用倚天剑截石为城,壁立戍削⑦,势逸不可止。窃笑人逞势,天必夭阏之,惟山则纵其横行直刺,凌逼莽苍,而天不怒,何耶?七曲而至天游,山愈高,径愈仄,竹树愈密。一楼凭空起,众山在下,如张周官《王会图》⑧,八荒⑨蹲伏;又如禹铸九鼎⑩,罔象⑪、夔魖⑫,轩豁⑬呈形。是夕月大明,三更风起,万怪腾踔⑭,如欲上楼。揭炼师[15]能诗，与谈，烛跋[16]，旋即就眠。一夜魂营营[17]然，犹与烟云往来。次日至小桃源、伏虎岩，是武夷之八曲也。闻九曲无甚奇胜，遂即自崖而返[18]。

嘻！余学古文者也，以文论山：武夷无直笔，故曲；无平笔，故峭；无复笔，故新；无散笔，故遒紧[19]。不必引灵仙荒渺之事，为山称说[20]。而即其超隽[21]之概，自在两戒[22]外别竖一帜。余自念老且衰，势不能他有所往，得到此山，请叹观止[23]。而目论者犹道余康强，劝作崆峒[24]、峨眉想。则不知王公贵人，不过累拳石[25]，浚盈亩池，尚不得朝夕游玩，而余以一匹夫，发种种[26]矣，游遍东南山川，尚何不足于怀哉？援笔记之，自幸其游，亦以自止其游也。

【注释】

①洵：确实，实在。

②皋（gāo）：高地。

③阯（zhì）：遮挡。

④翰音：高飞的声音。

⑤庋（guǐ）：放置。

⑥栱（gǒng）：古代建筑中，立柱和横梁之间的承重构件。

⑦戍削：也作"恤削"，高耸特立貌。

⑧周官《王会图》：周武王时，四方远国纷纷臣服，周史《王会篇》中记载当时盛况。唐太宗时期，四夷归附，画家阎立本绘制《王会图》，用图画记录其盛大场面。

⑨八荒：八方，天下。

⑩禹铸九鼎：传说夏禹用九州的贡金铸造九鼎。《史记》载："黄帝作宝鼎三，象天地人也。禹收九牧之金，铸九鼎。"

⑪罔象：传说中的水怪。

⑫夔（kuí）魖（xiāo）：传说中的山精。

⑬轩豁：开阔。

⑭踔（chuō）：跳跃。

⑮炼师：精通炼丹养生的道士。

⑯烛跋：蜡烛将要燃尽。

⑰营营：不安，躁动。

⑱自崖而返：告别送行者，畅然而归。语出《庄子》。

⑲道紧：语句刚劲，音节急短。

⑳称说：诉说，陈述。

㉑超隽：超凡，隽永。

㉒两戒：古人常用两戒、山河两戒来指代天下全域。

㉓请叹观止：所看到的景色壮美、新奇到了极点，不会再有更多企望。《左传》："观止矣，若有他乐，吾不敢请已。"

㉔崆峒：道教名山，位于甘肃省平凉市。

㉕拳石：石块，假山。

㉖种种：头发短。喻年老。

【赏读】

南粤之行归来之后，袁枚在家休养了一年多，乾隆五十一年（1786）秋天再次出发，目标是武夷山。"半生梦想武夷游，此日裁呼江上舟。"武夷山是袁枚一直向往的地方，前年的远行让他对自己的身体更有信心，一定要趁身体尚健，了却夙愿。

在武夷官中品尝过武夷岩茶的清妙之后，袁枚登舟领略武夷九曲之幽妙。寻常游山，难免登攀之苦，游山者需要有好脚力。这一次游览武夷山之九曲，袁枚却是人在舟中，舟沿溪行，可坐可卧，很舒适地饱览种种奇景，如展观手中一幅画卷，这也是此行的特别之处。袁枚对游览行程的描述详略分明，前面五曲一笔带过，只对六曲、七曲施以浓墨。六曲的壁立如削，七曲天游峰上的一览亭凭空而起，登临其上，俯视众山，"武夷胜处，以第七曲天游一览亭为最"。

然后袁枚从风景说开去，武夷山引人入胜，它的妙处可以归结为曲、峭、新和道紧。与之相对应的作文之道就是忌用直笔、平笔、复笔和散笔。袁枚很少在游记当中如此大发议论。此行让他真切体会到自己的衰老，决定未来不会再有游山之举，"得到此山，请叹观止"。

这篇游山记自然也成为最后一篇,"自幸其游,亦以自止其游也"。始与止,全在自己的掌握之中,就像他的人生一般。算起来,袁枚按照自己的心愿构造随园,几十年来朝夕游玩其中,晚年时又"游遍东南山川",先后到过黄山、庐山、天台山、雁荡山、罗浮、桂林、南岳等处,"觉山水各自争奇,无重复者",人造与天然的美景他都领略过了,选择在武夷山这里结束,恰到好处。

篁村①题壁记

壬申,余北游,见良乡②题壁诗,风格清美,末署"篁村"二字,心钦迟③之,不知何许人,和韵墨其后。忽忽十余稔④,两诗俱忘。

丙戌秋,扬州太守劳公⑤来,诵壁间句琅琅然,曰:"宗发宰大兴时,供张良乡,见店家翁方塓⑥馆,篁村原倡与子诗将次就圬⑦。宗发爱之,苦禁之。店翁诡谢曰:'公命勿圬是也。第少顷制府过见之,保无嗔否?'宗发窃意制府方公⑧故诗人,盍⑨抄呈之、探其意?制府果喜曰:'好诗也,勿塓。'今宗发离北路⑩又四年,两诗之存亡未可知。"予感劳公意,稽首祝延⑪之。不意方公以尊官大府而爱才若是,亟录所诵存集中,夸于人,道失物复得。然卒不知篁村为何许人。

今己丑岁矣。八月十一日,饮江宁梁方伯⑫所。客有萧山陶君者,苍发渊雅,倾衿⑬谈甚乐,不知即篁村也。次日来,又次日诗来,署名曰"元藻",终不知即篁村也。弟子陈古渔闯然入,睇⑭其小印曰:"嘻!

陶篁村在此耶！"余闻之，如结解，如迷释，如天上物堕，适适然⑮起舞。盖古渔耳篁村名甚久，而不知余之更先之也。

今夫天下大矣，方闻之士⑯众矣。邂逅慕思，付诸茫昧，宁料有承颜抗手⑰时耶！旅壁残墨，黰⑱剥无万万数，而此五十八字偏蒙护持，又宁料知音之外，更有知音耶？相思垂二十年，卒不遇；既遇，复将交臂失，又宁料有旁人来，无心叫呼为指而明之耶？然方公、劳公俱已物故，而我与篁村幸留其身以相见，则又安得不骇且贺，而终之以悲也？因忆平生过邗江寺壁，爱苕生诗；过金陵书肆，爱东亭⑲诗。二人者均不著名氏，均访得之。一为蒋君士铨，一为董君潮。未几均登甲科，入翰林，与余同史馆⑳。而苕生自西江移家来，得朝夕见甚狎。东亭则终不见，且死矣，或未必知余之拳拳其相思也。友朋文字间，亦有遇有不遇，而况其他遭际哉？

【注释】

①篁（huáng）村：陶元藻，秀才，会稽（今浙江绍兴）人。

②良乡：良乡县，清代时隶属于顺天府。

③钦迟：钦佩，敬仰。

④稔（rěn）：年，年度。

⑤劳公：劳宗发，字锡山。

⑥塓（mì）：粉刷，涂抹。

⑦圬（wū）：抹墙，涂饰。

⑧方公：方观承，字遹毅，安徽桐城人，担任直隶总督二十年。

⑨盍（hé）：何不。

⑩北路：北方地区。路，地区，宋元时期行政区域的名称。

⑪稽首祝延：跪拜恭祝长寿。

⑫梁方伯：即梁国治。

⑬倾衿：倾襟，推诚相待，推心置腹。

⑭睇（dì）：斜眼看。

⑮适适然：舒畅、欢欣的样子。

⑯方闻之士：有道而博闻之士。

⑰承颜抗手：亲密交往。承颜，顺承脸色。抗手，举手施礼。

⑱黟（yì）：深黑色。

⑲东亭：董潮，字晓沧，号东亭，江苏武进人，乾隆二十八年（1763）进士，有《红豆诗人集》等作品。

⑳史馆：古代负责监修国史的官署，明清时期也指翰林院。

【赏读】

此文讲述袁枚与诗人陶元藻相识的过程，曲折漫长，充满戏剧性。乾隆十七年（1752），袁枚前往北京谋复官职，途经良乡县，在一处旅店的墙上看到一首诗："满地榆钱莫疗贫，垂杨难系转蓬身。离怀未饮常如醉，客邸无花不算春。欲语性情思骨肉，偶谈山水悔风尘。谋生销尽轮蹄铁，输与成都卖卜人。"

充满失败感的一首行旅诗，诗韵悠悠，惆怅无尽，诗下署名为"篁村"。袁枚认为"风格清美"，提笔在其后题诗一首，末句"好叠花笺抄稿去，天涯沿路访斯人"，希望能找到这位神秘的诗人。乾隆三十一年（1766），扬州太守劳宗发到南京拜访袁枚，口诵两诗，正是当年旅店墙壁上的篁村题诗和袁枚的和诗。袁枚早已忘记十四年前的事。按照劳宗发的说法，他担任大兴县令时，那家旅店的主人为了迎接直隶总督方观承，准备涂抹掉墙上的题诗，劳宗发感觉可惜，抄录两首诗送给方观承。方观承认为很好，不必抹掉，两首诗得以保存下来。

又过去几年，在南京梁国治的府上，因为一枚小印章，袁枚终于得识"篁村"的庐山真面目，原来是秀才诗人陶元藻。谜底揭晓的具体时间，文中说是己丑年八月,即乾隆三十四年(1769),距离袁枚题诗回应陶元藻已经过去将近二十年。陶元藻得知如此曲折的一段故事,不禁赋诗感慨:"匹马曾从燕、蓟趋,桥霜店月已模糊。人如旷世星难聚,诗有同声德未孤。"那以后,袁、陶二人成为互相欣赏的好诗友。

汪心农^①试砚斋记

古人藏器必有室。鲁藏乐器则有宣榭^②，萧子良^③藏古物则有古斋，白太傅藏粟则有廪^④、藏书则有库。此皆见诸史册。而独于藏砚之所，鲜有闻焉。吾友心农主人性嗜古，而于嗜研也尤。今年书来，道得一端溪^⑤石，腻理而靡颜，长五寸许，面有鸲鹆^⑥清矑^⑦，呼之欲活。试以墨，无所不靡。主人爱之深，护之密，乃于屋之西偏，葺小园，构突厦^⑧使居，颜其斋曰："试砚。"阶下书带草^⑨茸茸然。种蕉数挺，取其叶可以书也；有桂有松，喜其荫可借润也。其斋后则庋置绨帙^⑩、尊彝^⑪、法书^⑫、名画，取其与古为徒，以类相从也。事已竣，倩妙手作图，而丐余言以张之。

余曰：唯唯。今夫知音遇合之难也，大者君臣，小者媵侍、仆从，下至渥洼^⑬之马、波斯之宝、清秘阁^⑭之玩好珍奇。知之难，得之难，得而位置之尤难。兹砚也，拳然一石耳，已落市廛^⑮，其不辱于狙侩^⑯之手，沉埋于奥渫^⑰污邪之所也，几希矣。一旦矜宠若斯，石苟能言，宁不点头而称谢也哉！不特此也，一斋之中，砚既为之主，则凡供役之毛颖⑱，进饮之墨翟⑲，陪侍之楮先生⑳，非其良，谁敢来偶？而且四方之宾，闻声走观者，苟非摩研编削之才，又谁敢入崔儦㉑之室，与订石交哉？余老矣，所藏十余砚，终日策其勋甚苦㉒，而卒未谋一廛以居之。闻主人之风，能无忍愧于颜乎？乃记其事，又为之歌曰：

紫云一片，堕入君家。明试以功，墨沉飞花。桀桀主人，陶玄浴素㉓。居以轩楹㉔，葩华萍布。斋之幽兮，惟石丈㉕之游兮；石之贞兮，惟主人之德之馨兮。譬彼良田，留与子孙耕兮！

【注释】

①汪心农：汪谷，字心农，号琴田，清代画家。

②宣榭：古代建筑于土台上的厅堂。

③萧子良：南齐竟陵王，喜好风雅，著名的竟陵八友之首。

④白太傅藏粟则有廪：白居易曾为太子少傅，《岁暮》诗中有"晨炊廪有米，夕爨厨有薪"。

⑤端溪：在今广东省肇庆市，出产高品质砚石。

⑥鸲鹆（qú yù）：俗称"八哥儿"，能模仿人说话的一种小鸟。

⑦矑（lú）：瞳仁。

⑧突（yào）厦：结构深邃的大屋。

⑨书带草：叶细长而坚韧，丛生，常绿。

⑩绨帙（tí zhì）：缯制的书卷封套。绨，厚缯，光滑而厚的丝织物。

⑪匜（yí）：盛水的礼器。

⑫法书：书法名家的书法范本。

⑬渥（wò）洼：水名，在甘肃省瓜州县境内，传说出产神马。

⑭清秘阁：元代画家倪瓒建造清閟阁，收藏古书、古画。

⑮廛（chán）：平民的房子。

⑯狙侩（jū kuài）：狡诈。

⑰奥澨（xiè）：幽深污浊。

⑱毛颖：毛笔。韩愈曾写过《毛颖传》。

⑲墨翟：墨子，春秋战国之际思想家，主张兼爱、非攻。这里戏指墨。

⑳楮（chǔ）先生：《毛颖传》中把纸戏称为楮先生。又有"楮知白"等名。

㉑崔儦（biāo）：隋朝名士，在自家门上大写："不读五千卷书者，无得入此室。"

㉒策其勋甚苦：频频使用它。策勋，记录功勋。

㉓陶玄浴素：南齐张融的《海赋》中有"阴鸟阳禽，春

毛秋羽……澜涨波渚，陶玄浴素"。陶，教化，陶冶。玄，玄风，玄淡无为的风气。素，素波。

㉔轩楹：堂前廊柱，代指华丽的堂室。

㉕石丈：奇石。《石林燕语》记载：米芾曾见一立石颇奇，"遂命左右取袍笏拜之，每呼曰'石丈'"。

【赏读】

汪心农是清代画家，擅画兰竹，精于制墨，闻名于时。汪心农喜欢收藏砚台，得到一块质地精良的端溪石砚，视为珍宝，专门为它建造一处精美华贵的试砚斋，郑重委托名手为其图画，约请袁枚为其作记。

袁枚认为藏器必有室，为了一块砚台而专门造屋收藏，汪心农应该是古今第一人。所谓"千里马常有，伯乐不常有"，滚滚红尘、茫茫寰宇之中，无论是人是物，知音最难求得。那块端溪石砚有幸遇到汪心农，被如此珍重、宝藏，对人对物都是一件幸事。奇玩、宝物或者名居可以与它们的主人互相标榜，大大提升在江湖上的辨识度和知名度，就像袁枚和他的随园一样。大概汪心农受此启发，才会大力宣扬他的端溪石砚和试砚斋，希望借助袁枚的文字，让它们和自己一起成为文坛的话题。

《前尘梦影录》记载，汪心农曾经为当时的许多名人制墨，其中就包括袁枚。袁枚多次委托他制墨，少量留下自用，大多数用来作为馈赠的礼物，墨上带有"随园叟袁枚恭制""仓山叟袁枚制""随园手制"等字样。袁枚把它们区分等级，赠送给王公大臣或者朋友、学生。从袁枚的书信来看，这些墨并不是汪心农亲制，而是由他委托新安的徽墨工匠制成，按照袁枚要求的样式装潢。从这个角度来看，袁枚与汪心农的交往带着很浓的商业意味。

湄君①小传

仲姊嫁陆氏,寡,携二孤以归。其季②早亡。长曰建,即湄君也。大眼而顾,容貌充充然③。幼不甚敏,既长,澄神④于学,摩研编削⑤,被饰厥躬⑥,行安而节和⑦,去不善如绝弦。年十七,补博士弟子⑧。张古香⑨太守妻以女,从官宿州,权⑩记室事甚办,古香绝爱怜之。

性好吟诗,持论与舅氏合,不屑屑⑪界唐、宋,而内写幽愫,外嫔群雅⑫,结采必鲜,运思必邃⑬,其声清扬而远闻。得若干首,或嫌近体差胜。湄君笑曰:"近体近《风》⑭,宜少年;古体近《雅》《颂》,宜晚年。吾其有待耶!"余亦无以难也。

去秋患咯血,五仓⑮顿空,心若坠琅玕⑯然。迎医而药之,勿治;召巫而占之,勿祥。予因索其稿。湄君知余之有意其存之也,脱手交,又取去,雠字酌句,喀喀⑰然柴立吮毫,力不胜则卧,卧起再雠。气魂魂⑱矣,犹呼阿奶泣曰:"舅为儿诗开雕,成否?不甚费否？儿思游目焉裁瞑耳。"其溺苦如此。死时年三十五。有子官郎，生八年矣。

呜呼！姊守志抚孤，卒与无孤同。余哀姊而抚甥，卒与未抚同。且余年五十，发斑斑有二色，无子，无兄弟之子。而前年婿死，去年五弟死，今年湄君又死。湄君者，其才且贤，出婿与五弟上。而余夫妇恩之又最久，日谋以身后托者也。嘻，其酷矣！为之传，以弁⑲其诗。

【注释】

①湄君：陆建，字湄君，号豫庭，袁枚的外甥和学生。

②季：兄弟姐妹中排行最小的。

③充充然：心怀悲戚的样子。

④澄神：心神专注。

⑤摩研编削：潜心钻研、编辑整理书卷。

⑥袚（fú）饰厥躬：精神面貌焕然一新。袚饰，去旧饰新。厥，他的。

⑦行安而节和：举止安详，礼度温和。

⑧博士弟子：明清时期指生员，即府、州、县学的学生。

⑨张古香：张开士，字轶伦，乾隆年间进士，做过宿州知府。

⑩权：暂时代理。

⑪屑屑：介意貌，特意貌。
⑫婝（ān）群雅：超越众多贤才雅士。司马相如《上林赋》中有"载云罕，捔群雅"。婝，疑为"捔"之误，犹豫，敷衍。捔，捕取，遮蔽。
⑬结采必鲜，运思必邃：文辞新颖，构思精深。
⑭《风》：即《国风》，《诗经》分为《风》《雅》《颂》三部分，《风》主要是周初到春秋中叶各诸侯国的民歌，内容以爱情、劳动为主。《雅》《颂》主要是贵族宴饮、祭祀的乐歌。
⑮五仓：五脏。
⑯琅玕（gān）：玉石。
⑰喀喀：呕吐。
⑱气魂魂：气盛之状。这里指呼吸急促。
⑲弁（biàn）：此指序文、引言。

【赏读】

袁枚的姐妹大多命运多舛。二姐嫁给陆氏，丧夫之后带着两个儿子回到娘家，小儿子陆忻早死，大儿子名叫陆建，字湄君。湄君和袁树同岁，同是孤儿，袁枚辞官之后就把二人带到随园一起读书学习，切磋诗艺，二人都算是袁枚的学生。陆建后来被宿州知府张开士招为女婿，兼为幕僚，没能在科举上更进一步。

陆建有诗才，深受舅舅袁枚的影响。袁枚去陕西的那一年，陆建在随园赋诗寄托思念之情，韵味隽永：

自别青山两载余，风光较昔更何如？

竹梅添种阶前树，诗史空堆架上书。

窗外叶飞人去后，天边月冷雁来初。

灞桥此日秋风早，应向江南忆故庐。

在诗歌理论上，袁枚强调书写性灵和真情，反对以朝代来划分诗歌，主张关注诗本身的风格艺术。他在《答曾南村论诗》中说："提笔先须问性情，风裁休划宋元明。"陆建深受其影响，也"不屑屑界唐、宋"。袁枚对他充满期待，可叹天不假年，陆建三十五岁便死于痨病。袁枚搜集整理爱甥的作品，汇成一部《湄君诗稿》，刊行于世，后来又编入《小仓山房全集》之中。

袁枚、袁树兄弟早年间都没有儿子，袁枚大为苦恼，一度寄希望于外甥陆建。现在他又死去，袁枚大感失望、悲伤，发出"他时送舅望何人"的哀叹。那些年中，袁枚目睹许多亲人离世，包括他的几位姬妾、第一个儿子、女儿女婿、三妹袁机、堂妹袁棠、外甥执玉、湄君兄弟，等等，他们"后余而生，先余而死"，袁枚眼看着他们一个个奄然委化，发自心底的那种幻灭感令人窒息。

卷四 杂著

人有满腔书卷,无处张皇,当为考据之学,自成一家;其次,则骈体文,尽可铺排,何必借诗为卖弄?

都是性灵

人有满腔书卷，无处张皇①，当为考据之学，自成一家；其次，则骈体②文，尽可铺排，何必借诗为卖弄？自《三百篇》③至今日，凡诗之传者，都是性灵，不关堆垛。惟李义山④诗，稍多典故，然皆用才情驱使，不专砌填也。余续司空表圣《诗品》⑤，第三首便曰《博习》，言诗之必根于学，所谓"不从糟粕，安得精英"是也。近见作诗者，全仗糟粕，琐碎零星，如剃僧发，如拆袜线，句句加注，是将诗当考据作矣。虑吾说之害之也，故续元遗山⑥《论诗》，末一首云："天涯有客号䛩痴⑦，误把抄书当作诗。抄到钟嵘⑧《诗品》日，该他知道性灵时。"

【注释】

①张皇：显赫，炫耀。

②骈体：相对于散体的一种文体，起源于汉代，魏晋时趋于成熟，盛行于南北朝。以四六句式为主，讲究对偶、声

韵和谐和辞藻华丽。

③《三百篇》：即《诗经》，史载孔子删定《诗经》为三百零五篇。

④李义山：唐代诗人李商隐，字义山。

⑤《诗品》：作者司空图，字表圣，晚唐文学家。《四库全书总目》称《诗品》全书共分"雄浑""冲淡""高古"等二十四品，"各以韵语十二句体貌之"。

⑥元遗山：元好问，字裕之，号遗山，太原秀容（今山西忻州）人，金国文学家，有《遗山集》等，写过《论诗绝句三十首》。

⑦詅（líng）痴：也作"詅痴符"，出自《颜氏家训》。指人缺乏才思文采，却喜欢刊刻、散播自己的作品。

⑧钟嵘（róng）：字仲伟，颍川长社（今河南长葛东）人，南朝梁文学家，著有《诗品》（又名《诗评》）三卷，品评古今五言诗之优劣。

【赏读】

清代学者重视考据之学，许多学者又是诗人，考据的风气自然影响到了诗歌。袁枚认为，诗歌的本质是性灵，作者要用才情调动文辞，表现对世界的体悟与发现，向外界传达饱满的情感与情绪。这些都无须考证，"考据之学，离诗最远"。即使诗中需要一点考据，也一定要注意掌握节奏，"但须一气呵成，有议论、波澜方妙，不可铢积寸累,徒作算博士也"。如果诗人只顾在诗中炫耀才学,一首诗就会写得凌乱破碎,如同细碎的僧发、破烂的袜线,整首诗的气韵会遭到破坏,影响阅读体验。

袁枚很推崇晚唐文学家司空图和他的《诗品》。《四库全书总目》认为,署名唐人的诗论基本都是后人托名的伪作,只有司空图这一本《诗品》是真正的唐人作品,其"深解诗理",一直为历代论诗者所重视。全书共分二十四品,分别为雄浑、冲淡、纤浓、沉着、高古、典雅、洗练、劲健、绮丽、自然、含蓄、豪放、精神、缜密、疏野、清奇、委曲、实境、悲慨、形容、超诣、飘逸、旷达、流动等,"各以韵语十二句体貌之"。袁枚所作的《续诗品》一共三十二首,第三首《博习》讲的是诗艺与学养的关系,"万卷山积,一篇吟成。诗之与书,有情无情"。诗人的学养是诗艺的根基,但诗的灵魂是真情实感,诗句是表情的手段,诗的精髓是一个"情"字。

袁枚提到的钟嵘是南朝文学家,著有三卷《诗品》,可与《文心雕龙》并称。钟嵘认为好诗应该是这样的:"无雕虫之功,而咏怀之作可以陶性灵、发幽思;言在耳目之内,情寄八荒之表。"简单一句话,一首好诗能引起读者的情感共鸣,在想象和审美的空间中引领读者飞升。

收放

诗虽奇伟,而不能揉磨入细,未免粗才。诗虽幽俊,而不能展拓开张,终窘边幅①。有作用②人,放之则弥六合③,收之则敛方寸④,巨刃摩天,金针刺绣,一以贯之者也。诸葛躬耕草庐,忽然统师六出;蕲王⑤中兴首将,竟能跨驴西湖。圣人用行舍藏⑥,可伸可屈,于诗亦可一贯。书家北海如象⑦,不及右军如龙⑧,亦此意耳。余尝规蒋心余⑨云:"子气压九州矣,然能大而不能小,能放而不能敛,能刚而不能柔。"心余折服曰:"吾今日始得真师。"其虚心如此。

【注释】

①边幅:布帛的边缘,指格局、境界。幅,布帛的宽度。

②作用:用心。着意加工刻画。

③弥六合:满布天下。弥,满,遍。六合,天地四方,天下,人间。

④敛方寸：收束于方寸之间。

⑤蕲王：南宋大将韩世宗被称为中兴功臣，被解除兵权后，跨驴携酒，纵游西湖以自娱。死后追封为蕲王。

⑥用行舍藏：被起用就好好做事，否则就安静退隐。《论语》中有："用之则行，舍之则藏。"

⑦北海如象：李邕，字泰和，扬州人，做过北海太守，时称李北海。唐玄宗时期著名书法家，行书沉雄峭拔。

⑧右军如龙：东晋书法家王羲之做过右军将军，人称"王右军"。李邕的书法有王羲之的气韵，明代书法家董其昌说："右军如龙，北海如象。"

⑨蒋心余：蒋士铨，清代诗人，字心余，又字苕生，江西铅山人，乾隆二十二年（1757）进士，曾任翰林院编修。

【赏读】

这一篇，袁枚谈论好朋友蒋士铨的诗。乾隆十九年春天，袁枚在扬州宏济寺的墙上看到一首诗："山水争留文字缘，脚跟犹带九州烟。现身莫问三生事，我到人间廿四年。"诗后留有"苕生"二字，袁枚辗转知道题诗人是江西才子蒋士铨，字苕生。二人从此相识。

袁、蒋二人都自视甚高，又能互相欣赏，蒋士铨自称"诗仙"，称袁枚为"诗佛"。一仙一佛，都非世间凡人，这种狂话从自己嘴里说出来，可见蒋士铨的性格。《清史稿·蒋士铨列传》说蒋士铨"诗词雄杰，至叙述节烈，能使读者感泣"。说明他的文字豪迈，有极强的感染力。而袁枚认为，一个优秀的诗人可以收放自如，在作品中兼顾细腻与奇伟，幽俊与开张，可以弥六合也可以敛方寸，既能巨刃摩天，又能金针刺绣。他委婉地指出蒋士铨的诗过于粗放，不能细致入微。

有一种观点：大才可以不拘小节，如滔滔万里黄河，与泥沙俱下。袁枚认为这是粗才，而真正的大才，"如海水接天，波涛浴日，所见皆金银宫阙，奇花异草，安得有泥沙污人眼界耶"？也就是雄浑之外，还要有文字与意象的美感，有细微而新颖独到的发现与展示。又有人说，诗人分大家和名家，"大家不嫌庞杂，名家必选字酌句"。袁枚则认为，每个诗人在创作时应该像名家一样字斟句酌，要有雕琢的耐心，最终才有可能成为真正的大家。他劝诫蒋士铨："君切莫老手颓唐，才人胆大也。"不要放纵才华，在自己惯熟的老路上一味粗放地狂奔。

总作第三人

赵云松①观察谓余曰:"我本欲占人间第一流,而无如总作第三人。"盖云松辛巳探花,而于诗只推服心余与随园故也。云松才气横绝一代,独王梦楼不以为然,尝谓余云:"佛家重正法眼藏②,不重神通。心余、云松诗,专显神通,非正法眼藏。惟随园能兼二义,故我独头低,而彼二公亦心折也。"余有愧其言。然吾乡钱屿沙③前辈读《瓯北集》而奇赏之,寄以诗云:"忽堕文星下斗台④,声华藉藉⑤冠蓬莱。探花春看长安遍,投笔身从绝域⑥回。风雅名谁争后世?乾坤我欲妒斯才。登坛老将推衰久,不道重逢大敌来。"

【注释】

①赵云松:赵翼,字云崧,一字耘松,号瓯北,江苏阳湖(今常州)人。

②正法眼藏:佛教用语,禅宗用来指全体佛法,也称"正法眼"。

③钱屿沙：钱琦，字相人，号屿沙，仁和（今浙江杭州）人，乾隆二年（1737）进士，授翰林编修，做过河南道御史、江苏按察使、福建布政使等。著有《澄碧斋诗钞》等。

④斗台：比喻宰辅重臣。斗，北斗星。台，三台星，也指尚书、御史等高官。

⑤藉藉：众多，纷乱，交错。

⑥绝域：交通阻隔的荒僻、遥远的边地。赵翼曾在云贵等地任职。

【赏读】

诗话本质上属于诗论，但内容更为广泛自由。写作诗话的风气从宋朝开始，较早可见的是欧阳修的《六一诗话》一卷，开篇就说明写作的目的是"以资闲谈也"。司马光为其续作一卷《续诗话》，那以后出现了更多的诗话。到了北宋末年，许顗在《彦周诗话》中正式定义了诗话这种文体："诗话者，辨句法，备古今，纪盛德，录异事，正讹误也。"同时也指出了写作诗话的禁忌，就是避免贬损与讥讽，避免低级趣味："若含讥讽，著过恶，诮纰缪，皆所不取。"

关于诗话这种体裁，袁枚也有自己的看法，他从"诗话"二字入手，认为重点在于那个"话"："殊不知诗话，非选诗也。选则诗之佳者，选之而已。诗话必先有话，而后有诗。以诗来者千人万人，而加话者，惟我一人。搜索枯肠，不太苦耶？"被收入诗话的不必是好诗，而是让作者有话可说、可以阐发诗学主张的诗。如此诗话其实有太强的主观性，如果主张偏颇，许多时候反而有害于诗歌创作。所以清初浙江诗人汤右曾说："诗话作而诗亡。"袁枚读过南宋诗话《渔隐丛话》之后，颇为赞同这个说法："叹宋人之诗可存，宋人之话可废也。"

赵翼是乾隆二十六年（1761）殿试的探花，在当时的文坛与袁枚、蒋士铨齐名，并称"乾隆三大家"。而赵翼却说"于诗只推服心余与随园故也"，把自己放在袁枚和蒋士铨之后，这应该不是自谦。袁枚在《随园诗话》中大量摘引赵翼的诗，又赠诗称赞他："生面果能开一代，古人原不占千秋。"但时人对赵翼作品的评价褒贬不一，钱屿沙赞叹赵翼简直就是文曲星下凡。王梦楼却不看好赵、蒋二人，认为他们的学养不够扎实、厚重，全凭灵感与机巧，"专显神通，非正法眼藏"。袁枚对赵翼的评价似乎也倾向于这一点，称他才气"横绝一代"，欣赏的主要还是他的才气。《颐山诗话》说过："古今为诗话者，往往标致己作。"看来在这一点上袁枚也未能免俗。

阮亭谬论

　　阮亭①《池北偶谈》笑元、白作诗，未窥盛唐门户。此论甚谬。桑弢父②讥之云："大辨才③从觉悟余，香山居士老文殊④。渔洋老眼披金屑，失却光明大宝珠。"余按：元、白在唐朝所以能独竖一帜者，正为其不袭盛唐窠臼也。阮亭之意，必欲其描头画角⑤若明七子⑥，而后谓之窥盛唐乎？要知唐之李、杜、韩、白，俱非阮亭所喜，因其名太高，未便诋毁；于少陵亦时有微词，况元、白乎？阮亭主修饰，不主性情，观其到一处必有诗，诗中必用典，可以想见其喜怒哀乐之不真矣。或问："宋荔裳⑦有'绝代消魂王阮亭'之说，其果然否？"余应之曰："阮亭先生非女郎，立言当使人敬，使人感且兴⑧，不必使人消魂也。然即以消魂论，阮亭之色，亦并非天仙化人⑨，使人心惊者也。不过一良家女，五官端正，吐属清雅；又能加宫中之膏沐，熏海外之名香，倾动一时，原不为过。其修词琢句，大概捃摭于大历十子⑩，宋、元名家，取彼碎金⑪，成我风格，恰不沾沾⑫于盛唐，蹈七子习气，在本朝自当算一家数。奈归愚、子逊⑬奉若斗山⑭，屺沙、心余弃若刍狗⑮，余以为皆过也。"

【注释】

①阮亭：王士禛，原名士祯，字贻上，号阮亭，又号渔洋山人，山东新城（今山东桓台）人。顺治十五年（1658）进士，做过礼部主事、翰林院侍讲、国子监祭酒、刑部尚书等。著有《池北偶谈》《香祖笔记》《古夫于亭杂录》等。

②桑弢父：桑调元，字弢甫，浙江杭州人，雍正十一年（1733）进士，做过工部主事。

③辨才：善于宣讲佛法之才。

④文殊：佛教菩萨名。

⑤描头画角：没有创意的生硬模仿。

⑥明七子：也称嘉靖七子、后七子，包括李攀龙、谢榛、王世贞、宗臣、梁有誉、徐中行、吴国伦等七位诗人，文学上主张复古，认为唐代天宝年间以后的诗作都不足观。

⑦宋荔裳：宋琬，字玉叔，号荔裳，山东莱阳人，顺治四年（1647）进士。做过吏部郎中、四川按察使等。清初著名诗人，《清史稿》称其诗"格合声谐，明靓温润"。

⑧兴：喜欢，喜爱。

⑨化人：有道术、有幻术的人。仙人。

⑩大历十子：《新唐书》中载，卢纶、吉中孚、韩翃、

钱起、司空曙、苗发、崔峒、耿沣、夏侯审、李端等诗人被称为"大历十才子"。大历是唐代宗用过的年号。

⑪碎金：比喻精美、简短的诗文。

⑫沾沾：拘泥，执着。

⑬子逊：许廷镶（镶，《诗话》写为"铢"），字子逊，号竹素，长洲甫里（今江苏苏州市吴中区甪直镇）人，康熙年间举人，做过知县。

⑭斗山：北斗和泰山。

⑮刍狗：用草编扎成狗型，祭礼用过之后即丢弃，比喻微贱无用之物。

【赏读】

王士禛致力于诗学，是清初的文坛领袖，主持风雅数十年，颇有号召力。他的诗耐人寻味，"以神韵为宗"。王士禛著有一卷《渔洋诗话》，"主于神韵，故所标举多流连山水、点染风景之词"。

袁枚认为王士禛是一代名家，其诗为"一代正宗，而才力自薄"，"其诗淡洁，而蹊径殊小"，所以有人称之为"盆景诗"。又说王士禛"好以禅悟比诗"，他所倡导的"神韵说"让人难以捉摸。再者，王士禛太重修饰，不主性情，经常在诗中用典，袁枚因此认为"其喜怒哀乐之不真矣"。而袁枚一贯反对在诗中用典，"余以为诗文之作意用笔，如美人之发肤巧笑，先天也；诗文之征文用典，如美人之衣裳首饰，后天也。"

这则短文从王士祯对白居易、元稹的评价入手。王士祯的《池北偶谈》中有《乐天论诗》一则，认为元、白二人与盛唐诗人相差悬殊："元、白于盛唐诸家兴象超诣之妙，全未梦见。"袁枚大不以为然，认为元、白不袭盛唐窠臼，才会在唐代诗坛争得一席之地。而王士祯和明七子一样推崇盛唐，作诗模仿唐人，袁枚曾经讥讽过这一类人："开口言盛唐及好用古人韵者，谓之木偶演戏。"但王士祯和明七子之间还有一些差别——明七子"虽无性情，尚有气魄"，而王士祯"于气魄、性情，俱有所短"，只不过他更善于用一些小手腕取悦于人，因此颇受欢迎。

总体来看，袁枚对王士祯的评价是客观、公允的："须知先生才本清雅，气少排奡，为王、孟、韦、柳则有余，为李、杜、韩、苏则不足也。"过分吹捧或者过分贬低王士祯的诗，都有失偏颇，誉之者过其实，毁之者损其真。而且，袁枚的性灵说与王士祯的神韵说其实有几分相近，只是性灵说更为具象。此外，王士祯讨厌唱和之作，"自言一生不次韵，不集句，不联句，不叠韵，不和古人之韵"，这一点也与袁枚相似。

袁枚曾有《论诗》一绝，恰当概括了自己对王士祯的态度："清才未合长依傍，雅调如何可诋娸？我奉渔洋如貌执，不相菲薄不相师。"

江宁织造

康熙间,曹练亭①为江宁织造②。每出,拥八骑③,必携书一本,观玩不辍。人问:"公何好学?"曰:"非也。我非地方官,而百姓见我必起立,我心不安,故藉此遮目耳。"素与江宁太守陈鹏年④不相中⑤。及陈获罪,乃密疏荐陈。人以此重之。其子雪芹⑥撰《红楼梦》一部,备记风月繁华之盛。明我斋⑦读而羡之。当时红楼中有某校书⑧尤艳,我斋题云:"病容憔悴胜桃花,午汗潮回热转加。犹恐意中人看出,强言今日较差些。""威仪棣棣⑨若山河,应把风流夺绮罗。不似小家拘束态,笑时偏少默时多。"

【注释】

①曹练亭:练亭应该指的是曹寅,字子清,号荔轩,又号楝亭,康熙年间做过江宁织造,有《楝亭书目》《居常饮馔录》等著作。

②织造:明清两代专门负责制造皇家专用丝绸织物的机

构，地点在江宁、杭州、苏州，清朝时由内务府派员管理。

③八驺（zōu）：八个骑马的侍从，代指仪仗。《南齐书·王融列传》记载，（王融）出行受阻，叹息说："车前无八驺卒，何得称为丈夫！"驺，养马的仆从。

④陈鹏年：字沧州，湘潭人，康熙三十年（1691）进士，做过江宁知府、河道总督等。

⑤相中：相合，相得。

⑥其子雪芹：曹雪芹应该是曹寅的孙子、曹頫的儿子。

⑦明我斋：明义，富察氏，号我斋，满洲镶黄旗人。

⑧校书：负责校勘典籍的古代官吏，也指营妓、妓女。唐朝女诗人薛涛为蜀中名妓，诗人王建写有一首《寄蜀中薛涛校书》，中有"万里桥边女校书，枇杷花里闭门居"。

⑨棣棣：富盛而从容的样子。

【赏读】

这是《随园诗话》中很有意思又令人困惑的一条。曹雪芹的祖父曹寅，字子清，号荔轩，又号楝亭，工诗词、书法。曹寅的母亲孙氏做过康熙皇帝的乳母，曹寅十几岁就做了御前侍卫，深得康熙皇帝宠信。康熙三十一年（1692），曹寅督理江宁织造，四十三年（1704）巡视两淮盐政，康熙皇帝南巡时几次住在江宁织造的衙署。曹寅死在康熙五十一年（1712），身后留下巨大的财务亏空。康熙皇帝就让他的儿子曹颙继任江宁织造，希望他能填补上父亲留下的亏空。曹颙不久死去，康熙皇帝又亲自做主，把曹寅的侄子曹頫过继给曹寅，继续担任江宁织造。曹颙和曹頫没能填补上大亏空，反而越亏越多。所以到了雍正时期，曹頫被捕入狱，抄没家财。一般的研究者认为，曹雪芹就是曹頫的儿子、曹寅的孙子。

织造一职一般由内务府派员出任，直接为清朝皇室服务，属于皇家奴才。曹寅很清楚自己的地位，"我非地方官"，不想打扰百姓的生活。但他毕竟是康熙皇帝的亲信，兼有耳目的职责，经常会有密疏呈上。曹寅的子侄和继任者越来越跋扈，恣意妄行，后来惹得雍正皇帝痛责："织造本非大员，而在外体统，任意僭越……嗣后著严行禁止。倘有以片纸只字、干谒地方官，及不按品级规矩、僭越妄行者，定行从重治罪。"

袁枚显然搞错了曹寅与曹雪芹的关系，认为他们是父子。在《随园诗话》的另一处他也提到了曹雪芹："雪芹者，曹练亭织造之嗣君也。相隔已百年矣。"嗣君也指儿子。袁枚与曹寅生活的时代相距遥远，与曹雪芹也没有直接的交往，关于曹雪芹和《红楼梦》的种种信息都从明义那里得来，有一些差错在所难免。明义是宫廷侍卫，袁枚与他长期书信往来，诗文酬唱，从未见面。乾隆四十九年（1784），乾隆皇帝南巡时，明义随行扈驾，曾经顺便来访随园，恰好袁枚南游广东，明义在随园中题诗四首而去。

一般认为,明义与曹雪芹相熟并读过《红楼梦》,写下《题红楼梦》二十首,在诗前小序中他写道:"曹子雪芹出所撰《红楼梦》一部,备记风月繁华之盛。盖其先人为江宁织府,其所谓大观园者,即今之随园故址。惜其书未传,世鲜知者,余见其钞本焉。"

明义说乾隆年间的随园是《红楼梦》中大观园的原址,即在康熙年间由曹氏建造,也证明袁枚在《随园记》中关于随园历史的说法存在错误,这处园子的历史比他想得更悠久,更有故事。袁枚引用明义的两首诗,并说"当时红楼中有某校书尤艳",容易生出歧义,女校书有时隐指妓女,也指擅长诗文的才女。明义应该没有见过大观园中人物,只是"读而羡之",艳羡的是纸面上的人物形象,并非真人。

用典

博士卖驴,书券三纸,不见"驴"字,此古人笑好用典者之语。余以为:用典如陈设古玩,各有攸宜①。或宜堂,或宜室,或宜书舍,或宜山斋。竟有明窗净几,以绝无一物为佳者,孔子所谓"绘事后素②"也。世家大族,夷庭高堂,不得已而随意横陈,愈昭名贵。暴富儿自夸其富,非所宜设而设之,置槭斝③于大门,设尊罍④于卧寝,徒招人笑。吴西林⑤云:"诗以意为主,以辞采为奴婢。苟无意思作主,则主弱奴强,虽僮指⑥千人,唤之不动。古人所谓诗言志,情生文,文生韵,此一定之理。今人好用典,是无志而言诗;好叠韵⑦,是因韵而生文;好和韵⑧,是因文而生情。儿童斗草⑨,虽多亦奚以为⑩!"

【注释】

①攸(yōu)宜:所宜。
②绘事后素:语出《论语·八佾》:"子夏问曰:'巧笑

倩兮，美目盼兮，素以为绚兮，何谓也？'子曰：'绘事后素。'"绘画时先以素色打底，再施五彩。另一种观点认为，在绘画时先布众彩，再用素色在恰当的位置点缀，才能达到最好的色彩效果。

③楲（wēi）窬（yú）：亵器，便桶。

④尊罍（léi）：酒器。

⑤吴西林：吴颖芳，字西林，自号临江乡人，浙江仁和（今杭州）人，清代文学家，著有《临江乡人诗集》等。

⑥僮指：僮仆，奴婢。

⑦叠韵：指双字词中的韵腹和韵尾相同，比如崆峒、螳螂、滴沥等。

⑧和韵：依照他人的诗韵而作诗应和，分为次韵、依韵、用韵三种形式。

⑨斗草：也称"斗百草"，古代妇女、儿童的游戏，以花草为工具进行比赛。

⑩虽多亦奚以为：虽然多又有什么用处？语出《论语·子路》。奚，何。

【赏读】

袁枚引用吴颖芳的看法，批评时人作诗的三大弊病：好用典、好叠韵、好和韵。吴颖芳强调诗以意境和情感为主，文辞为辅，袁枚很认同他的观点，在《随园诗话》中多次引用他的诗句，尽管他只是一介布衣。

袁枚不反对在诗中用典，但强调用典一定要恰当，不要用冷僻之典，"用典如水中着盐，但知盐味，不见盐质。用僻典如请生客入座，必须问名探姓，令人生厌"。比如房中摆设古玩可以添加几分雅致，前提是器物要与环境相适合。类似的还有在诗中过多使用自注，总是有损诗味："一字一句，自注来历者，谓之骨董开店。"

对于叠韵、次韵，袁枚就不太宽容了。叠韵是相同韵音的重复，唐代诗人皮日休说："梁武帝云'后牖有朽柳'，沈约云'偏眠船舷边'，由是叠韵兴焉。"和韵也称为赓和，宋代刘攽在《中山诗话》中说："唐诗赓和有次韵（先后无易）、有依韵（同在一韵）、有用韵（用彼韵，不必次）。"

袁枚不喜欢叠韵、和韵及用古人韵之类的文字游戏："以为诗写性情，惟吾所适。一韵中有千百字，凭吾所选，尚有用定后不慊意而别改者；何得以一二韵约束为之？既约束，则不得不凑拍；既凑拍，安得有性情哉？"过分专注于韵脚，近似于文字游戏，要牺牲诗的韵味，破坏整体的意象，因此袁枚又说："忘韵，诗之适也。"偏偏有些人乐此不疲，和韵之后还有和韵，没完没了，所以袁枚说："好叠韵、次韵，刺刺不休者，谓之村婆絮谈。"翻看袁枚的诗集，确实少见应和之作，但并不是没有，尤其是与尹继善之间的酬答之作。而且袁枚偶尔也会请别人应和自己的诗作。

善学者如海

余宰江宁时，门下士谈毓奇①为刻《双柳轩诗文集》二册。罢官后，悔其少作，将板焚毁。后《小仓山房集》中仅存十分之三。辛丑清明，游雨花台，谒方正学②祠。夜梦有古衣冠者，揖余而言曰："子诗人也，《怀古》③有：'燕王北下金川日④，行到《周官》第几章？'此诗删之可也。又有句云：'江山忽见开燕阙⑤，风雨原难对孝陵。'此二句甚佳，如何可删？"余唯唯⑥。其人言毕，有仪从呼唱而去。余次日语人，或曰："此莫非正学先生乎？"

人有訾⑦余《诗话》收取太滥者。余告之曰："余尝受教于方正学先生矣。尝见先生手书赠俞子严⑧《溪喻》一篇云：'学者之病，最忌自高与自狭。自高者，如峭壁巍然，时雨过之，须臾溜散，不能分润。自狭者，如瓮盎⑨受水，容担容斗，过其量则溢矣。善学者，其如海乎？旱九年而不枯，受八州水而不满。无他，善为之下而已矣。'书法《争坐位》⑩，笔力苍坚。余道：'先生精忠贯日，身骑箕尾⑪，何妨高以自待，狭以拒人哉？然而以此二字，谆谆示戒，则其平日之虚怀乐善可知。余与先生无能为役⑫，然自少至老，恰恶此二字，竟与先生有暗合者。然则《诗话》之作，集思广益，显微阐幽，宁滥毋遗，不亦可乎？'"

【注释】

①谈毓奇：谈羽仪，字毓奇。

②方正学：方孝孺，字希直，把自己的读书处命名为"正学"，学者称其为"正学先生"，明初惠文帝时期做过翰林侍讲。

③《怀古》：《双柳轩诗文集》中名为《金川门》。

④燕王北下金川日：燕王，明成祖朱棣。朱元璋分封诸子，四子朱棣为燕王。金川，指南京的金川门。

⑤燕阙：指燕京。

⑥唯唯：恭敬应声，不置可否。

⑦訾（zī）：指责，批评。

⑧俞子严：明初金华人，求学归乡，方孝孺送行，在溪岸边指引他治学之道，写成一篇《溪喻》。

⑨盎：腹大口小的盆。

⑩《争坐位》：唐代书法家颜真卿作品，行草书法的名作。

⑪身骑箕（jī）尾：如同天上星辰。《庄子》有："乘车

维,骑箕尾,而比于列星。"箕、尾都是天上星宿。

⑫无能为役:简直连供给他们役使都不配。自谦才识与学问远远不及。

【赏读】

《随园诗话》面世之后,名声日广,许多人千方百计要让自己的名字和诗句刊列其上,如袁枚所言:"自余作《诗话》,而四方以诗来求入者,如云而至。"袁枚回到故乡杭州,"杭人知作《诗话》,争以诗来,求摘句者,无虑百首"。送上门来的诗篇千千万万,如何选择成为一大难题。在实际操作上,袁枚收录了许多故旧、亲友、学生的诗句,包括许多权贵的作品,时人因此批评:"一部《诗话》,将福康安、孙士毅、和琳(希斋)、惠龄(瑶圃)诸人,说来说去,多至十次八次,真可谓俗,真可谓频。"这种说法稍嫌片面,被袁枚高频引用的既有大学士鄂尔泰、尹继善和他的儿子们,也有许多布衣诗人,比如陈古渔、何南园、朱草衣、吴颖芳、汪舸、陶篁村、刘霞裳,等等,袁枚还与他们当中的许多人有过密切的交往。袁枚被他们的诗句打动,激赏他们的文才,采撷他们的诗句到《诗话》中,为其增采,同时记录了当时诗坛的实况,提高了《诗话》的价值。

这则小品的核心是为《随园诗话》辩解,证明它遴选诗作的标准十分严格,并非批评者所说"收取太滥"。袁枚从自己早年的作品集《双柳轩诗文集》说起,借用梦中方孝孺之口评点旧作,认为自己选诗、删诗的标准太过严苛。言外之意,他对自己尚且如此,评判他人作品自然不会太过随意。然后他转入正题,指出学者的大忌是自高、自狭,善学者应该像大海一般博大渊深。强调编撰《随园诗话》的原则是集思广益,宁滥毋遗。实际上也承认了《随园诗话》有一点"滥"的问题,这是必要的牺牲,如此才能成就一部具有广泛代表性的诗话。

总体而言,《随园诗话》收录的内容水平参差,稍显芜杂。某些时候,袁枚确实有把《随园诗话》当成交际媒介的倾向。比如毕沅、孙慰祖出资帮助出版《随园诗话》,袁枚大量收录毕沅的诗作,又找来孙慰祖的两首诗、一首词收入《随园诗话》,这些无可厚非。但大篇幅收录毕沅母亲的诗作,包括毕沅身边的漪香夫人、张恭人和长女智珠的作品,以及毕沅推荐的一些朋友的诗作,稍显太过。难怪有人猜测袁枚选诗收费,"有替人求入选者,或十金或三五金不等"。换一个角度来看,如此这般一部诗话,反而更真实地呈现了乾隆年间的诗坛面貌。

同年亲家

沈永之①与余同榜。五十年,官云南驿盐道,乞病归,途中信来,道生一女。适余生阿迟,念二人俱是么豚暮鹦②,遂相订为婚。沈寄诗云:"天留蔗境③与公尝,六十逾三学弄璋。"又曰:"兰谱④同年交最旧,锦绷⑤合璧事尤奇。"未几,沈来山中,云:"女为旁妻殷氏所出,本籍江宁。父某,康熙间作云南守备,侨居滇中,年八十余,闻沈失配,愿以女供箕帚⑥。沈辞年老。殷强聒⑦不已。问何故,曰:'我本江南人,坟墓现在金陵。公南人也,以女从公,庶几留江南一脉耳。'"

吁!当殷翁起念时,岂料真有余之侨居江宁者一段因缘哉?天下事巧凑之奇,往往如此。为赋《感婚》长篇,中数句云:"果然此老嬉游处,安置他家女外孙。万里合教青鸟⑧使,一函先报白头人。"殷夫人号称国色,携其女来随园相婿,故又云:"娇娃抱出珠相似,阿母同来花见羞。"沈得诗,以示梁瑶峰⑨相公。公连读此二句,音较响。胡云坡⑩尚书在座,不觉大笑。

【注释】

①沈永之:沈荣昌,字永之,号省堂,浙江湖州人,乾隆十年(1745)进士,做过文水县令、云南驿盐道等。

②么豚(tún)暮鹨(liù):老年人自称自己最小的孩子。豚,小猪。鹨,野鸟最小的雏儿。

③蔗境:晋顾恺之吃甘蔗常自末端吃至根部,人问其因,顾恺之答以渐入佳境。出《晋书》。比喻美好的晚年。

④兰谱:结拜兄弟时互换各自家族的族谱。

⑤锦绷:锦制的襁褓。

⑥箕帚:家中洒扫等杂务,借指妻妾。

⑦嬲(niǎo):纠缠。

⑧青鸟:比喻信使。

⑨梁瑶峰:梁国治,字阶平,号瑶峰,浙江会稽(今绍兴)人,做过户部尚书、东阁大学士等。

⑩胡云坡:胡季堂,字升夫,号云坡,河南光山人,做过江苏按察使、刑部尚书等。

【赏读】

早年求学时,袁枚经常寄宿在沈永之兄弟的寓所,并在乾隆三年(1738)与沈永之一起考上举人,因此袁枚称二人为同榜。沈永之考上进士的时间比袁枚晚，仕途却走得更远，最后做到云南驿盐道。沈永之在云南多年，曾经给袁枚讲述云南经历，袁枚把一段故事写入《子不语》中，名为"凤凰山崩"，情节有些荒诞不经：沈永之率领役夫开凿山路，山洞里突然跑出一个艳装女子，役夫们纷纷追出山洞观看，也有人毫不动心，继续在洞中干活。不久山崩洞塌，留在洞中的人全被压死。沈永之最后戏道："人之不可不好色也。"

云南一位姓殷的守备听说沈永之的夫人去世，坚持要把自己的女儿嫁给他，只因为守备原籍江宁，希望沈永之带着女儿回到故乡，为殷家留下江南一脉。殷氏为沈永之生下一个女儿，乳名全宝。巧的是，同一年六十三岁的袁枚也终于有了亲生儿子阿迟。于是袁枚与沈永之为阿迟和全宝订了娃娃亲。全宝十五时已经能写诗，袁枚在《随园诗话》中收录她的三首诗，颇为称赞。阿迟与全宝同龄，却没能继承父亲的诗才，迟迟不会写诗。袁枚无奈地感叹："岂吾家诗事，将来不传于儿，要传儿妇耶？"

当初那位云南殷守备要给自家留下江南一脉，袁枚是浙江人，他为嗣子阿通、亲子阿迟娶妻时，选择的都是浙江的女子，也是一样的考虑。

柴秀才笔札

余少时气盛跳荡①,为吾乡名宿所排。惟柴秀才名致远、号耕南者,一见倾心。乙卯春,柴读书孤山②,余寄札云:"秋将至矣,颇欲掩帷③;春实佳哉,未能端坐。"余数行,泛论友朋。柴答云:"赤炜④未来,青春可爱。足下端坐未能,仆且懒索香熏⑤矣。来书惓惓人物,此间俗子如春萍,何从觅佳客?昨无聊,闲步登孤山之巅,折梅谁赠?可怜可怜!某某辈,仆不能定其为人。鄙意:以仲翔针芥之言⑥求知己,以君子全交⑦之道待泛交,如是而已。晴日早来,当以此论质之逋老⑧。"余爱其措词隽雅,有谷子云⑨笔札之妙,藏箧⑩中五十余年。耕南《夜游孤山》有句云:"月行疑踏水,花坐当熏衣。"后客死广西。己亥年,余至其家,夫人出见,白发萧然,有陆鲁望重过张处士⑪故居光景。

【注释】

①跳荡：浮躁，不安分。

②孤山：在杭州西湖之中，历史上有孤山寺、林逋墓、放鹤亭、六一泉等众多名胜。

③掩帷：拉上帷帐。这里指收起书囊。

④赤炜：指夏天。《月令广义》中说四时之气，春为青炜，夏为赤炜，秋为白炜，冬为玄炜。

⑤懒索香薰：没有春游的兴致。古人三月上巳日到水滨祓除，用香薰草药沐浴。

⑥仲翔针芥之言：虞翻，字仲翔，浙江余姚人，吴国孙权时做过骑都尉。虞翻有高气，十二岁时有客人来拜访他的兄长，不理会虞翻。虞翻写信给客人，认为他们不该不来拜访他："琥珀不取腐芥，磁石不受曲针。过而不存，不亦宜乎？"

⑦全交：保全、保护友情。

⑧质之逋（bū）老：向林逋先生请教。逋老，林逋，字君复，浙江杭州人，北宋诗人，宋真宗时期隐居西湖孤山，死后赐谥和靖，有《林和靖诗集》存世。

⑨谷子云：谷永，字子云，长安人，博学经书，文笔优雅。《汉书》记载，汉成帝时期，王氏一门五侯，谷永、楼护二人被称为五侯上客，长安人号称"谷子云笔札，楼君卿唇舌"。

⑩箧(qiè):收藏物件的小箱子。

⑪陆鲁望重过张处士:陆龟蒙,字鲁望。晚唐处士、诗人张祜隐居丹阳,田园华美。张祜死后二十年,朋友颜萱访问故居,田园早已荒颓,张处士的爱姬"霜鬓而黄冠",杖策迎门,处境凄凉,颜萱写下一首《和过张祜处士丹阳故居》。陆龟蒙和诗一首,但并未亲自重访张处士故居。

【赏读】

年少时,袁枚在故乡杭州颇受排斥,秀才柴致远是少数懂得欣赏他的朋友。春天里,两个年轻书生书信往来,谈论友情和青春的惆怅。柴致远也是恃才傲物之人,放眼望去,平庸之辈如春萍满目。知音难觅,他和袁枚一样倍感孤独。他提出分类交友的规则:知己之交一定要慎重挑选,勇于淘汰,"琥珀不取腐芥,磁石不受曲针"。对待普通的朋友反而要大度一些,不必苛求。柴致远的文字中透着年轻的果决与认真,有些草率和盲目。无疑,同样年少痴狂的袁枚非常认同他的想法。

当年袁枚在杭州难找出路,南下投奔叔叔。柴致远的哥哥柴东升在江西高安教书,与袁枚结伴同行。二人一路吟诗,到高安时袁枚囊中已空,柴东升借给他十二两银子,他才得以继续南下广东。这次南行改变了袁枚的命运,他一直不忘柴东升的友情和帮助。乾隆四十四年(1779),六十四岁的袁枚回杭州扫墓,期间拜访老朋友柴氏兄弟，只见到柴致远的白发妻子，才知道柴致远多年以前客死广西。而柴东升去了广东并死在那里，没有归葬杭州。袁枚写下一首《访柴东升墓不得》：

当年曾附李膺舟，同到滕王阁上游。
一路联吟春梦在，百年再见此生休。
浮家闻说居东粤，归骨何曾葬首丘。
斗酒只鸡无处荐，腹犹未痛泪先流。

袁枚的书箱中一直珍藏着柴致远当年的书信，可见他对文字的敏感与挚爱，对年少时真纯友情的珍重。时光消逝五十多年，步入老境的袁枚对于友情有了另一种看法，许多东西如今对他都不那么重要了。

至交

余弱冠①时,与王复旦②卿华为至交,其父星望公③官御史。丙辰春,余从广西入都。卿华举浙江乡试。漏尽④,作家信,报其尊人,犹再三道余不置。已而同到京师,彼此失意,往来更密。其大父⑤子坚先生,亦以国士相待。次年八月,卿华归娶,同骑马至彰仪门⑥外,两人泣别。戊午秋,星望公病笃,犹读余闱墨⑦,许为第一。初十日,榜发,余获隽⑧,而先生即于是日委化。余感生平知己之恩,往视含殓⑨,颜色惨凄。其戚唐某疑余落第,再三道屈,坐客无不掩口而笑。卿华赠余改官云:"朝士尽将韩愈惜,都人争作李邕看。"又数年,闻其再落第,缢死长安。余哭以七古一章,载集中。己亥春,余归杭州,访其墓,则四至埏道⑩被势家侵占。为告之官,而断还其后人。

【注释】

①弱冠:指男子二十岁左右。古代男子二十岁行冠礼,

此时身体尚弱，故有此称。

②王复旦：字卿华，浙江杭州人，乾隆元年（1736）中举。

③星望公：王文璇，雍正八年（1730）进士，翰林编修。

④漏尽：漏刻中的水滴尽，指深夜或黎明。古代用漏刻计时，壶中装水，放浮箭，壶底有孔，根据壶水流失来计时。

⑤大父：祖父。

⑥彰仪门：一般写为"彰义门"，即北京西侧的广宁门，后称广安门。

⑦闱墨：乡试、会试等科举考试中考生所写的文章。

⑧获隽：科举考试登榜。

⑨含殓：入殓。古代丧制，将珠玉等物放入死者口中，整易衣衾，放入棺中。

⑩埏（yán）道：墓道。

【赏读】

王卿华是袁枚青年时代的好朋友，家境好，起点要比袁枚高出许多，中举的时间也比袁枚早，人生的结局却很凄惨。《子不语》中有一则故事讲到一点王家的历史：康熙年间，王卿华的祖父王子坚做过泸溪县知事，后被免官，王子坚认为祖坟有问题。但他的儿子王文璇考中进士，做到了御史，王文璇的儿子就是王卿华。乾隆元年（1736），王卿华在浙江考中举人。而袁枚辗转千里跑到广西,由广西巡抚举荐参加了博学鸿词科的考试,王卿华也从浙江赶到北京来参试。这期间,王卿华向父亲大力称赞袁枚的才华。

结果两人全部落榜。对于王卿华来说,这单纯只是一次挫败。同样的失败对袁枚的意义却大不相同,他留在北京,一度十分落魄。幸而得到王文璇的推荐,到嵇中堂府上做教师,有机会接近北京士大夫的圈子。以后他乡试中举,再中进士,迎来人生重大的转折点。此时王文璇已经病入膏肓,袁枚中榜之日正是他离世之时。袁枚不忘王文璇的知遇之恩,写下《哭侍御王星望先生》,感谢他一直以来的赏识和帮助。

这以后,袁枚走上腾达之路,王卿华却一直原地踏步,昔日亲密朋友之间的交往也逐渐淡薄。以后王卿华再一次在会试中失利,万念俱灰,在北京自缢而亡。袁枚得到消息,写下一首《王卿华挽辞》,回忆年少时二人一起吟诗嬉笑的美好时光:"双声笑彻烟霄上,把袂诗歌碧树高。"袁枚或许意识不到,自己的成就无形当中放大了王卿华的挫败感,给他添加了莫大的压力。

乾隆四十四年(1779),老年得子、人生圆满的袁枚回到杭州扫墓,特意到老朋友王卿华的墓上祭奠。墓地早已荒凉一片,袁枚利用自己的声望,帮助王卿华的后代讨回被侵占的墓道,以此告慰老朋友在天之灵。

逸园

苏州逸园,离城七十里,在西碛山①下,面临太湖,古梅百株,环绕左右。溪流潺潺,渡以石桥。登腾啸台,望飘渺诸峰②,有天际真人想③。主人程钟,字在山,隐士也,妻号生香居士,夫妇能诗。有绝句云:"高楼镇日无人到,只有山妻问字来。"可想见一门风雅。予探梅邓尉④,往访不值。次日,程君入城作答,须眉清古,劝续前游,而予匆匆解缆。逾年再至苏州,程君已为异物。记其《杂咏》一首云:"樵者本在山,山深没樵径。不见采樵人,樵声谷中应。"

【注释】

①西碛(qì)山:位于苏州西南,与邓尉山相连。

②飘渺诸峰:位于太湖之中,最高为飘渺峰。

③有天际真人想:感觉自己是天上仙人。语出《世说新语》:"诸君莫轻道,仁祖(谢尚)企脚北窗下弹琵琶,故自有天际真人想。"

④邓尉：邓尉山，位于苏州西南，临近太湖，《姑苏志》称其俗名"光福山"。

【赏读】

袁枚非常喜欢梅花，去别处游玩，如果正赶上梅花绽放的季节，总要在当地寻梅、赏梅。一首《梅》诗道出他如此爱梅的原因："正月东风柳未芽，一庭梅影雪横斜。重他身分缘何事？只为能开冷处花。"梅花开得早，开得寂寞，不去凑百花竞放的那一份热闹。

随园中种了大量梅花，早春时节竞相开放，如同良朋来访，站在随园的长廊与楼台之上都可以赏梅。袁枚还嫌不够，折下红梅花枝插入瓷瓶之中，摆在案头观赏。插花之外，还有盆栽的梅花，让袁枚的襟袖间沾染上缕缕芳香，就如《即事》诗中所写："盆梅三株开满房，主人坐对心相忘。偶然入内女儿怪，问爷何故衣裳香？"

袁枚到苏州西碛山下的逸园看梅。逸园距离苏州城七十里，颇有历史，"形胜之奇，天施地设，非人所为"，附近的物产也极为丰富，"极蟹胥虾禀之饶"。逸园的主人程钟那一天恰好不在，袁枚在园中小憩，园中有春晖楼、腾啸台，可以登高远眺太湖风景。第二天，程钟进城拜会袁枚，匆匆一晤。后来程钟把逸园卖给了富商江橙里，江氏改园名为西碛山庄，继续委托程钟管理。不久程钟离世,袁枚闻讯写下一首《哭逸园主人》。袁枚与江橙里是朋友,后来他索性借住逸园,有机会尽情饱览园中的梅花秀色。他写过一篇《西碛山庄记》,对园中景色描写更为细致:"入其门,古梅铺棻,芳树蓊蔚,曲涧巉岩,环庐而呈。所扁表者,有清晖阁,有九峰草庐,有钓雪槎,有鸥外春沙馆,凡十余处,皆各极其胜。而腾啸台为尤奇,台袤夷亩许,西碛山从背起,接天苍苍然而临太湖,三万六千顷之烟波,浮涌台下。"看得出,逸园的规模相当可观。

金陵之气

金陵山川之气,散而不聚,以故土著者绝少传人。王、谢①渡江,多作寄公②,亦复门户不久,此其证也。然街衢宏阔,民气淳静,至今士大夫外来者,犹喜家焉。桐城姚姬传③太史掌教钟山,有移居之志,赋诗云:"又向金陵十日留,依然双阙望牛头④。交游聚处思移宅,衰病行时爱棹舟。萧寺风多疑作雨,后湖烟淡总如秋。僧书拟共舒王⑤读,不吊兴亡惹泪流。"余谓第四句尤合余意。余当未衰时,亦喜舟行,畏陆行也。

太史七古⑥雄厚,惜篇长难录。录其《岳阳楼见月》云:"高楼深夜静秋空,荡荡江湖积气通。万顷波平天四面,九霄风定月当中。云间朱鸟峰何处?水上苍龙瑟未终。便欲拂衣琼岛外,止留清啸落湘东。"《吊王彦章⑦》云:"乱世鸟飞难择木,男儿豹死自留皮⑧。"《哭刘耕南⑨》云:"别来书到长安少,死去才教天下空。"《淮上》云:"只愁天上桃花水,浸失淮南桂树山。"《钓台》云:"可怜高鸟尽,回忆钓鱼矶。"皆绝妙也。己巳岁,余《中秋夜渡江》云:"世上夜深秋正半,江心风定月当中。"亦与先生《岳阳》三四联相似。先生从父南青⑨讳范,在长安与余有车笠⑪之好,学问淹博,而不喜吟诗。余改官江南,送行诗麻集,而南青无有也。余调之云:"南青爱人如老妪,初入翰林殊栩栩。平时著述千万言,临别赠我无一语。"

【注释】

①王、谢:东晋南渡之后的两大豪族,即以王导为代表的琅邪王氏和以谢安为代表的陈郡谢氏。

②寄公:最早指失地之君。此指离开故土家园的富贵之家。

③姚姬传:姚鼐,字姬传,桐城人,乾隆二十八年(1763)进士,做过山东、湖南乡试考官、四库馆纂修。辞官之后做过梅花书院、紫阳书院、钟山书院主讲多年,著作丰富,为桐城派的代表人物。

④双阙望牛头:牛头山又名牛首山,在金陵城南,双峰并峙如牛角,因此得名。东晋时王导曾经指着它说:"此天阙也。"因此又名天阙山。

⑤舒王:王安石,字介甫,江西抚州人,北宋文学家,晚年居住金陵,写过《金陵怀古四首》《金陵怀古》《和子瞻同王胜之游蒋山》等诗。离世后被追封为舒王。

⑥七古:七言古体诗。

⑦王彦章：字贤明，山东东平人，五代时期猛将，绰号"王铁枪"。

⑧豹死自留皮：《新五代史·王彦章列传》记载，王彦章常说："豹死留皮，人死留名。"战败受伤被俘，后唐庄宗劝降，王彦章宁死不从，终被处死。

⑨刘耕南：刘大櫆，字才甫，又字耕南，号海峰，安徽桐城人，著有《海峰文集》《海峰诗集》。

⑩南青：姚范，字南青，安徽桐城人，乾隆七年（1742）进士，授翰林编修，有《援鹑堂诗集》等存世。

⑪车笠：喻贵贱、贫富都不能改变的纯真友谊。

【赏读】

金陵是六朝古都，关于它的山川形势历来众说纷纭。袁枚从它的风水、街衢、民风入手，说到外来士人喜欢定居于此，于是引用姚鼐"交游聚处思移宅"的诗句，自然转入这篇短文的主题——姚鼐和他的诗文。

姚鼐是清代著名学者，做过四库馆纂修，后来辞官到各处讲学，先后在扬州的梅花书院、苏州的紫阳书院、江宁的钟山书院担任主讲多年，桃李满天下。同时著书立说，与方苞、刘大櫆并称为桐城派文学的代表人物，时称"方刘姚"。桐城派主张古文写作，认为一篇好文章应该是考据、义理、辞章三者兼备。

姚鼐在钟山书院讲学期间，喜欢上江宁这个六朝古都，感慨兴亡之余，广交朋友。从时间和空间上看，姚鼐与袁枚之间颇多交集，可惜他只从程鱼门的口中听说过袁枚和他的随园。姚鼐的叔父姚范也与袁枚相识，却不见有多少交往的记录。直到乾隆四十八年（1783）袁枚游览黄山，才与姚鼐第一次见面。七年以后姚鼐再去江宁，第一次到访随园，袁枚拿出《随园雅集图》请他题跋，姚鼐欣然命笔，其中一段文字令人感慨万端："夫人与园囿有时变，而图可久存；图终亦必毁，而文字可以不泯。千百年后，必有想见先生风流者。"此番预言何其精准！不过，姚鼐对袁枚诗作的评价似乎不高，曾说："今日诗家大为榛塞，虽通人不能具正见。吾断谓樊榭、简斋皆诗家之恶派。"

《随园诗话》的正编十六卷成书于乾隆五十五年（1790），关于姚鼐这一则写成的时间比较晚，后来被编入《补遗》第一卷，最终成书于嘉庆年间。可见姚鼐的诗最初并未受到袁枚的重视，补遗时方才收录，大概也只为聊备一格。另一位倡导以学为诗、以考据为诗的翁方纲，袁枚更是只收录他的半首七言古诗，这些都成为《诗话》有失偏颇之处。有意思的是，袁枚在这则短文中认为金陵山川散乱，门户难久，他死后半个多世纪，他苦心经营一生的随园便在太平天国的战乱之中被毁，不幸成为他所谓"门户不久"的又一例证。

阁学清贫

丙辰召试①者二百余人,今五十五年矣,存者惟钱箨石②阁学与余两人耳。庚戌五月,相访嘉禾,则已中风,半身不遂;年八十有三,犹能醰醰③清谈。家徒壁立,卖画为生,官至二品,屡掌文衡④,而清贫如此,真古人哉!刻《箨石斋诗集》四十九卷,最后,《题春圃⑤弟〈茶舫图〉》云:"清凉山后阿兄题,大令名看小令齐。三月柳遮江路水,十年人隔夕阳低。"拳拳念旧,盖物稀为贵,理应然也。先生吟诗,多率真任意,有夫子自道⑥之乐。其《村居》云:"村居谁为闭门高?夜雨频添水半篙。杨柳初丝亚文杏⑦,木兰如玉照樱桃。王官谷⑧小云同住,华子冈⑨深犬夜嗥。短杖一枝扶便出,西轩北陌又东皋⑩。"《先人别业》云:"屋于高处非忘世,志欲终焉此读书。"皆有骀宕⑪之致。先生名载,嘉兴人。

【注释】

①丙辰召试：指乾隆元年（1736）御试博学鸿词，袁枚、钱载二人均落第。

②钱箨（tuò）石：钱载，字坤一，秀水（今浙江嘉兴）人，乾隆十七年（1752）进士，官至内阁学士，做过礼部侍郎等，著有《箨石斋诗集》《箨石斋文集》。

③醰（tán）醰：形容滋味醇厚。醰，厚味。

④掌文衡：科举考试的主考官。文衡，借指评定文章高下以取士的权力。

⑤春圃：袁鉴，号春圃，杭州人，袁枚的族弟。乾隆二十二年（1757）进士，翰林编修，做过安徽按察使、江宁布政使等职，擅绘画、收藏。

⑥夫子自道：原本说别人，却正好说着了自己。语出《论语·宪问》："子曰：'君子道者三，我无能焉：仁者不忧，知者不惑，勇者不惧。'子贡曰：'夫子自道也。'"

⑦文杏：银杏树，木质纹理坚密。

⑧王官谷：《新唐书·司空图列传》记载：司空图隐居在中条山的王官谷，造屋筑亭，士人多去投奔以避战乱。

⑨华子冈：《新唐书·王维列传》记载：王维的别墅在辋川，那里有华子冈、竹里馆等好去处。

⑩皋：水边的高地。

⑪骀宕（dài dàng）：安详，舒放。

【赏读】

乾隆五十五年（1790），袁枚路过秀水时拜访了钱载先生。半身不遂的钱载由两个婢女抬着出来见客。几年之后，袁枚得到钱载离世的消息，写下两首《哭钱箨石先生》。

钱载的年纪比袁枚大，乾隆元年（1736）被举荐博学鸿词科，结果和袁枚一样落榜。除此之外，彼此的经历中再没有交集，也没有诗文的交往，袁枚和他扯上关系是挺勉强的。袁枚清楚这一点，只因为当年参试的二百多人如今凋零殆尽，"拳拳念旧，盖物稀为贵，理应然也"。

钱载乾隆十七年（1752）考中进士，已经年过四十，属于大器晚成，以后授翰林编修，做过内阁学士、山东学政兼礼部侍郎等，仕途要比袁枚顺畅得多。钱载曾经担任广西、江南等地乡试的主考官，门生故吏遍布天下，积累了广泛的人脉，只要稍加利用，有形与无形的收益相当丰厚。但钱载为官清廉，晚年家境清贫，需要卖画为生，最后死在乾隆五十八年（1793），时年八十六岁。从经营生活的角度看，袁枚比他更为成功。

一般认为，钱载是清代秀水诗派的领袖。秀水派学养深厚，兼学唐宋，精雕细琢。钱载的诗朴厚精深，清峭幽远。如此地位如此诗艺,《随园诗话》中只简单收录他的两首诗作,其中一首还是与袁氏兄弟相关的应酬之作,袁枚淡淡地评论其"率真任意,有夫子自道之乐……皆有骀宕之致"。几乎就是一笔带过,由此也可看出,一贯倡导性灵的袁枚并不认同钱载的诗艺与风格。欣赏总是相互对应的,钱载苦心孤诣锤炼诗句,或许对袁枚这样的文坛风云人物也不以为然。

为莫愁湖破例

　　康节先生①有"三不出"之戒,谓风不出,雨不出,大寒暑不出也。余七十后,惟暑不出,过中秋裁出,此定例也。今年八月八日,太守松云李公②新修莫愁湖③成,招余往饮,且云:"能为莫愁破例否?"余答云:"老僧入定④,闻钗钏声便要破戒,况莫愁乎?"即往赴之。适王顾亭⑤太守见访,不值,追至湖上,口号⑥以赠云:"似镜湖光一叶横,白头遥认是先生。卢家尚具神通力,竟把闲云⑦引出城。"

【注释】

　　①康节先生:邵雍,字尧夫,北宋名士,死后赐谥康节。

　　②李公:李尧栋,字松云,翰林编修。担任江宁知府时,捐资修葺莫愁湖。

　　③莫愁湖:在古江宁府以西,三山门之外,相传有妓女卢莫愁在此居住,因而得名。下文的诗句"卢家尚具神通

力",也是本于此传说。

④入定:佛教用语,人的心念专注于一境。

⑤王顾亭:做过新安太守。

⑥口号:这里指随口吟成的诗句。

⑦闲云:悠然飘浮之云,这里比喻闲散隐居之人。

【赏读】

年过七十之后,每年的酷暑时节袁枚便闭门不出。某一年的八月初八日,江宁太守李松云邀请他喝酒,以庆贺修整莫愁湖的工程大功告成。八月的江宁暑热难耐,袁枚这一次决定为了莫愁湖破例,冒着酷暑前去赴宴。

随园所在的小仓山在江宁的西北面,莫愁湖则在西南。明朝时的江宁也就是南京城的西面有一座三山门,莫愁湖就在城门之外。明朝初期,莫愁湖一带被封给中山王徐达,直到明朝末期,这里还有魏国公徐家的园宅。

关于"莫愁湖"一名的来历有多种说法。《旧唐书·乐志》中说,古代竟陵有石城,有个女子名叫莫愁,善歌谣,因此而有《莫愁乐》:"莫愁在何处?莫愁石城西。艇子打两桨,催送莫愁来。"后来人们把竟陵与金陵、石城与石头城相混淆,湖北的莫愁成为南京的莫愁。还有一种看法,莫愁其实是隐逸世外的男子,还有他的石像流传下来,"衣冠甚古"。袁枚就引用过这种说法。当然,最广泛流传的一种说法是：有一位名叫卢莫愁的妓女在湖边居住过，莫愁湖因此得名。袁枚初到江宁做官时写过一首《莫愁湖》："澹澹春山小小舟，一湖水气湿妆楼。六朝南北风流甚，天子无愁妓莫愁。"袁枚也认同这个传说。

李松云重修莫愁湖，湖畔筑楼、植树、种花，气象一新。为了给这项工程造势，宣扬自己的功绩，李松云作诗二十首，获得热烈的响应，许多人写诗应和。李松云拿给袁枚看，同时请他和诗。袁枚应命而作《和李松云太守重修莫愁诗》十余首，其中有："老我来游五十秋，袁丝当日也风流。而今照水头成雪，到此教人愁不愁？"距离袁枚初游莫愁湖已经过去五十年，单单这一段悠悠岁月，便值得老迈的袁枚为莫愁湖而破戒，冒着酷暑出行，一睹其新容。

饭

王莽云:"盐者,百肴之将①。"余则曰:"饭者,百味之本。"《诗》称:"释之溲溲,蒸之浮浮②。"是古人亦吃蒸饭。然终嫌米汁不在饭中。善煮饭者,虽煮如蒸,依旧颗粒分明,入口软糯。其诀有四:一要米好,或"香稻",或"冬霜",或"晚米",或"观音籼③",或"桃花籼",春之极熟④,霉天⑤风摊播之,不使惹霉发疹。一要善淘,淘米时不惜工夫,用手揉擦,使水从箩中淋出,竟成清水,无复米色。一要用火先武后文,闷起得宜。一要相米放水,不多不少,燥湿得宜。往往见富贵人家,讲菜不讲饭,逐末忘本,真为可笑。余不喜汤浇饭,恶失饭之本味故也。汤果佳,宁一口吃汤,一口吃饭,分前后食之,方两全其美。不得已,则用茶、用开水淘之,犹不夺饭之正味。饭之甘,在百味之上,知味者,遇好饭不必用菜。

【注释】

①百肴之将:盐在所有食物中最为重要。《汉书·食货志》:"(王)莽知民苦之,复下诏曰:'夫盐,食肴之将;酒,百药之长,嘉会之好。'"

②释之溲(sōu)溲,蒸之浮浮:淘米蒸饭。释,淘米。溲溲,形容淘米声。浮浮,蒸,也写作"烰烰"。

③籼(xiān):一种南方稻米,少黏性,口感干而硬。

④舂(chōng)之极熟:捶捣稻谷以脱净皮壳。

⑤霉天:梅雨季节。

【赏读】

饭为百福之基,百味之本。要成就一碗好米饭,袁枚在这里总结了四个要点:要有好品种的稻米,要妥善晾晒、加工、保存,淘煮之时要细致得法,火候要恰当。为了一本《随园食单》,袁枚必定做了许多功课,向厨子请教,或者亲自走到灶间去,忍受烟熏油炝,仔细观察。袁枚在随园附近拥有大量田地,在滁州也有田产,对于稻米的生产有一些实际的经验,在这些方面并不是纸上谈兵。

真正能体现袁枚个性的是最后部分的文字。袁枚非常重视主食,将其地位上升到哲学高度,"粥饭本也,余菜末也。本立而道生"。又说:"饭之甘,在百味之上,知味者，遇好饭不必用菜。"为了保全米饭的正味，他可以忍受开水或者茶水淘饭，但不喜欢汤浇饭，"宁一口吃汤，一口吃饭，分前后食之，方两全其美"。担心汤饭混合会破坏米饭的本味。粥也是一样，袁枚认为所谓的鸭粥、八宝粥，一个是在米中混入了荤腥，一个是在米中加入了果品，都破坏了米的正味。至于夏天喝的绿豆粥，冬天喝的黍米粥则不妨，因为是"以五谷入五谷，尚属不妨"。

　　袁枚谈论米饭之甘香，谈得津津有味，对于食物的热爱跃然纸上。他是一个食欲旺盛之人，但总是在消化系统出问题，否则他的寿命可能更长。

山西汾酒

既吃烧酒,以狠①为佳。汾酒乃烧酒之至狠者。余谓烧酒者,人中之光棍,县中之酷吏也。打擂台,非光棍不可;除盗贼,非酷吏不可;驱风寒、消积滞,非烧酒不可。汾酒之下,山东膏粱②烧次之,能藏至十年,则酒色变绿,上口转甜,亦犹光棍做久便无火气,殊可交也。尝见童二树家泡烧酒十斤,用枸杞四两、苍术③二两、巴戟天④一两,布扎一月,开瓮甚香。如吃猪头、羊尾、"跳神肉⑤"之类,非烧酒不可。亦各有所宜也。

【注释】

①狠:此指辣烈。

②膏粱:肥美的食物。膏,肥肉。粱,通"梁"。

③苍术:多年生草本植物,根茎可入药,健脾明目。

④巴戟天:又称巴棘、不凋草等,多年生草本植物,根茎可入药,有补肾壮本功效。

⑤跳神肉：又称祭神肉，白水煮猪肉片，满洲人的传统食物，祭神之后与尊贵的客人分享。

【赏读】

袁枚不喜欢喝酒，反而能够站在局外人的角度，对各地的名酒做出客观的评价，"余性不近酒，故律酒过严，转能深知酒味"。《随园食单》里专门有"茶酒单"，所费笔墨，酒多于茶。其中提到的酒有常州兰陵酒、宜兴蜀山酒、无锡酒、溧阳乌饭酒、苏州陈三白酒、金华酒、四川郫筒酒、湖州南浔酒、绍兴酒、金坛于酒、德州卢酒等，从产地来看大部分为江浙酒。

袁枚在此文中提到的汾酒和膏粱酒，一个产于山西，一个产于直隶、山东，是清朝时最有代表性的白酒。山西汾酒属于蒸馏酒，滋味浓烈，可以消滞驱寒，袁枚把它比为光棍和酷吏，颇为形象。与其相对应的是绍兴酒，属于黄酒，历史悠久，是酿造酒，酒性温和，"绍兴酒如清官廉吏，不参一毫假，而其味方真。又如名士耆英，长留人间，阅尽世故，而其质愈厚"。

《随园食单》中关于酒的篇幅很短，却反复强调酒的存放时间，强调一个"陈"字。时间是所有好酒的朋友，烧酒经过长期存放，火气消退，口感会转向绵柔。保存八年的常州兰陵酒会有琥珀之光。绍兴酒也是一样，"不过五年者不可饮"。湖州南浔酒"亦以过三年者为佳"。不喜喝酒的袁枚曾经喝下十六杯溧阳乌饭酒,仍然不忍罢手,只因为"其味甘鲜,口不能言其妙"。这种酒像今天的女儿红一样,通常是在女儿出生时造酒并贮藏起来,一直要等到女儿出嫁时再喝,保存时间长达十五六年,"质能胶口,香闻室外"。另一次是乾隆三十年(1765),袁枚在苏州喝过保存十余年的陈三白,接连喝下十四杯,"酒味鲜美,上口粘唇,在杯满而不溢"。

烈辣的烧酒适合与浓味厚腻的食物配合,这里袁枚提到了跳神肉,在《随园食单》中也称为白肉片,是清朝满洲人的特色菜肴。喝汾酒、吃白肉片,听着就很痛快。

戒目食

何谓目食?目食者,贪多之谓也。今人慕"食前方丈①"之名,多盘叠碗,是以目食,非口食也。不知名手写字,多则必有败笔;名人作诗,烦②则必有累句③。极名厨之心力,一日之中,所作好菜不过四五味耳,尚难拿准,况拉杂横陈乎?就使帮助多人,亦各有意见,全无纪律,愈多愈坏。余尝过一商家,上菜三撤席,点心十六道,共算食品将至四十余种。主人自觉欣欣得意,而我散席还家,仍煮粥充饥。可想见其席之丰而不洁矣。南朝孔琳之④曰:"今人好用多品,适口之外,皆为悦目之资。"余以为肴馔横陈,熏蒸腥秽,口亦无可悦也。

【注释】

①食前方丈:吃饭时面前摆列的食物多达一丈见方。《孟子·尽心》:"食前方丈,侍妾数百人,我得志,弗为也。"

②烦：通"繁"，众多。
③累句：有瑕疵的词句。
④孔琳之：字彦琳，会稽郡山阴（今浙江绍兴）人，东晋名士，南朝宋时做过御史中丞等，精于书法。

【赏读】

《随园食单》中梳理一些饮食方面的原则，归纳出"须知单""戒单"，这一篇"戒目食"便是戒单中的一条。

东晋时期，名士孔琳之批判当时流行的饮宴奢靡风气："所甘不过一味，而陈必方丈，适口之外，皆为悦目之费。"孔琳之指出了一个千古不变的事实：许多宴会的目的不是饱啖食物以满足口腹之欲，而是追求排场和气派，营造出一种隆重的仪式感，借此展示主人的富贵和尊崇地位，或者向就餐的宾客表达友情和诚意。

到了唐代，宫廷御宴中有了"饤坐"，或者写作"钉坐"，意思是"钉而不食者"，摆在那里只看不吃，内容一般是珍奇的水果、药材等。由此演化出来看食，从《梦粱录》的记载来看，宋代的皇家宴会上就有看食、看菜等名目。宴会过程中，这些看食、看菜被端上来又原样端下去，大家真正动筷子的菜肴其实只有很少的几样。

袁枚这里说的"目食"有所不同，是真正的碗盘堆叠、肴馔横陈，都是可食用的菜肴。在"戒落套"一则中，袁枚对这类情形说得更具体："今官场之菜，名号有'十六碟、八簋、四点心'之称，有'满、汉席'之称，有八小吃之称，有十大菜之称，种种俗名，皆恶厨陋习。"在一般人看来，开筵请客，"必须盘碗参差，整散杂进，方有名贵之气象"。其中可口的菜肴并不多。如此做派，庸俗无聊，尤其是在食物匮乏的年代，这样暴殄天物简直就是罪过。

袁枚是讲究饮食的美食家，真正在意的是食物的精洁、适口与独特，目食、看食的排场在他这里费力不讨好。

戒火锅

冬日宴客,惯用火锅,对客喧腾,已属可厌;且各菜之味,有一定火候,宜文宜武①,宜撤宜添,瞬息难差。今一例以火逼之,其味尚可问哉?近人用烧酒代炭,以为得计②,而不知物经多滚③总能变味。或问:菜冷奈何?曰:以起锅滚热之菜,不使客登时食尽,而尚能留之以至于冷,则其味之恶劣可知矣。

【注释】

①武:急,猛烈。

②得计:恰当,计策成功。

③滚:汤水沸腾。

【赏读】

袁枚讨厌火锅,认为它有两大缺点:一是对客喧腾,二是不讲火候。所谓对客喧腾,换种说法就是热闹。许多人偏偏最喜欢这一点——朋友聚到一起吃火锅,大快朵颐固然畅快，相处时的热烈气氛更为重要。吃火锅的过程中需要食客自己动手，大家不必正襟危坐，一起忙碌之后更容易进入无拘无束的状态，交流的效果颇佳。

身为挑剔的美食家，袁枚最耿耿于怀的是火锅不讲火候，胡煮乱炖。各种食材的性质不同，有的喜欢武火猛烧，入锅即起，有的只能文火慢炖。把它们放在一起同煮，耐火的食材尚且半生不熟，其他的早已经糜烂如泥。所以袁枚说："今见俗厨，动以鸡、鸭、猪、鹅一汤同滚，遂令千手雷同，味同嚼蜡。"他很忌讳食材上的混搭，"一物有一物之味，不可混而同之"。不相匹配的味道混在一起，一塌糊涂。因此袁枚在《随园食单》中专门提出"戒混浊"一条："同一汤也，望去非黑非白，如缸中搅浑之水。同一卤也，食之不清不腻，如染缸倒出之浆。此种色味令人难耐。"

故此，袁枚把火锅排除出美食之列，与其相关的食物《随园食单》中只提到一处，材料是野鸡："生片其肉，入火锅中，登时便吃，亦一法也。其弊在肉嫩则味不入，味入则肉又老。"这应该是涮肉的吃法，野鸡肉片入锅一涮便吃，避开了袁枚所批评的"不讲火候"一条。要避免过嫩、过老，最关键的一点是肉片尽量切得薄一些。肉薄而汤沸，火候的拿捏就完全掌握在食客自己手里了，涮肉时间太短则味寡，时间太长则肉老。一句话，到嘴的肉片好吃不好吃，你自己说了算。

燕窝

燕窝贵物，原不轻用。如用之，每碗必须二两，先用天泉①滚水泡之，将银针挑去黑丝。用嫩鸡汤、好火腿汤、新蘑菇三样汤滚之，看燕窝变成玉色为度。此物至清，不可以油腻杂之；此物至文②，不可以武物③串之。今人用肉丝、鸡丝杂之，是吃鸡丝、肉丝，非吃燕窝也。且徒务其名，往往以三钱生燕窝盖碗面，如白发数茎，使客一撩不见，空剩粗物满碗。真乞儿卖富，反露贫相。不得已则蘑菇丝、笋尖丝、鲫鱼肚、野鸡嫩片尚可用也。余到粤东，杨明府④冬瓜燕窝甚佳，以柔配柔，以清入清，重用鸡汁、蘑菇汁而已。燕窝皆作玉色，不纯白也。或打作团，或敲成面，俱属穿凿⑤。

【注释】

①天泉：指雨水。《长物志》中说："秋水白而洌，梅水白而甘，春冬二水，春胜于冬。"

②文：此指滋味清淡。
③武物：此指滋味浓重的食材。
④杨明府：应指高要县令杨国霖，字兰坡。
⑤穿凿：勉强联系，牵强的解释。

【赏读】

袁枚出游粤东是在乾隆四十九年（1784），文中提到的杨县令名叫杨国霖，四月十六日在端州的晚香堂为袁枚举行宴会，菜品丰富，请袁枚品鉴。席间最让袁枚念念不忘的是一道冬瓜燕窝。

清朝人推重燕窝，以燕窝为主菜的筵席是把燕窝盛于大碗之中，称为燕窝席或者燕菜席，地位仅次于烧烤席。袁枚在《随园食单》中提到一次宴会，主人要向大家夸富，"大碗如缸，白煮燕窝四两，丝毫无味"，袁枚嘲笑主人说："我辈来吃燕窝，非来贩燕窝也。"那位主人摆的是正宗的燕窝席，用料毫不吝惜，可惜滋味欠缺，被嘲笑贩卖燕窝，有些冤屈。

燕窝本身没有滋味，对此袁枚有一种颇为经典的说法："鸡、猪、鱼、鸭豪杰之士也，各有本味，自成一家；海参、燕窝庸陋之人也，全无性情，寄人篱下。"燕窝需要从辅料那里借味。可借滋味的材料，袁枚提到了嫩鸡汤、好火腿汤、新蘑菇汤，分别加了嫩、好、新三个限定词。袁枚认为,燕窝是至清至文之物,烹饪时不可太油腻,不可与厚味之物相伴。他最后提到在粤东杨县令那里吃的燕窝配冬瓜,是用鸡汁、蘑菇汁调味,以柔配柔,相当不错。

梁章钜在《浪迹丛谈》中认为袁枚的说法不可信,"冬瓜无本性,亦无本味,不得谓之以柔配柔,以清配清。近人更以鸽蛋围其碗边,亦取柔配柔、清配清之意,皆于真味不加毫末,更无谓矣"!此外,梁章钜对于"每碗必须二两"的说法也不以为然,"今京师好厨子包办酒席,惟格外取好燕窝一两,重用鸡汤、火腿汤、磨菰汤三种瀹之,不必再搀他作料,自然名贵无已,即再加数钱以见丰盛,断无须加至二两"。梁章钜是福建人,年纪比袁枚小得多,在北京、湖北、山东、江苏、江西、甘肃、广西等地做过官,最高做到两江总督。他的阅历要比袁枚丰富,同样也是著作家和美食家,两个人关于燕窝的不同说法,我们不妨参照来看。

玩古者说

人老而尊，物古而玩，宜也。人寿不如物，而以物之寿者为娱，人之情也。罂卢澡盘①，古而粗者也，不妙于目。山河日月，古而虚者也，不私于我。于是求之玉，于铜，于瓷，于砚，于琴，于竹漆，于纸墨，于书画，此必至之势也，非好事者之为也。

或曰：是非圣人之道欤？余曰：不然。鲁榶②、卫柯③、夏璜④、殷琥⑤、封父⑥之繁弱⑦、锺叔之离磬⑧，此见于三代⑨前者也。任后争罍尊⑩，栾大⑪辨齐器，窦宪取仲山父鼎⑫，此见于三代后者也。古物之兴，由来尚矣。

然则物古皆足玩欤？曰：亦非也。未古贵真，已古贵精。有古玉焉，其得于天者如截肪⑬，成于良工者如切泥，然后开其渠眉⑭，砮以磓诸⑮，而又不渫⑯于壤，不焊⑰于火，不啮于锄铫⑱，不攫揳⑲于后起者之锥刀，然后赪耀⑳其精，朴属其形㉑，称至宝矣。犹人有绝德隽才，长于朱门，遇于圣明，推排㉒于世故而又不为葽菲㉓之所伤，然后器成而品尊，非徒以齿尚㉔也。其他物例是。

今訾甂㉕之人，率弄古物为娱，靳拳胶目㉖，绝欲得之。然而或宝康瓠㉗，或钦燕石㉘，龀宨行滥㉙，齞然㉚自以为信矣。及至眣㉛于知音，斥于内府㉜，奇赏不得，偻㉝售不可。乃不速映㉞其目，丑㉟其手，而反相与凭怒啐诟㊱，以为世物无古也。古物闻之笑，识古者闻之悲。

【注释】

①罌卢澡盘：粗糙的器物。罌，大腹小口的酒器。卢，饭器、盛火器。澡盘，盥洗用具。

②榶（táng）：碗。

③柯：碗、盂之类的器物。《荀子》："故鲁人以榶，卫人用柯，齐人用一革。"

④璜（huáng）：半璧形状的玉器。

⑤琥（hǔ）：祭神用的虎形玉器。

⑥封父：古代诸侯国名，在河南境内。

⑦繁弱：传说中的良弓。

⑧锺叔之离磬（qìng）：此说法似有误。《礼记》曰："垂之和钟，叔之离磬。"离磬，编组的石磬。离，参差悬缀。磬，同"磬"，玉制或石制的打击乐器。

⑨三代：指夏、商、周三个朝代。

⑩任后争罍尊：西汉梁孝王刘武有一个罍尊，价值千金，叮嘱后代珍藏，不得予人。他的孙子刘襄非常宠爱王后任氏，任后想得到罍尊，刘襄直接赐给她。

⑪栾大：曾为胶东王官中的尚方令，自称通神术，被汉武帝封为五利将军，后被处死。

⑫窦宪取仲山父鼎：汉和帝时期，车骑将军窦宪率军出塞，大败匈奴北单于。南单于献出一只古鼎，上有铭文"仲山甫鼎，其万年子子孙孙永保用"。

⑬截肪：切断的脂肪。

⑭渠眉：古玉上的雕纹。凹为渠，隆为眉。

⑮砻（lóng）以礛（jiān）诸：用砺石磨制。砻，磨石。礛诸，加工玉器的砺石。

⑯渫（xiè）：为泥所污。

⑰烀（chǎn）：烧。

⑱铫（yáo）：大锄。

⑲攗挈（miè xié）：做事不方正。

⑳赩（xì）耀：赤红闪耀。

㉑朴属其形：器形古朴。属，倾注，连接。

㉒推排：排斥，排挤。

㉓萋菲：花纹错杂貌。比喻谗言。

㉔徒以齿尚：仅仅因为年代久远而被推重。尚，上，夸耀，喜欢。

㉕訾蔿（wèi）：是非不分。訾，毁谤，厌恶。蔿，欺

诈,伪。

㉖靳拳胶目:束住手,蒙住眼。《吕氏春秋》有"鞫其拳,胶其目"。鞫其拳,以革囊其手。胶目,蒙住眼睛。

㉗𤬪瓠(hù):空瓦壶。

㉘燕石:燕山特有的一种似玉的石头。

㉙啙窳(zǐ yǔ)行滥:劣质假货。啙窳,懒而弱。行滥,不牢不真。

㉚齺(zōu)然:咬牙,牙齿上下相向之貌。齺,齿相逆也。

㉛眲(nè):鄙视。

㉜内府:皇家仓库,清朝时也指内务府。

㉝偻(lǚ):迅速,快速。

㉞眣:眨眼。

㉟丑:惭愧,厌恶。

㊱凭怒啐诟:盛怒唾骂。凭怒,盛怒。

【赏读】

袁枚三十几岁离开官场,读书写作的同时大力构建随园,身边置有十几位姬妾,生活优渥,优哉游哉。一个显见的疑问是:维持这样的生活需要相当的财力,袁枚出身于清贫之家,他的钱财从何而来?袁枚自己的解释是,一部分来自写作的润笔,成名之后为人作序、作传,撰写墓志:"除清俸盈余外,卖文润笔,竟有一篇墓志送至千金者。"刊刻诗文著作出售也获利不少。卖文、卖书之外,另一条生财之路就是文玩古董的交易。袁枚是这方面的行家里手,相关的诗文却不多,《玩古者说》是最重要的一篇。

文章首先明确三点:第一,什么样的器物才是真正有价值的古玩。第二,收藏古玩是历史悠久之风尚。第三,具体到古玉这一个门类,如何判断一块古玉具有收藏的价值。最后袁枚认为,有价值的古玩数量稀少,许多玩家囿于学识与眼力,收藏赝品与劣品,可笑又可悯。

袁枚的说法相当专业,说明他精于此道,借此而获利就是顺理成章的事了。袁枚在《惜玉诗》序中提到,他在陕西卖掉一部分古玉件,获利丰厚。因为地域的差别,收藏品的价格在不同地区相差悬殊。这恐怕也是袁枚经常外出的重要原因。当然,也有收藏品难以出手的时候,比如在写给汪大榴的一封信中,袁枚说:"汉玉二件存尊处,希得一总出脱为佳。尚有托售书画数种,容当续寄。"袁枚最重要的收藏品是书画、文玩,在写给两个儿子的遗嘱中,袁枚为兄弟二人分割财物,有一类物品没有分割,"其他书画、图章、法帖,恐我尚有出陈易新之事,俱不载分单内,待将来立簿分拈"。出陈易新就是书画交易,人生的最后阶段还惦记着这件事,可见它的重要性。也说明袁枚的生活需要花费许多心思去经营,并不像看起来那般云淡风轻。

黄生借书说

黄生允修借书。随园主人授以书，而告之曰：

书非借不能读也。子不闻藏书者乎？《七略》《四库》①，天子之书，然天子读书者有几？汗牛塞屋，富贵家之书，然富贵人读书者有几？其他祖父积、子孙弃者无论焉。非独书为然，天下物皆然。非夫人之物而强假焉，必虑人逼取，而惴惴焉摩玩之不已，曰："今日存，明日去，吾不得而见之矣。"若业为吾所有，必高束焉，庋藏焉，曰"姑俟异日观"云尔。

余幼好书，家贫难致。有张氏藏书甚富，往借不与，归而形诸梦。其切如是。故有所览辄省记。通籍②后，俸去书来，落落大满，素蟫③灰丝，时蒙卷轴。然后叹借者之用心专，而少时之岁月为可惜也。

今黄生贫类予，其借书亦类予。惟予之公书与张氏之吝书若不相类。然则予固不幸而遇张乎？生固幸而遇予乎？知幸与不幸，则其读书也必专，而其归书也必速。为一说，使与书俱。

【注释】

①《七略》《四库》:《七略》,西汉刘向、刘歆父子主持编撰的中国最早的官修目录。《四库》,《四库全书》,清朝乾隆年间编纂的中国古代规模最大丛书,分经、史、子、集四部。

②通籍:考中进士,获得官职。

③蟫(yín):一种喜食纸张的蠹虫,体长而扁,体表有银灰色细鳞,也叫白鱼。

【赏读】

袁枚开宗明义,提出那个著名的论点:"书非借不能读也。"他认为许多图书的拥有者并不读书,而借阅者时刻担心失去图书,反而会抓紧时间阅读。说到底,借阅者的心中存在着失去的焦虑,被动地积极阅读。一旦拥有了图书,反而失去了阅读的紧迫感。

古代图书属于稀缺资源,借书一直是比较热门和有趣的话题,就像现在人们喜欢讨论借钱一样。梳理关于借书的论点,大概可以归为两种,即不借和有条件地借。不借的理由很多:图书的搜集在时间和金钱上花费巨大,借出的图书可能被遗失或者污损,也会有故意借书不还者,追讨图书的过程很不愉快等。持有这种立场的代表人物是魏晋时期的大学者杜预，他曾经叮嘱自己的儿子："书勿借人。"另一观点是：书籍可以出借，但不能轻易出借。清初学者魏裔介写过一篇《借书说》，如果对方是为了求学、问道而借书，而且属于下列三种朋友，就可以出借，即性命之友、经济之友和文章之友。不过，往往是这类朋友借书容易引起麻烦。

袁枚的态度也是有条件出借图书，对于出借者和借阅者都有好处，可以促进阅读，而阅读才是图书存在的最根本的意义。袁枚写作此文，其实也是在委婉地提醒借书者黄允修：一定要记得归还。乾隆年间盛行考据之学，有一段时间黄允修很想转向考据，袁枚写信提醒他："考据之功，非书不可。"而他是个贫士，无力购尽天下之书，注定难有所成。完全指望着借书来做考据，更不现实，"所谓贩鼠卖蛙，难以成家者也"。袁枚慷慨借书而且热心指教，让黄允修非常感激，可惜他来不及有所成就，便死在陕西，遗言叮嘱家人："必葬我于随园之侧。"又留下一联："生执一经为弟子，死营孤冢傍先生。"

"书非借不能读也"，袁枚随意写出的这句话，准确道出世代读书者的通病，也成为一句经典。古代诗文汗牛充栋，难以计数，要写出有新意的文字，难度极大。袁枚就曾经感叹："眼前欲说之语，往往被人先说。"这是一个挑剔的表达者才有的困惑，也显出袁枚的坦诚。

牡丹说

冬月，山之叟担一牡丹，高可隐人，枝柯鄂韡①，蕊丛丛以百数。主人异目视之，为捐重资。虑他处无足当是花者，庭之正中，旧有数本，移其位让焉。幂②锦张烛，客来指以自负。亡何花开，薄若蝉翼，较前大不如。怒而移之山，再移之墙，立枯死。主人惭其故花，且嫌庭之空也，归其原，数日亦死。

客过而尤之曰："子不见夫善相花者乎？宜山者山，宜庭者庭。迁而移之，在冬非春。故人与花常两全也。子既貌取以为良，一不当，暴摧折之，移其非时，花之怨以死也，诚宜。夫天下之荆棘藜刺，下牡丹百倍者，子不能尽怒而迁之也。牡丹之来也，未尝自言曰：'宜重吾价，宜置吾庭，宜黜汝旧，以让吾新。'一月之间，忽予忽夺，皆子一人之为。不自怒而怒花，过矣！庭之故花未必果奇，子之仍复其处，以其犹奇于新也。当其时，新者虽来，旧者不让，较其开孰胜而后移焉，则俱不死。就移焉，而不急复故花之位，则其一死，其一不死。子啞啞焉，物性之不知，土宜之不辨，喜而左之，怒而右之。主人之喜怒无常，花之性命尽矣！然则子之病，病乎其已尊而物贱也，性果而识暗也，自恃而不谋诸人也。他日子之庭，其无花哉！"

主人不能答，请具砚削牍③，记之以自警焉。

【注释】

①鄂韡（wěi）：鄂，通"萼"，花托。韡，光明盛大。
②幂：覆盖，遮盖。
③削牍：古代在竹木简上书写，如有错误就用刀削去笔迹。

【赏读】

这是一篇典型的说体文。古人作文喜欢以草木自譬，屈原的《橘颂》中说："受命不迁，生南国兮。深固难徙，更壹志兮。"暗喻自己的志节如同南方之橘，不可轻易移徙改变。北宋理学家周敦颐的《爱莲说》语言优美简洁，以莲花自况，君子如莲，出淤泥而不染，坚贞不可亵玩。

《牡丹说》也是如此。庭园主人得到一株奇异的牡丹，把它隆重移植到最醒目的地方，极力向人夸耀，原本养在这里的普通牡丹被移到墙边。花开之时，花朵令人失望，沮丧的主人立刻把它移到角落里，重新移回原来的牡丹，结果所有牡丹全部枯死。一位客人指出主人一错再错，尊己而贱物，性果而识暗，说白了就是妄自尊大，不识花性。

这位莽撞主人的失败大概源于袁枚自己的养花经验。随园之中地面空阔，需要大量的花木来充实。袁枚读书吟诗之余，就是整治他的随园，栽种花木，种得最多的是梅、竹、桂，当然也种牡丹。他还写下不少栽树诗，比如《栽树自嘲》："七十犹栽树，旁人莫笑痴。古来虽有死，好在不先知。"这中间有许多失败的不愉快，也遇到过意外的小欢喜——袁枚曾经从砍柴翁那里买来桂花树，要价极为低廉，随便栽种在园中，结果香冠群花。袁枚写下一首《得桂叹》："伤心天下桂，何必尽遭逢！"

说体文的重点是譬喻和说理，"说者，解说其义"。这种文体的历史非常悠久，有许多大家手笔。袁枚重视古文，自然要有所表现。他从移植牡丹失败说开去，批评当道者自大而不识才，隐约也有一些怀才不遇的感叹。

乾隆五十九年二月十二日日记

早起写复李文起①一札。伊司马②差人来请看梅，席设于准提庵，先送程仪③一封。轿来出门到吟香家，水村④先在彼相候。其弟令香亦出相见，并命一子一孙皆出见。子七岁，吟香之孙八岁，貌皆清。有顷，伊司马来，同吃早饭，菜中平而谈甚畅。命霞裳听伊公说福中堂⑤、和大空⑥事，略写之以备诗中采用。

饭后坐红船，与伊公、尤公二公同船，谈至准提庵上岸。庵中屋宇无多，佛殿前便是大梅一株，半枯半荣，花开已是十分，落英满地。对花起一平台，广二厦。左有小院，绿梅二枝初放。分两席坐，遍挂明灯，高下照耀，当花对酒，菜亦略佳。谈至二鼓，水村即席赋诗，吟香命家僮放洋灯毕，复同至舟中，共谈良久而别。回至江头，雨渐大矣。席中吃小橘无核，怀数头而归。

【注释】

①李文起：字郁瞻，广东归善县（今惠州市惠阳区）人，乾隆二十五年（1760）进士，做过汾阳等多地县令。

②伊司马：伊汤安，字小尹，满洲正白旗人，乾隆年间举人。

③程仪：送给旅行者的礼金，以供路上花销。

④水村：画家尤荫。

⑤福中堂：福康安，字瑶林，满洲镶黄旗人，做过兵部尚书、两广总督、武英殿大学士等。中堂，宰相或者内阁大学士。

⑥和大空：和琳，和珅的弟弟，字希斋，满洲正红旗人，做过兵部侍郎、工部尚书、镶白旗汉军都统、四川总督等。

【赏读】

这则日记写于乾隆五十九年（1794）二月十二日，地点是仪征。这一年袁枚七十九岁。清朝的风俗，老人岁数逢九、逢十之年，亲朋会向其祝寿。一些讲究的老人在寿辰将至之时，选择外出躲避这段应酬，不给别人添麻烦，也忌讳太过张扬而折寿，称为避寿。袁枚的生日是三月初二，这一年的二月初就早早离家，既是避寿，也是应朋友之约前往杭州，准备三游天台。袁枚最喜欢乘船出游，可以免去颠簸之苦，又不耽误读书、吟诗、下棋，这次也是一样。弟子刘霞裳一同前往，陪他下棋，闲聊解闷。途中他们收到福康安、和琳、孙士毅、惠龄等人从西南前线寄来的书信和诗文。

仪征是他们离开南京之后的第一站。这一天是伊汤安邀请袁枚到准提庵喝酒赏梅，由仪征本地画家尤荫和吟香、令香兄弟陪同。大概袁枚对大家提起福康安、和琳等人的信与诗，伊汤安是满洲人，讲了一些福康安、和琳的故事，刘霞裳充当袁枚的秘书，认真记录下这些闲聊，"略写之以备诗中采用"。袁枚要应和各位大人的诗，这些故事兴许有用。也因为这些来往，袁枚在《随园诗话》中大书特书自己与福康安、和琳、孙士毅等人的交往。

简短的一则日记，写出来袁枚的两点嗜好：一是梅花，一是吃。准提庵中的一株老梅已经半枯，另外两株绿梅刚刚开放。袁枚真是梅痴，每到一地必要寻梅、观梅。这一天的两餐饭，袁枚的评价分别是吟香家的"菜中平"，准提庵的"菜亦略佳"。能得到这位美食家如此评价，也不容易。最见袁枚吃货本色的是最后一笔，准提庵的无核小橘很好吃，袁枚连吃带拿，"怀数头而归"。

乾隆六十年闰二月二十六日日记

入城先见王西林①，后见抚台②，吃饭而出，觉其精神大减，奈何！拜吴县未值，拜李太守未值，见方太守，见霞裳。随往书院拜辛楣③先生，蒙赐寿诗，甚佳。拜姚秋槎④，正值赴杭，将往云南矣，幸得相见。在其家修书与李晓园⑤观察，同往见憨文园，潘冷香之女也，冒充随园女弟子，而未见面。品貌皆三等，而尊贤好名之心，殊属殷勤。据云其母，河库道⑥潘本智⑦之孙女也。霞裳曹夫人貌果佳，九分不足，六分有余，脸盘长得最好看，眉目清秀。余戏云："认我作干爹。"而即行下拜，其聪明可想矣。眼嫌略大，秀而有威，霞裳必怕无疑也。我当以一等之礼赠之。所以只算六七分者，肌肤非玉屑，手爪欠青葱耳。

臬台⑧送席，卢湘槎送碧玉如意⑨。

瞿中泌⑩，号邺亭。借又恺⑪一炉、灯、白鲞⑫、镜、纱灯、宜兴杂器、绫布、锦、兔、酱油。

【注释】

①王西林：王汝翰，苏州诗人。

②抚台：巡抚。

③辛楣：钱大昕，字晓征，号辛楣，江苏嘉定（今属上海）人，乾隆十九年（1754）进士，官至詹事府少詹事，著述丰富。

④姚秋槎：姚兴洁，号秋槎居士，安徽桐城人。

⑤李晓园：李亨特，字晓园，汉军正蓝旗人，乾隆年间曾历任绍兴知府、杭州知府。

⑥河库道：清朝雍正年间设立的管理机构，驻地在清江浦，负责江南的河务钱粮的收支。

⑦潘本智：贡生，浙江钱塘人，做过阳湖县令等职。

⑧臬台：按察使。

⑨如意：器物名，长一尺到两尺，一端为灵芝或云叶形，曲柄，材质多为骨、玉、金、竹等。可供赏玩，象征吉祥，也可用来搔痒等。

⑩瞿中泌：字范源，号邺亭，苏州瞿园（网师园）的主人。

⑪又恺：袁廷梼，字又恺，号寿阶，苏州人，著名藏书家。

⑫白鲞：盐渍晒干的石首鱼。鲞，鱼干。

【赏读】

这一天是乾隆六十年（1795）闰二月二十六日，袁枚一行来到苏州，忙着见了许多人。日记中提到的书院是苏州的紫阳书院，袁枚到那里拜见钱大昕，后者在这个著名的书院掌教十余年。刘霞裳只是一个年轻的苏州秀才，从袁枚的诗文来看，刘霞裳奕奕风神，颇有才华。二人相识很晚，乾隆四十七年（1782）袁枚在《赠刘霞裳秀才，约为天台之游》中第一次明确提到他的名字。刘霞裳拜袁枚为师，互相之间不少诗文来往，交情不浅。

这一次袁枚见到了刘霞裳的妻子曹氏，袁枚对她打量得相当仔细，脸盘眉眼、肌肤手足都看过，心中只给她打出六七分，因为她的肌肤不太白皙，手指不够纤长。袁枚阅人无数，只需匆匆一瞥，便完整抓取了刘霞裳夫人容颜上的精华与缺欠。但如此审视让人颇感窘迫，袁枚很高明地让她认自己为干爹，顿时消除了彼此之间许多的不方便。晚清学者俞樾看过这一则日记，对袁枚的表现大不以为然，"以门生之妇，而评骘至此，亦殊太亵……然观此等事，不能不为先生惜"。据说曹氏名为曹次卿，乾隆六十年（1795），袁枚把曹次卿和骆绮兰等三位女弟子的形象补入《随园十三女弟子湖楼请业图》中，曹次卿在图中手折桃花，看来她后来也向袁枚学诗了。

这一天袁枚记录的诸多人物中，最有意思的是那位憨文园。憨文园是富贵之家的一位娇小姐，爱好诗文，仰慕袁枚的大名，直接对外声称自己是袁门弟子。猜测她曾多次把诗作寄给袁枚，恳求指教。看来，追星、捧星的狂热小女子自古就有。这一次袁枚终于肯和她见面，私下的评价却是"品貌皆三等"，不太愿意认下这名女弟子。如果那位尊贤好名的小女子知道偶像如此评价自己，恐怕要伤心失落到大哭。

日记中提到的卢湘槎，身世不详。令人疑惑的是，这一天卢湘槎送给袁枚碧玉如意，但第二天袁枚就让儿子阿迟去卢湘槎家里吊唁，并"奠卢湘槎葬"，只能说太过凑巧。日记的最后又提到向袁又恺借用器物，袁枚的出行日记中有不少类似记录，借用的灯、镜、炉之类的用具很好理解，走时可以原物归还主人，而白鲞、兔、酱油这些食物为何也要借？事后是还钱还是还物呢？

乾隆六十年三月二十七日日记

早,平公圣台①来答拜,李三先生(松云太守之弟)亦来,谈良久。早饭菜酱爊②肉,极佳。饭后坐船至平家花园吃酒,路过周兰坡③先生宅,顺便往拜见周太翁,略谈而别。是日其家演戏。将到平园,看新修城隍庙,甚壮丽。旋至平宅,主人罕琦兄出见。厅甚大而轩爽,工料坚固,明朝遗构④也。厅左即进园之地,拾级而上,地势较高,缘山麓而构造,故石皆真山,峭壁逶迤。有额曰"龙吟山房",以山名卧龙而起也。龙吟山房之右,回廊曲折,至船房额曰"书画船"。右转至花厅,后堆太湖石,颇玲珑。前有大池,池中有石峰,峰上有树。左边环抱溪流,石壁数丈,皆画中斧劈皴⑤也。对面有亭,名"息折亭"。亭后有门,翠竹参天,石磴盘旋而上,约三四十丈。老人独上,平公不能从也。忽然平敞,有石台曰"凌霄阁",向为徐天池⑥诸君读书处。台上可见绍兴全城地方,四面皆山,城河环绕如带。年来所见园亭,以此处为最。

花厅之左,有套房数间。主人云乃开去山石而构,夏日极凉,春秋时天将雨,屋内便有云起,尤别处园林中断无之景。傍晚吃酒,菜亦佳,酒亦陈,约吃有十杯回船。主人送至舟中,又谈良久而别。

【注释】

①平公圣台:平圣台,字瑶海,浙江绍兴人,乾隆十九年(1754)进士。

②熝(āo):同"熬",煮。

③周兰坡:周长发,字兰坡,号石帆,浙江绍兴人,雍正年间进士,乾隆时期为翰林院检讨,著有《赐书堂诗选》。

④遗构:早年留下的房屋、建筑。

⑤皴(cūn):中国画的一种技法,涂出物体纹理或阴阳向背。

⑥徐天池:徐渭,字文清、文长,号青藤道士、天池生等,浙江绍兴人,明代著名书画家。

【赏读】

《履园丛话》记载,乾隆五十七年(1792)三月初三,绍兴知府李亨特在绍兴的兰亭举办修禊之会,有袁枚、姚兴洁和《履园丛话》的作者钱泳等二十余人参与,成为一时佳话。三年之后袁枚再到绍兴。

这篇日记写于乾隆六十年（1795）的三月二十七日，这一天袁枚主要参观平家花园并在那里喝酒。袁枚自己经营随园，因此特别留意别家园林的构造，对平家花园的观察记录很细致。这处建筑是明朝遗构，多年过去依然工料坚固，质量极佳。花园中有一处凌霄阁，据说明朝嘉靖年间画家徐渭曾在其上读书。另一处龙吟山房也很有故事：据说明朝嘉靖、隆庆年间，绍兴学子朱赓、诸大绶、罗万化、张元忭等人一起在卧龙山下读书。一个风雨之夜，四个人一起祝念说，如果今晚能听到龙吟之声，我们将来得中状元。风雨之中果然传来三声龙吟。后来，诸、罗、张三人依次高中状元，朱赓也考中进士，最后做到了大学士。人们就把他们读书的地方称为"龙吟山房"。

袁枚认为这里是近来自己看到的最好宅园。他的另一个关注点是平家的饮食，只简单说一句酒菜极佳，足见平家菜肴达到了相当高的水准。只可惜，写过《随园食单》的人轻易不会再在食物上花费笔墨了。平家待客的酒自然是绍兴酒，袁枚把绍兴酒称为名士，"不参一毫假，而其味方真"。存放一定年头的绍兴酒才好喝，"故绍兴酒不过五年者不可饮，参水者亦不能过五年"。平府的酒是陈年之酒，菜又可口，于是不喜喝酒的袁枚接连吃了十余杯，尽兴而归。

祭妹文

乾隆丁亥冬，葬三妹素文①于上元②之羊山，而奠以文曰：

呜呼！汝生于浙，而葬于斯，离吾乡七百里矣。当时虽觭梦③幻想，宁知此为归骨所耶？汝以一念之贞，遇人仳离④，致孤危托落⑤。虽命之所存，天实为之。然而累汝至此者，未尝非予之过也。予幼从先生授经，汝差肩⑥而坐，爱听古人节义事。一旦长成，遽躬蹈之。呜呼！使汝不识《诗》《书》，或未必艰贞若是。

余捉蟋蟀，汝奋臂出其间，岁寒虫僵，同临其穴。今予殓汝葬汝，而当日之情形，憬然赴目⑦。予九岁憩书斋，汝梳双髻，披单缣⑧来，温《缁衣》⑨一章。适先生牵户入，闻两童子音琅琅然，不觉莞尔，连呼"则则"，此七月望日事也。汝在九原，当分明记之。予弱冠粤行，汝掎裳⑩悲恸。逾三年，予披宫锦⑪还家，汝从东厢扶案出，一家瞠视而笑，不记语从何起。

大概说长安登科、函使⑫报信迟早云尔。凡此琐琐，虽为陈迹，然我一日未死，则一日不能忘。旧事填膺，思之凄梗，如影历历，逼取便逝。悔当时不将嫛婗⑬情状，罗缕记存；然而汝已不在人间，则虽年光倒流，儿时可再，而亦无与为证印者矣。

汝之义绝高氏而归也，堂上阿奶，仗汝扶持；家中文墨，眕汝办治。尝谓女流中最少明经义⑭、谙雅故⑮者，汝嫂非不婉嫕⑯，而于此微缺然。故自汝归后，虽为汝悲，实为予喜。予又长汝四岁，或人间长者先亡，可将身后托汝，而不谓汝之先予以去也！前年予病，汝终宵刺探，减一分则喜，增一分则忧。后虽小差，犹尚殗殜⑰，无所娱遣。汝来床前，为说稗官野史可喜可愕之事，聊资一欢。呜呼！今而后，吾将再病，教从何处呼汝耶？

汝之疾也，予信医言无害，远吊扬州。汝又虑戚吾心，阻人走报。及至绵惙⑱已极，阿奶问："望兄归否？"强应曰："诺。"已予先一日梦汝来诀，心知不祥。飞舟渡江，果予以未时还家，而汝以辰时气绝。四支犹温，一目未瞑，盖犹忍死待予也。呜呼痛哉！早知诀汝，则予岂肯远游？即游，亦尚有几许心中言要汝知闻、共汝筹画也。而今已矣！除吾死外，当无见期。吾又不知何日死，可以见汝；而死后之有知无知，与得见不得见，又卒难明也。然则抱此无涯之憾，天乎？人乎？而竟已乎？

汝之诗，吾已付梓；汝之女，吾已代嫁；汝之生平，吾已作传。惟汝之窀穸⑲，尚未谋耳。先茔在杭，江广河深，势难归葬，故请母命而宁汝于斯，便祭扫也。其傍葬汝女阿印，其下两冢：一为阿爷侍者朱氏，一为阿兄侍者陶氏。羊山旷渺，南望原隰⑳，西望栖霞，风雨晨昏，羁魂㉑有伴，当不孤寂。所怜者，吾自戊寅年读汝《哭侄》诗后，至今无男。两女牙牙㉒，生汝死后，才周晬㉓耳。予虽亲在未敢言老，而齿危发秃，暗里自知，知在人间，尚复几日？阿品㉔远官河南，亦无子女，九族无可继者。汝死我葬，我死谁埋？汝倘有灵，可能告我？

呜呼！生前既不可想，身后又不可知。哭汝既不闻汝言，奠汝又不见汝食。纸灰飞扬，朔风野大。阿兄归矣，犹屡屡回头望汝也。呜呼哀哉！呜呼哀哉！

【注释】

①素文：袁机，字素文，袁枚的三妹。

②上元：上元县，唐朝中期设置，在今南京市。

③觭（jī）梦：奇怪的梦。觭，奇，畸。

④仳（pǐ）离：离婚，被遗弃。

⑤托落：落拓，失意。

⑥差（cī）肩：比肩，肩并肩。

⑦憬（jǐng）然赴目：远远地显现出来。憬，觉悟，远。

⑧单缣（jiān）：单薄的绢衣。缣，细密的丝织物。

⑨《缁衣》：《诗经》中的一首诗。

⑩掎（jǐ）裳：牵住衣裳。

⑪宫锦：宫中所制绸缎。

⑫函使：传递文件、书信之人。

⑬婴婗（yī ní）：婴儿，小儿。

⑭少明经义：稍微懂得经籍的旨意。

⑮雅故：文章典实；雅正的训释。

⑯婉嫕（yì）：柔顺娴静。嫕，静。

⑰痷喋（yè dié）：病势不太重，半卧半起。

⑱绵惙（chuò）：病情危重。

⑲窀穸（zhūn xī）：坟墓。

⑳原隰（xí）：广平、低湿之地，也泛指原野。隰，低而平的湿地。

㉑羁魂：客死他乡者的魂魄。也指旅人的心绪。

㉒牙牙：婴儿学说话的声音。

㉓周晬（zuì）：小儿一周岁时举行的宴会。《东京梦华录》："生子百日置会，谓之'百晬'；至来岁生日，谓之'周晬'。晬，婴儿一周岁。"

㉔阿品：应指袁枚的堂弟袁树。

【赏读】

袁枚的三妹名叫袁机，字素文，比袁枚小四岁。袁机容貌白皙端丽，身材颀长，在几个姐妹当中最为出色。袁枚在《哭三妹五十韵》中赞她"最是风华质，还兼窈窕姿"。幼年时父亲袁滨为袁机定亲，袁枚在《女弟素文传》中提到此事原委：雍正元年（1723），衡阳县令高清不知为何犯案，妻儿入狱。此时高清已死，袁滨做过他的幕僚，匆匆南下衡阳，帮助高清的弟弟高八澄清冤情。高八因此而与袁滨相约，为儿子和袁机定亲。儿子长大以后形容猥小，性情躁戾，品行不端。但袁机坚守婚约，执意嫁往如皋去，结果这段婚姻成为一场噩梦。袁机不堪丈夫折磨，经过一场诉讼之后，带着两个女儿回到父母身边。

从定亲开始，这段婚姻就与经济纠葛有关联，许多事情难以说清楚。袁机回到娘家之后万念俱灰，吃斋素衣，不肯再修饰自己。女儿阿印患有失语症，袁机费尽心血教会她读书写字。这中间的种种苦楚，袁机全部埋藏心中，"遇风辰花朝，辄背人而泣"。袁家的儿女都有诗才，袁机也是一样，婚后丈夫禁止她作诗，现在重新提笔，难与人说的万般酸楚都化为诗句。一首《春怀》中能感觉到她在春天里一点可怜的祈望：

三月清明柳最娇，春痕红到海棠梢。

寄声梁上双飞燕，好啄香泥补旧巢。

对于那一段破损的婚姻，袁机的感情非常复杂，一直怀念着婆婆当初对自己的恩情，一首《寄姑》中写：

欲寄《姑恩曲》，盈盈一水长。

江流到门口，中有泪双行。

文字有限，泪水无限。得知前夫去世的消息之后，袁机很快病倒，拒绝接受医治，最终死在乾隆二十四年（1759）十一月，时年四十岁。正在扬州的袁枚接到妹妹病危的消息匆匆返回，到底迟了一步，只看到体温尚存、不肯瞑目的三妹。袁枚整理刊印袁机遗存的诗稿，都是她离婚之后的作品，名之为《素文女子遗稿》，撰写《女弟素文传》，为她的女儿择婿而嫁。旧例，出嫁的女儿不宜葬在家族墓地，袁枚征得母亲同意，将袁机葬在江宁瑶坊门（姚坊门）外的羊山，与她的女儿阿印、袁枚的小妾陶氏等人葬在一起，并写出这篇《祭妹文》。

祭文通篇使用第二人称，读来如同兄妹对面握手，细语倾谈。袁枚回忆过往生活的大量细节：幼年时兄妹一起捉蟋蟀，袁机双髻单衫，与哥哥并肩琅琅读书，哥哥远行时她会牵衣痛哭，哥哥荣归故里时她扶案痴笑。离婚之后，她默默侍奉老母亲，哥哥生病时依偎床前，任劳任怨，兄妹深情溢出纸外，读来催人泪下。袁枚在祭文中声声呼唤，袁机婚后不幸的经历，更为袁枚的悲伤增添了几分痛感。此时，年近半百的袁枚和堂弟袁树都无子嗣，让袁枚更添几分伤感："汝死我葬，我死谁埋？汝倘有灵，可能告我？"纸灰飞扬，朔风野大，袁枚屡屡回望旷野中那一座新坟，肝肠寸断。

一篇《祭妹文》朴实无华，情真意切，少有袁枚惯常使用的纷繁典故和华丽辞藻，读来催人泪下，是袁枚最感人的一篇祭文。

随园老人遗嘱

遗嘱付阿通、阿迟知悉：我以八十二之年，遭百余日之病，自知不起，故于嘉庆丁巳年闰六月十五日，将田产、衣裘分单交代。只存随园住房一所，田一百二十四亩。所以不分者，要留此园与汝兄弟同居。将我所住向南平屋三间作祠堂，供奉先祖神主①；傍园之田作祭祀产，汝兄弟公收、公分、公用。

须念我十三岁入学，十五岁补廪②，家徒四壁，日用艰难。汝祖因叔父健磐③公在广西金抚军④幕中，与我二金，托柴东升先生带至江西高安署中，借我十二金，坐倒划船到广，受尽饥寒。时乾隆丙辰端午前一日也。叔父一见怫然道："汝不该来。"我惶恐无措。不料次日引见金公，蒙国士之知，非常矜宠，留住三个月，保荐博学鸿词⑤，送银一百二十金，遣人办装，护送至京。此六十年来，生平第一知己也。廷试报罢，落魄一年，蒙王星望、赵横山⑥两太史荐至嵇中堂⑦府上训蒙，捐监⑧进场乡、会试，出四川翰林邓逊斋⑨先生、常熟蒋文恪⑩公两房师门下。乾隆四年，蒙皇上恩点入词林⑪，以年少故派习清书⑫。同年现在者，阿广庭⑬公相；已逝者，常州相国程文恭⑭公（景伊）、番禺协办庄滋圃亚相（有恭）、苏州礼部尚书沈文恪公（德潜）、江西工部尚书裘文达公（曰修）、广东巡抚李端敏⑮公（湖），皆一代名臣。宋张乖崖⑯云"吾榜中得人最多"，洵不诬也。乾隆七年，我散馆⑰外用，宰溧水、江浦、沭阳、江宁四任，共六年。蒙总督尹文端公保荐高邮州知州，部驳不准。我心不乐，适老母患病，遂乞养归山。除清俸盈余外，卖文润笔，竟有一篇墓志送至千金者。董怡亭观察（世明）、鲍肯园参议（志道）之重文墨，亦难得也。东坡先生云"一生不得文章力"，岂其然乎？因之总算田产及生息银，几及三万，非我初心所望，亦汝二人修来之福也。

且喜汝等俱各恂恂⑱本分，似能守其家业，我心甚喜。所未能忘情者：随园一片荒地，买价甚廉；我平地开池沼，起楼台，一造三改，所费无算，与我贫贱起家光景相似。奇峰怪石，重价购来，绿竹万竿，亲手栽植。又颇能识古，器用则檀梨文梓⑲、雕漆戗金⑳；玩物则晋帖唐碑，商彝夏鼎；图书㉑则青田黄冻㉒，名手雕镌；端砚则蕉叶青花㉓，兼多古款，为大江南北富贵人家所未有也。当时结撰㉔，一片精心，谈何容易！吾身后，汝二人能洒扫光鲜，照旧庋置，使宾客来者见依然如我尚存，如此撑持三十年，我在九原下亦可瞑目。此后付之悠悠，不但我不能知，即汝等亦未必知，达人见解所不必再计者也。瑶坊门外有三妹、陶姬坟，与老友沈凡民先生之坟相近，每年无忘祭扫。杭州半山陆家牌楼，有曾祖、祖父坟，坟亲㉕霍姓，尤须亲往祭奠。傍有姑母沈太夫人坟，我年八岁祖母犹抱卧怀中，沈姑母教之读书识字，料理起居服食。今远隔天涯，不得年年到茔奠一滴酒，清夜思之，凄然泣下。我替汝二人娶妇在故乡者，专为此也。

随园《文集》、《外集》、《诗集》及《尺牍》、《诗话》、时文、三妹诗、《同人集》、《子不语》、《随园食单》等版，好生收藏，公刷公卖。各省讣闻，汝等酌量分讣，宁缺毋滥。凡关涉贵人大位者，用淡红纸小字写讣，不可用素纸；其余平行用小古简最雅，用大纸便市井气。南京恶习，以负贩商贾公然发帖请长者、贵人陪吊，汝二人万勿为之。只择我生平相好三四人，开吊㉖两日足矣。既有吴太史所撰本传㉗，不必再用行述㉘，来吊者各送一本。入殓沙方、棺木、蟒袍㉙、补褂㉚，俱已端整二十余年，即汝母身后衣衾、棺木，都系同时制就。柩停小仓山房正厅。古礼云："士三月而葬，过百日即须归土。"坟在百步之内。葬费可照我葬汝祖父母之旧簿,兄弟公摊,五十金可办,我不敢厚过先人也。但题一碣㉛云"清故袁随园先生之墓",千秋万世必有知我者。白布孝堂㉜及汝等夫妇孝衣,我先为制就。如今冬我尚存,必在去年所筑大圹中,亲办两穴。恐尸硬不便着靴,有极华刺绣朱履一双、白绫袜一付可用。

更有切嘱者:阿通性躁,躁则虎头蛇尾,作事难成;阿迟性狷㉝,狷则踽踽凉凉㉞,无人帮助。二人须自知其短,亦古人佩韦佩弦㉟之义也。我门生遍天下,然在金陵待我最厚者,惟方甫参。其人正气,有身家,有见识,有情分。汝等平日背后亦颇知推重,我身后尤宜靠傍,诸事请教而行无错误。至于诵经、念忏㊱、做七㊲、营斋㊳,我生平所最厌者。汝可告诸姊妹:来祭我一场,我必享受;哭我一场,我必悲感。倘和尚到门,木鱼一响,我之魂灵必掩耳而逃矣,于汝安乎?

田产万金余,银二万,现交亲友汪芝圃、方甫参诸君生息,或放或收,此时不能分拆,但有账簿在汝母处可查。其他书画、图章、法帖,恐我尚有出陈易新之事,俱不载分单内,待将来立簿分拈。此外尚有余银留作身后遗念者,家中女儿子侄、门外故旧门生、邻佑家奴、总甲二排㊴,另有清单交付。薄平云尔㊵,聊表此心。惭愧,惭愧!再,我一生著述,都已开雕,尚有《随园随笔》三十卷，正想付梓，而大病忽来，因而中止。他日汝二人行有余力㊶，分任刻之，定价发坊，兼可获利。

【注释】

①神主：书写祖先或者死者名讳，以供祭祀的牌位，一般为木制、长形。

②补廪：清代学校制度，生员有附生、增广生、廪膳生等，附生、增广生考试优异，可以升补为廪膳生。

③健磐：袁枚的叔叔袁鸿，字健磐，是袁树的父亲。

④金抚军：金𬭚，字震方，汉军镶白旗人，做过太原知府、广西巡抚等。

⑤博学鸿词：即博学宏词，由皇帝亲自考试选拔人才，唐宋多见。清代举办过博学鸿词科、经济特科、孝廉方正科等。

⑥赵横山：赵大鲸，字横山，别字学斋，浙江仁和（今杭州）人，雍正二年（1724）进士，做过左副都御史。

⑦嵇中堂：嵇曾筠，字松友，江南长洲（今江苏苏州）人，康熙年间进士，做过江南河道总督、吏部尚书、文华殿大学士等。

⑧捐监：也称例捐。明清两朝士子缴纳钱粮，可以成为国子监的学生，也即监生。

⑨邓逊斋：邓时敏，字逊斋，四川广安人，乾隆元年

(1736)进士,做过大理寺正卿等。

⑩蒋文恪:蒋溥,字质甫,江苏常熟人,雍正八年(1730)进士,做过吏部侍郎、东阁大学士等,死后赐谥文恪。

⑪词林:翰林院。

⑫清书:满文。

⑬阿广庭:阿桂,章佳氏,字广庭,满洲正白旗人,乾隆三年(1738)举人。曾为伊犁将军、兵部尚书、四川总督,以定西将军平定金川,进封一等诚谋英勇公,武英殿大学士,兼正红旗满洲副都统。

⑭程文恭:程景伊,字聘三,江苏武进人,乾隆四年(1739)进士,授翰林编修。做过兵部侍郎、工部尚书、文渊阁大学士等,死后赐谥文恭。

⑮李端敏:李湖,字又川,江西南昌人,乾隆四年(1739)进士。做过直隶按察使、江苏布政使、广东巡抚等。

⑯张乖崖:张咏,字复之,自号乖崖,濮州鄄城(今山东菏泽鄄城)人,北宋太平兴国年间进士。做过枢密直学士、吏部侍郎等。

⑰散馆:明清的新科进士被选中为庶吉士,称为馆选。进入翰林院学习三年后,根据考试成绩分授不同官职,称为散馆。

⑱恂恂:温和、恭敬、谨慎的样子。

⑲文梓:有花纹的梓木,指名贵的木料。

⑳戗（qiàng）金：传统工艺，在器物表面刻出纹样，填入金色。

㉑图书：这里指图章。

㉒青田黄冻：青田石中的贵重品种。

㉓蕉叶青花：蕉叶白和青花都是端砚石中非常罕见的名贵材料。

㉔结撰：构造，布局，经营。

㉕坟亲：看坟人。

㉖开吊：出殡之前，丧家选定日期接受亲朋吊唁。

㉗吴太史所撰本传：这里指《福行简斋公传》，作者吴贻咏，字惠连，号种芝，安徽桐城人，乾隆五十八年（1793）进士，做过吏部主事。

㉘行述：也称行状，叙述死者籍贯、生平和人生经历的文章。

㉙蟒袍：又名蟒服，古代官员的礼服，绣有蟒形。

㉚补褂：又称补服，明清时期的官服，胸前、背后缀有不同图案的丝绣的补子。

㉛碣（jié）：圆顶的石碑。

㉜孝堂：停放灵柩的厅堂，这里应指孝堂中张挂的幔帐。

㉝狷：急躁，清高，耿直。

㉞踽（jǔ）踽凉凉：孤寡，不合群的样子。

㉟佩韦佩弦：古人佩带牛皮带、弓弦，以纠正自己性格

中的偏颇倾向，归于中正。韦，牛皮带。弦，弓弦。语出《韩非子》："西门豹之性急，故佩韦以缓己；董安于之心缓，故佩弦以自急。"

㊱念忏：念诵《大忏悔文》。

㊲做七：每隔七天祭奠新亡者一次。

㊳营斋：设斋食以供养僧人，请他们超度亡魂。

㊴总甲二排：清朝乡镇每十户设一甲长，十甲设一总甲，负责地方治安、分配税赋负担。总甲的助手称为排门人。

㊵薄平云尔：微薄、平常的一点心意罢了。云尔，而已，罢了。

㊶行有余力：做好本分之事后，还有时间和精力。语出《论语》："行有余力，则以学文。"

【赏读】

嘉庆二年（1797）闰六月十五日，大病之中的袁枚写下遗嘱，正式向两个儿子交代身后之事。袁枚一生生活富足，妻妾众多，为他生下多个女儿，一直没有儿子。乾隆四十年（1775），六十岁的袁枚过继了堂弟袁树的儿子为嗣子，小名阿通。乾隆四十三年（1778），侧室钟姬终于为袁枚生下一子，小名阿迟，也称真来公子。

遗嘱开篇简单说明随园房屋、田产如何处置。然后袁枚回顾一生经历，念念不忘的是广西巡抚举荐他参加乾隆元年的博学鸿词科。广西之行是一次冒险，彻底改变了袁枚的命运——青年时代的袁枚才华出众，到了偏僻的广西，更让他鹤立鸡群，光彩耀目。袁枚不厌其详地交代乡试、会试的房师，罗列同年当中那些出色者，不是在向两个儿子炫耀，而是预备将来这些关系会对他们有帮助。

然后袁枚回顾自己如何经营随园、聚藏文玩，叮嘱二子撑持随园现有的局面，勿忘祭扫各处茔墓，具体交代后事操办的种种细节。袁枚老年得二子，深爱他们，身后之事早已经安排得细致周到。他不厌其详地提示他们如何分发讣告，给贵重人物、给同辈的讣告要用什么样的纸张和字体等，可见他处事小心、讲究分寸和圆滑老练。而对纸张大小和颜色的挑剔，显出他精雅的趣味。走到人生终点，还如此在意这些小事，真的是精致到底，讲究到底。

最后，袁枚指出阿通和阿迟各自性格中的缺点，指点他们未来可以依靠哪位朋友。行将就木的老父亲恨不能把一生积累的智慧、学识和处世之道连同他的财富，分毫不差地传授给两个儿子，尽显拳拳爱子之情。对于两个人的学业和未来的功名，却只字未提，大概袁枚早已看出二子的资质距离自己太远，活得无比通透的袁枚不肯在这个问题上费神。

袁枚一生圆满,没有遗憾。立下这份遗嘱之后,袁枚又活了五个月,最终病逝于十一月十七日。他的墓志铭由姚鼐撰文,书法家梁同书书写,按照《随园琐记》的说法,一共制碑两块,一块埋于墓穴之中,另一块嵌入小仓山房右厢的墙壁之间。此后五十余年中,袁枚的子孙一直遵照他的遗愿,努力让随园保持原貌。太平天国之乱,江宁惨遭战火破坏,随园未能幸免,被夷为平地,一椽不存。园中的三十万卷藏书和大量字画、联匾以及《小仓山房全集三十种》的书板都不见踪影,只有壁间的袁枚墓志铭得以保存。袁枚墓前的碣石上因为没有写明官职和名字,只有"清故袁随园先生之墓",因而逃过劫难。